KB130234

천사들의 제국

천사들의 제국

2

열린책들

베르나르 베르베르
장편소설   이세욱 옮김

94. 속도 조절 기법

프레디, 라울, 매릴린 먼로와 나는 천사라는 우리의 조건에 맞는 우주 비행 방법을 개발했다. 우리는 훈련을 편하게 하기 위해 천국에서 벗어나 태양계 조금 위쪽에 있는 항성 간의 빈 곳으로 갔다.

우리는 먼저 우리가 얼마나 빨리 날 수 있는지를 시험했다.

물론 물질적인 몸이 없으므로 우리는 마찰을 받지 않고 인간의 로켓보다 수천 배나 빨리 날 수 있다. 하지만 거리가 거리인지라, 이런 속도로 다른 행성을 찾아 나선다는 것은 너무 벅찬 일일 듯하다.

여러 차례의 시도 끝에 우리는 초속 1천 킬로미터, 이어서 초속 5천 킬로미터로 날기에 이르렀다.

「속도를 더 내도 되겠어.」

프레디의 말에 따라, 우리는 시선을 더 멀리 보내고 더 먼 거리를 생각하면서 더욱 속력을 낸다. 초속 1만 킬로미터, 초속 3만 킬로미터, 초속 10만 킬로미터.

초속 10만 킬로미터라니! 생각만 해도 현기증이 난다.

라울은 그것도 성에 차지 않아, 언제나 그랬듯이 더 원대한 목표를 제시한다.

「빛의 속도인 초속 30만 킬로미터, 이것이 바로 우리가 도달해야 할 속도야.」

「밑져야 본전인데, 한번 해보자고.」

프레디가 맞장구를 쳤다.

우리는 다시 힘차게 날아오른다. 10만, 15만, 20만, 드디어 초속 30만 킬로미터! 이 속도에서는 빛의 입자가 보인다. 이른바 광자(光子)라는 것이 우리와 똑같은 속도로 움직인다. 이 광자는 우리의 속도를 가늠하는 수단이 된다. 광자가 움직이지 않는 것처럼 보이면, 그것은 우리가 그것들과 똑같은 속도로 날고 있다는 뜻이다. 우리는 이따금 광자들을 조금씩 추월하기까지 한다.

우리는 더할 나위 없이 빠르게 우주 공간 속을 활공한다. 우주가 하나의 거대한 평면이라도 되는 양 우리는 그 위를 거침없이 미끄러져 간다. 그 평면 위에 별들이 놓여 있긴 하지만, 그것들은 우리에게 거의 방해가 되지 않는다.

〈빠르다〉라는 말은 이 느낌을 표현하기에 너무나 약하다. 우리는 우주 공간을 관통하는 포탄과 같다. 이건 더 이상 비행이 아니며, 우리는 단순히 빠른 존재가 아니다. 우리는……빛살이다.

95. 백과사전

죄수의 딜레마

1950년에 멜빈 드레셔와 메릴 플루드는 〈죄수의 딜레마〉라는 현상을 발견했다. 그것을 설명하자면 다음과 같다.

두 용의자가 은행 앞에서 체포되어 따로따로 감방에 갇혔다. 경찰은 그들이 무장 강도 공모 사실을 자백하도록 부추기기 위해 그들에게 한 가지 제안을 한다. 〈만일 둘 중에서 아무도 말을 하지 않으면, 당신들은 각각 2년의 징역형에 처해질 것이다. 만일 한 사람이 다른 사람을 고발하는데 다른 사람이 아무 말도 하지 않으면, 고발한 사람은 풀려나고 아무 말도 안 한 사람은 5년의 징역형을 받게 된다. 또, 만일 두 사람이 서로 상대방을 고발하면, 둘 다 징역 4년의 벌을 받는다〉라고.

두 용의자는 저마다 다른 용의자도 똑같은 제안을 받았다는 사실을 알고 있다. 그렇다면 어떤 일이 벌어질까?

그들은 먼저 이렇게 생각한다. 〈만일 저 친구가 이 거래를 받아들여 나를 고발하게 되면, 그는 풀려나는데 나는 5년 형을 받게 돼. 이건 너무 부당한 일이야.〉 그러면서 두 용의자는 자연스럽게 이런 생각을 떠올리게 된다. 〈반대로, 만일 내가 그를 고발하면, 나는 풀려나게 될지도 몰라. 우리 중의 하나가 풀려날 수 있는데 굳이 둘 다 벌을 받을 필요는 없지.〉

실제로 그런 상황에 봉착한 실험 대상자의 대다수는 다른 사람을 고발하는 것으로 나타났다. 하지만 그들의 공범 역시 똑같은 방식으로 생각을 하기 때문에 두 사람 다 4년의 징역형을 받게 된다. 둘 다 깊이 생각해서 침묵을 지켰더라면 2년형만 받아도 되었을 텐데 말이다.

그보다 더욱 이상한 일은, 두 사람이 함께 이야기를 나눌 기회를 주고 실험을 다시 해도 똑같은 결과가 나온다는 사실이다. 두 사람은 공동의 대응책을 강구해 놓고서도 결국엔 서로를 배신하고 만다.

에드몽 웰스, 『상대적이며 절대적인 지식의 백과사전』 제4권

96. 자크

내 글쓰기 작업에 한 가지 빠진 것이 있다. 소설 속에 더욱

깊숙이 들어가 인물들과 완전하게 호흡을 맞추기 위해서는 음악이 필요하다. 나는 음악이 글을 더 잘 쓰도록 도와줄 수 있음을 깨달았다. 나는 헤드폰을 끼고 음악을 듣는다. 헤드폰은 음악 소리를 더 잘 지각할 수 있게 해줄 뿐만 아니라, 현실의 〈정상적인〉 소음으로 가득 찬 외부 세계로부터 나를 격리시켜 준다. 음악은 나의 생각에 반주를 넣어 주고 글쓰기에 장단을 맞추어 준다. 음악이 짧고 단속적일 때는 내 문장들이 짧아지고, 느린 솔로 연주가 나올 때는 내 문장들도 길어진다. 나는 평화로운 장면들을 쓸 때는 클래식 음악을 선택하고, 전투 장면을 위해서는 하드 록을, 몽상적인 대목에서는 뉴에이지풍의 음악을 선택한다.

음악은 조심스럽게 사용해야 하는 도구이다. 자칫하면 도움이 아니라 방해가 될 수도 있기 때문이다. 어쩌다 계제에 맞지 않는 가사들이 튀어나와 집중력을 흐트러뜨리기도 하는 것이다.

내가 경험을 통해서 알게 된 바로는, 글쓰기에 가장 좋은 음악은 영화의 오리지널 사운드트랙이다. 이 음악들에는 이미 감정과 서스펜스가 실려 있기 때문이다. 이따금 음악이 내가 묘사하고 있는 장면과 조화를 이룰 때면, 나는 마치 꿈을 꾸고 있는 듯한 기분을 느낀다.

97. 비너스

「자라투스트라는 이렇게 말했다」의 처음 몇 소절이 미스 유니버스 선발 대회 참가자들을 소개할 순서가 되었음을 알리고 있다. 긴장되고 겁이 난다.

떨면 안 되는데, 그럴까 봐 불안하다. 나는 서둘러 핸드백을 뒤져 안정제가 든 작은 약통을 꺼낸다. 엄마가 종종 이것에 도움을 청했던 일이 생각난다. 하루에 세 알 이상은 먹지 말라고 약통에 적혀 있다. 하지만 나는 여섯 알을 먹는다. 너무나 불안하기 때문이다.

어떻게든 미스 유니버스로 선발되어야 한다. 나는 허리를 가볍게 흔들며 투광기 불빛 쪽으로 나아간다.

98. 이고르

새벽이 밝아 온다. 하늘이 붉게 물들어 간다. 산등성이에 작은 불빛들이 보인다. 마치 핏빛 하늘에서 떨어져 나온 붉은 반점들 같다. 굴뚝에서 연기가 난다. 양 떼는 우리 안에 있다. 이제 우리 늑대들이 저 양들을 기습할 차례이다.

99. 우주 공간에서 방향을 잡는 방법

속도 조절 방법을 터득하고 나자, 우리는 우주 공간에서 방향을 잡는 방법을 개발하려고 애썼다. 우주 공간에서 우리가 어디에 있는지를 알고 우리가 원하는 방향으로 나아가기 위해서는 3차원의 지도를 만들 필요가 있다. 우주는 무한하므로 그 과제는 더욱 어려운 일이 될 수밖에 없다. 무한한 것을 지도에 담을 수는 없지 않은가…….

그렇다면 어떤 방법을 써야 할까?

프레디는 천국의 표면에 가상의 선을 긋고 거기를 〈바닥〉 또는 〈아래〉라 부르기로 하자고 제안한다. 그러면 우리가 천국에서 멀어지면 멀어질수록 우리는 〈위〉로 〈올라가는〉 셈이 된다. 왼쪽과 오른쪽에 대해서는, 항해의 규칙을 차용하여 진행 방향에서 오른쪽에 있는 것은 모두 〈우현〉으로, 진행 방향에서 왼쪽에 있는 것은 〈좌현〉으로 표시하기로 했다.

「그럼 중간 방위는 어떻게 나타내지?」

나의 물음에 라울이 대답한다.

「비행사들처럼 시계 눈금을 사용하기로 하지. 1시 방향은 우현으로 약간 틀어진 것을 나타내고, 3시 방향은 우현에 직각인 것, 9시 방향은 좌현에 수직인 것을 나타내는 식으로 말이야.」

영계 탐사 시대에 그랬던 것처럼, 우리는 비행의 속도와 방향을 조절하는 완전한 방법을 터득하려 애쓰고 있다. 그 방법들을 사용해서 우리는 〈테라 인코그니타〉를 더욱 뒤로 밀어내려는 시도를 감행할 것이다.

100. 자크

하수도와 지하실에서 벌어지는 장면들을 더욱 생생하게 시각화하기 위해서, 나는 그 현장들을 그림으로 나타내 본다. 각각의 장면에 대해서 이리저리 흩어져 있는 물건들과 인물들의 자리와 광원(光源)을 스케치한다.

101. 비너스

각광이 나를 환히 비추고 있다. 관객들과 심사 위원들이 나를 발끝에서 머리끝까지 세세하게 관찰하고 있음을 느낀다. 대회의 진행을 보조하는 한 남자가 나에게 번호가 적힌 팻말을 하나 주면서, 심사 위원단과 관중이 내가 누구인지 알 수 있도록 그것을 높이 들고 흔들어야 한다고 일러 준 바 있다. 나는 팻말을 들어 올린다. 이렇게까지 겁을 먹어 보기는 난생처음이다. 나는 추위를 느낀다.

102. 이고르

아침은 아직 완전히 밝아 오지 않았다. 빨갛던 하늘빛은 주황색으로 바뀌었다. 우리 주위로 총알이 바람 소리를 내며 지나간다. 다들 마구잡이로 쏘아 대고 있다. 한창 전투를 벌일 때는 정말로 무슨 일이 일어나고 있는지를 깨닫기가 어렵다. 우리 같은 보병들은 전세가 어떻게 돌아가고 있는지를 더욱 알기 어렵다. 전황을 정확히 판단하려면 높은 곳에서 전체적으로 볼 수 있어야 한다.

여기에 있는 우리는 마치 근시와 같다. 우리는 눈앞의 현실에 너무 밀착해 있어서 전반적인 사태를 제대로 파악할 수가 없다. 더욱 고약한 일은 내일이면 서방의 전술가들이 관찰 위성을 통해 우리가 싸우는 장면을 찍은 사진들을 갖게 되리라는 것이다. 어서 그들 나라에 쳐들어가 그 모든 것들을 다 훔쳐 왔으면 좋겠다.

로켓탄 하나를 이슬아슬하게 피했다. 그리 멀지 않은 곳에서 날아온 포탄이다. 지금은 사색에 젖어 있을 때가 아니다.

103. 비너스

배가 고프다. 이제 내가 연기를 할 차례이다. 나는 미소를 띠고 허리를 흔들며 세 걸음을 걷고 멈추었다가, 다시 허리를 흔들고 걸으며 내 머리채가 돋보이도록 고개를 약간 움직인다. 내 이마가 너무 반짝거리지 않으면 좋으련만.

104. 마름모꼴 비행

앞에 별 하나가 반짝이고 있다. 독수리자리의 주성인 견우성이다. 우리는 그 별이 있는 쪽을 진행 방향으로 삼는다.

「좌현 10시 방향으로 전진!」

우리는 넷이 한 줄로 늘어서서 방향을 돌린다.

프레디는 우리의 방향 전환 방법을 개선하자고 제안한다. 서로의 간격을 더 좁혀서 하나의 마름모꼴을 형성하자는 것이다. 라울이 가장 과감하므로 앞의 꼭짓점에 자리를 잡고, 프레디는 오른쪽에, 나는 왼쪽에, 매릴린 먼로는 뒤쪽에 자리를 잡는다. 우리는 마치 새가 활개를 펴고 활공을 하듯이 팔을 쭉 뻗는다. 그렇게 하니까 넷이서 일제히 방향을 잡기가 한결 용이하다. 우리의 네 심령체가 하나의 비행체를 이루어 우주 공간을 가른다.

「우현, 3시 방향.」

프레디의 제안에 따라 오른쪽으로 방향을 튼다. 하지만 트는 각도가 저마다 조금씩 달라서, 서로를 보며 조정을 하지 않으면 안 된다.

「좌현, 8시 방향.」

거의 반(半)회전에 가까운 어려운 각도이지만, 이번에는 한결 호흡이 잘 맞았다. 무대는 바뀌어 우리는 이제 백조자리를 보며 나아가고 있다.

곡예비행사들이 하늘에서 서로 속도를 맞추어 움직이기 위해 얼마나 많은 어려움을 겪는지 새삼 이해가 간다. 하지만 빛의 속도로 날면서 하나가 되어 동시에 움직인다는 것은 그보다 훨씬 더 어려운 일이다.

「자아, 준비! 뒤로, 6시 방향.」

매릴린 먼로가 제안한다. 우리의 마름모꼴 비행체는 완전히 180도를 돈다. 매릴린이 정지해 있는 동안 라울이 위쪽으로 반 바퀴를 돈다. 우리는 다시 견우성을 마주하고 있다. 우리의 진보가 자랑스럽다.

우리는 공중회전, 8자 돌기, 나선형 돌기 등 다양한 비행 형태를 시험해 본다. 기발한 기하학적 형태들이 자꾸자꾸 만들어진다.

105. 백과사전

기하학적 심리 테스트

여기 간단한 심리 테스트가 하나 있다. 기하학적 형태의 상징적인 힘을 이용하여 어떤 사람을 더 잘 알기 위한 테스트이다.

먼저 종이 한 장에 네모 칸 여섯 개를 그린다.

그런 다음, 첫 번째 네모 칸에는 원을 그려 넣고, 두 번째 칸에는 삼각형을, 세 번째 칸에는 계단 모양을, 네 번째 칸에는 십자가를, 다섯 번째 칸에는 정사각형을, 여섯 번째 칸에는 3 자를 M처럼 엎어진 모양으로 그려 넣는다.

이제 상대방에게 각각의 기하학적 형태에 선과 형태를 보태서 추상적이지 않은 어떤 그림을 만들어 보라고 부탁한다.

그런 다음 각 그림 옆에 형용사를 하나씩 쓰게 한다.

이 작업이 끝나면 그림들을 검사하여 다음과 같은 것을 알아낸다.

동그라미 주위의 그림은 그 사람이 자기 자신을 어떻게 보고 있는지를 가르쳐 준다.

삼각형 주위의 그림은 남들이 그 사람을 어떻게 보고 있다고 생각하는지를 알려 준다.

계단꼴 주위의 그림은 그 사람이 인생을 전반적으로 어떻게 보고 있는지를 나타낸다.

십자가 주위의 그림은 그 사람이 자기의 영적인 측면을 어떻게 보고 있는지를 드러낸다.

정사각형 주위의 그림은 그 사람의 가족에 대한 생각을 보여 준다.

엎어진 3 자 주위의 그림은 그 사람의 애정관에 관한 정보를 준다.

에드몽 웰스, 『상대적이며 절대적인 지식의 백과사전』 제4권

106. 이고르

증오심이 치밀어 오른다. 나는 한 체첸 병사에게 달려들어 그의 이마에 박치기를 한다. 마른 장작 부러지는 소리가 들린다. 놈의 피가 내 전투복에 튀어 얼룩을 남긴다. 벌써 또 다른 적이 내 앞에 나타난다. 나는 신속하게 전투 자세를 취한다. 어떤 문장 하나가 나에게 경고라도 하듯이 뇌리를 스쳐 간다. 〈적이 너를 때리겠다고 결심한 순간부터 너를 가격하는 순간까지는 무한히 긴 시간이 흐른다.〉

상대의 눈빛에 살의가 번득인다. 저 눈빛의 변화를 주시

해야 한다. 눈빛이 아래로 쏠린다. 오른발이다! 오른발로 내 배를 가격할 생각을 하고 있다. 나는 시간의 흐름을 저속으로 지각하는 상태에 들어간다. 그러자, 모든 것이 마치 슬로 모션 화면을 보는 것처럼 한 장면씩 느리게 전개된다.

적의 오른발이 올라온다. 나는 허리를 조금 비틀어 옆을 보이며 두 손을 앞으로 내민다. 적은 내 움직임을 미처 알아채지 못하고 처음 의도했던 대로 발을 계속 들어 올린다. 나는 적의 군화를 잡고 그 움직임에 가속도를 붙여 놈을 공중으로 날려 버린다. 적이 둔중한 소리를 내며 땅바닥에 떨어지기가 무섭게 나는 놈에게 달려든다. 육박전. 내가 칼을 뽑자 적도 칼을 뽑는다. 우리는 단 하나의 송곳니를 무기로 삼아 싸우는 두 마리의 야수와 같다. 내 머릿속에 갖가지 느낌들과 정보들이 몰려든다. 심장의 고동이 빨라지고 숨결이 거칠어진다. 난 이런 순간이 좋다.

내 귓속에서 모데스트 무소륵스키의 「민둥산의 하룻밤」이 힘차게 울린다. 적은 스스로에게 힘을 불어넣을 양으로 괴성을 내지른다. 그 외침은 내 음악과 훌륭하게 조화를 이룬다.

칼과 칼이 맞부딪는다.

나의 발길질에 적의 칼이 날아간다. 적은 제 권총을 잡는다. 그러나 그의 동작은 이번에도 그리 빠르지 않다. 나는 전혀 동요하지 않고 적의 손을 비틀어 총구가 그 자신을 향하게 한 다음, 제 스스로 방아쇠를 잡아당기게 만든다. 총성이 울리고 적의 초록색 군복 상의에 구멍이 하나 생긴다.

적은 충분히 빠르지 못했다. 그래서 죽었다.

107. 자크

하수도에서 벌어지는 쥐들의 전투 장면이 미진하다. 써놓은 글을 다시 읽어 보니, 신빙성이 없고 실감이 나지 않는다.

문득, 마치 어떤 천사가 속삭여 주기라도 한 것처럼, 이런 말이 내 머릿속에서 울린다. 〈설명하기보다는 보여 주어야 한다.〉

내 주인공들을 끊임없이 행동하게 만들어야 한다. 그들의 심리 상태는 대화가 아니라 행동을 통해서 표현될 것이다. 그러자면, 쥐들을 더 연구해야 한다.

내 연구는 아직 충분하지 못하다. 내가 쥐에 대해 철저히 알지 않으면, 독자들은 내 이야기가 사실과 맞지 않는다고 느끼게 될 것이다. 나는 실험동물 사육장에 가서 쥐 여섯 마리를 샀다. 수컷 네 마리에 암컷 두 마리였다. 독자들을 속이지 않는 방법은 실상을 정말로 관찰하는 것밖에 없다.

내 고양이는 위협적인 앞니를 가진 그 방문자들이 집 안에 들어오는 것을 보면서 눈에 칼을 세웠다. 고양이가 원래 쥐를 잡는 동물이라는 사실을 녀석이 기억하고 있는 게 아닌가 생각했지만, 녀석의 행동으로 미루어 보아 쥐를 잡을 생각이 있는 것 같지는 않다.

에드몽 웰스의 책에는 쥐들이 먹이를 얻기 위해 헤엄을 치게 하는 실험이 나와 있지만, 내 쥐들은 그럴 필요가 없다. 그럼에도 여섯 마리의 쥐들이 저마다 다른 역할을 수행하고 있다는 사실을 나는 이내 깨달았다. 수컷 한 마리가 나머지 모두를 두려움에 떨게 하고, 암컷 한 마리가 천덕꾸러기 노릇을 하고 있다.

나는 그 상황에 개입할까 하고도 생각했지만, 그러지 않는 게 좋겠다고 결론을 내렸다. 우리는 디즈니 영화에 나오는 동화적인 세계 속에 있지 않다. 만일 자연 상태에서 쥐들이 원래 그렇게 못된 동물이라면, 내가 어떤 규칙을 강요한다고 해서 한 종의 행동이 달라지지는 않을 것이다. 나는 그저 중립적으로 관찰하면서 내가 본 것과 그것에 대한 나 나름의 해석을 정확하게 기록하려고 애쓸 뿐이다. 의인화의 경향을 최대한 억제하면서 말이다. 그 기록들은 내 글에 풍부한 자양을 제공하고 있다.

나는 묘사가 시각적으로 더 생생한 느낌을 주도록, 쥐들의 모습을 직접 그림으로 나타내 보기도 한다. 내 스케치가 자꾸자꾸 쌓여 간다. 나는 마음속으로 카메라 한 대가 설치되어 있다고 가상한 다음, 그것을 통해 쥐들의 모습을 다양한 각도에서 포착하고, 내 그림에 이동 촬영, 줌 렌즈 촬영, 패널 조명 촬영 따위와 같은 말을 적어 넣기도 한다. 그런 작업은 글쓰기에 대단히 많은 도움을 준다. 지금 내가 묘사하고 있는 전투 장면에는, 이빨을 드러낸 쥐들의 클로즈업 화면과 하수도 가장자리를 파노라마로 찍은 화면이 들어가 있다. 내 마음속의 카메라는 한창 싸움을 벌이고 있는 쥐들 사이로 미끄러져 들어가 대단히 인상적인 순간들을 포착해 내기도 한다. 나는 이미지들을 잘 연결하여 장면 전환이 매끄럽게 이루어지도록 신경을 쓴다.

나는 내가 쓰고자 하는 내용을 먼저 이미지로 나타내는 방법을 발전시켜 가고 있다. 하수도에서 벌어지는 수중 전투의 이미지는 하늘빛 풀장에서 동료들과 장난치듯 춤을 추는 에스터 윌리엄스의 안무를 연상하며 구상했다. 다만 하수도의 물은 가정에서 배출한 쓰레기들이 둥둥 떠다니는 푸르죽죽하고 불투명한 물이다. 그리고 전투가 치열해짐에 따라 그 물은 점점 붉은빛을 띠어 간다. 나는 소설의 중요한 부분을 차지하는 대전투에서 쥐들의 군대가 움직이는 양상과 주인공들이 참가하는 시점을 화살표와 점선 등을 사용해서 그림에 표시해 둔다.

108. 비너스

무대를 한 바퀴 돌고 나서, 나는 다른 참가자들의 행진이 끝나기를 기다린다. 나보다 예뻐 보이는 여자들이 두세 명 있는 것 같다. 심사 위원들이 그녀들에게 표를 주지 말아야 할 텐데. 할 수만 있다면 그녀들의 다리라도 걸고 싶다. 높고 뾰족한 구두 굽 때문에 삐끗 균형을 잃고 쓰러져 목이라도 삐었으면 좋겠다. 그녀들의 자태가 학처럼 도도하다. 허리를 흔들며 걷는 모습도 너무나 당당하다. 스스로 되게 잘났다고 생각하는 기색이 역력하다. 저년들이 밉다. 나는 날카로운 손톱으로 그녀들의 얼굴을 할퀴고 있는 나 자신의 모습을 상상한다.

어떻게든 내가 이겨야 한다.

나는 미스 유니버스로 뽑히게 해달라고 기도를 올린다. 누가 저 위에서 내 기도를 듣고 있다면, 나를 위해 당장 나서 주었으면 좋겠다.

109. 우주 비행, 불안

「자아, 준비! 우현 3시 방향!」

라울이 다시 비행대의 대장 역할을 떠맡으며 소리친다.

그 소리를 들으니 내 안에 흥분이 고조된다. 하지만 내 의뢰인들을 생각하지 않을 수 없다. 그들은 지금 어떻게 지내고 있을까? 그들로부터 너무 멀리 떨어져 있으면 그들의 요청이나 기도를 들어줄 수 없을 텐데.

라울은 내가 불안해하고 있음을 눈치채고 내 어깨에 손을 얹는다.

「걱정 말게, 이 친구야. 무슨 큰일이야 있겠어? 인간들은 고양이와 비슷해서, 설령 추락을 하더라도 안전하게 착지할 걸세.」

110. 이고르

나는 다시 일어서서 한 마리 늑대처럼 울부짖는다. 스스로에게 용기를 북돋우기 위해서다. 이러다가 적의 주의를 끌게 되면 좋을 일은 없겠지만 그래도 할 수 없다. 늑대 부대의 전우들이 내 울부짖음에 화답해 온다. 우리는 강하고 빠르다. 우리는 한 가족이나 다름없다. 주황색으로 물든 하늘을 배경으로 우리 늑대들이 일제히 울부짖는다. 아침이 밝아 올수록 붉은 기운이 가셔 가는 하늘 한 모퉁이로 둥근 달이 기울고 있다.

숲속에 도사리고 있던 체첸의 원군이 드디어 모습을 드러냈다. 적들은 자동 기관총이 장착된 지프를 타고 나타났다.

적들이 우리를 향해 몰려온다. 적들의 수가 많아서 1 대 10으로 싸워야 할 듯하다.

내 전우들 중에서 10여 명이 이내 고꾸라졌다. 그들에게 무덤을 마련해 줄 겨를이 없다. 그들은 늑대처럼 싸우다가 자기들이 죽인 사냥감들이 흩어져 있는 땅바닥에서 털가죽에 피를 묻힌 채 늑대처럼 죽는다.

나는 살아남아야 한다고 생각하며 몸을 숨긴다. 아무리 용감해도 죽은 병사는 쓸모가 없다. 비겁하게라도 살아남아야 한다. 그래야 적에게 더 많은 피해를 입힐 수 있기 때문이다.

나는 부서진 장갑차 밑으로 몰래 숨어든다. 상사도 살아남았다. 낮은 담 뒤에 숨어 있던 그가 자기 쪽으로 오라고 내게 신호를 보낸다. 그때 갑자기 포탄 하나가 날아와 나를 향해 흔들고 있던 손을 날려 버렸다. 나는 상사의 머리가 허공으로 날아오르는 것을 보았다.

사람이 죽으면 영혼도 저렇게 날아가는 걸까?

내 귓속을 파고드는 음악 때문인지, 유혈이 낭자하고 섬광이 번득대는 주위의 광경 때문인지 알 수 없지만, 갑자기 웃고 싶은 기분이 든다. 어쩌면 사람은 누구나 공포에 맞닥뜨리면 그것을 심각하게 여기지 않고 스스로를 안심시킬 필요를 느끼는 것인지도 모른다.

나도 모르게 웃음이 터져 나온다. 혹시 내가 미쳐 버린 것이 아닐까? 아니다. 이건 당연한 것이다. 내 안의 압력이 터져 나오는 것에 지나지 않는다. 어쨌거나 상사는 충분히 빠르지 못했다. 그래서 죽은 것이다.

기관총들이 내 쪽으로 방향을 틀고 있다. 이제 웃고 싶은 기분이 싹 가신다. 나는 눈을 감고 생각한다. 내가 오늘날까지 살아남은 걸 보면 나에게도 수호천사가 있는 게 분명하다. 정말 수호천사가 있다면 바로 이런 순간에 나를 도와줄 것이다. 이고르 성인이시여, 이제 당신이 나설 차례입니다.

나는 빠르게 기도를 올린다. 〈천사님, 그 위에서 제 말 듣고 계십니까? 지금이 저를 이 곤경에서 빼내 주셔야 할 때입니다. 그렇지 않으면 다시는 기회가 없어요.〉

111. 비너스

사회자가 나를 불러 무대를 한 번 더 돌게 한다. 몇몇 심사위원들이 아직 결정을 못 하고 망설이고 있기 때문이다. 나는 가슴이 두드러져 보이도록 팔을 뒤로 뺀다. 이런 순간에는 미소를 지으면 안 된다. 남자들은 착한 여자가 아니라 못된 여자를 좋아한다고 엄마는 내게 늘 말했다. 나는 무대에 쏟아지는 강력한 불빛 너머로 대담하게 객석을 바라본다. 맨 앞줄에 앉아서 비디오카메라로 나를 찍고 있는 엄마가 보인다. 내가 미스 유니버스로 뽑히면 엄마는 나를 얼마나 자랑스러워하실까? 에스테반의 착한 모습도 보인다. 너무나 착한 에스테반!

두 차례를 돌고 나서 나는 조각상처럼 멈춰 섰다. 다 됐다. 이제 남은 일은 기도를 올리는 것뿐이다. 하늘나라 어딘가에 나를 걱정해 주는 존재가 있다면, 나를 도와 달라고 빌고 싶다.

112. 우주 비행, 첫 번째 탐사

내 의뢰인 중의 하나가 나를 부르고 있다는 느낌이 든다. 어쩌면 그들을 내팽개치고 온 것에 대한 죄책감 때문에 그런 느낌이 드는 건지도 모르겠다.

우리는 빛의 속도로 날고 있다. 가장 가까운 항성에서 발산된 광자들이 우리 옆에 있다가 뒤로 밀려나곤 한다. 우리는 태양계에서 4.2광년 떨어진 켄타우루스자리의 프록시마 켄타우리 성에 이내 도달하여, 그 항성계를 가로지르며 행성들을 조사하기 시작한다. 거기에는 살아 있는 존재가 전혀 없다.

우리는 다시 초속 30만 킬로미터로 날아서 켄타우루스자리의 알파성으로 향한다. 역시 아무것도 없다. 탐사 지역을 확대해야 한다.

우리는 방향을 돌려 시리우스, 즉 천랑성(天狼星) 쪽으로 나아간다. 훈기가 도는 행성들이 더러 있기는 하지만, 그것들 안에는 약간의 이끼류와 암모니아가 있을 뿐이다.

작은개자리의 프로키온? 역시 아무것도 없다.

카시오페이아자리? 먼지와 증기뿐이다.

고래자리의 타우? 더 말할 것도 없다.

공자자리의 델타? 가나 마나다. 전혀 볼 게 없다.

우리는 이 항성에서 저 항성으로, 이 행성에서 저 행성으로 빠르게 움직인다. 심지어는 혹시나 소행성들 속에 신들이 숨어 있지 않을까 해서 그 한복판을 지나가 보기도 한다.

문제는 직경이 10만 광년에 달하는 우리은하에만도 2천억 개의 항성이 있다는 것이다. 비율로 보자면, 우리는 한 축구장에서 달팽이처럼 기어가고 있는 셈이다. 축구장의 잔디

한 잎이 우리가 만나는 별 하나에 해당된다.

나는 계속 내 의뢰인들을 생각하고 있다. 그들이 내 도움을 필요로 하지 않으면 좋으련만! 그들이 꼭 위험한 상황에 놓여 있을 것만 같다. 자크는 너무 예민하고, 이고르는 너무 대담하며, 비너스는 너무 여리다.

라울은 걱정하지 말라는 뜻의 메시지를 보내면서, 탐험가로서 내가 할 일에 더 생각을 집중하라고 요구한다. 비행대가 방향을 틀 때마다 내가 잠깐씩 뒤로 처지는 게 자꾸 신경이 쓰이는 모양이다.

「알았네. 정신을 집중하겠다고 약속하지.」

우리는 수백 개의 행성을 조사했다. 때로는 표면에 내려가 보기도 했으나 우리가 발견한 것이라곤 암석뿐이었다. 지능을 가진 생명의 자취는 어디에도 없다.

「대양과 대기를 가진 온난한 행성들에만 〈착륙〉하는 게 어떨까?」

내가 그렇게 제안하자, 라울은 나탈리가 갔던 행성이 반드시 지구와 비슷하다는 보장은 없다고 대답한다. 하지만 프레디는 내 제안을 받아들인다.

「그런 식의 기준을 세우면 우리가 탐사해야 할 행성들의 수가 10분의 1로 줄어들 거야. 2천억 개가 아니라 2백억 개만 조사하면 된단 말일세.」

우주 공간의 광대함이라는 문제가 우리를 가로막고 있다. 그것은 우리가 예상하지 못했던 난적이다.

글을 쓰면 쓸수록 이상한 느낌에 사로잡히곤 한다. 글을 쓰다가 격정에 몸을 떨기도 하고 육체적인 사랑을 할 때와 비슷한 짜릿함을 느끼기도 한다. 그럴 때면 나는 몇 분 동안 내가 누구인지도 잊은 채 〈딴 세상〉에 가 있고는 한다.

어떤 장면들은 마치 내 인물들이 나의 지배에서 벗어나기라도 한 것처럼 저절로 써진다. 나는 어항 속의 금붕어를 지켜보듯 내 인물들이 소설 속에서 살아 움직이는 것을 바라본다. 그건 기분 좋은 일이기도 하고 두려운 일이기도 하다. 사용법을 모르는 어떤 폭발물을 가지고 노는 기분이다.

글쓰기에 몰입하면 나는 모든 걸 잊어버린다. 내가 누구인지도 잊고 내가 글을 쓰고 있다는 것도 잊어버린다. 나는 내 인물들과 이야기 속에 함께 있고 그들과 함께 산다. 그건 마치 깨어 있는 채 꾸는 꿈과 같다. 그것도 여느 꿈이 아니라 내 온몸이 환희를 표현하는 관능적인 꿈이다. 황홀경, 망아지경을 느끼게 하는 그 마술적인 시간은 그리 오래 지속되지는 않는다. 그저 몇 분, 때로는 몇 초 동안 지속될 뿐이다.

하지만 그런 황홀한 순간이 언제 찾아온다고 확실히 말할 수는 없다. 그저 갑자기 찾아올 뿐이다. 내가 쓰고 있는 장면과 듣고 있는 음악이 잘 맞아떨어지면서 생각이 술술 풀려나올 때 그런 순간들이 나타나지 않나 싶다. 황홀경에서 깨어날 때면, 약간 얼이 빠진 채 땀을 흘리고 있는 내 모습을 보게 된다. 그러면서 그 경이로운 순간이 더 오래 지속되지 않은 것에 대한 아쉬움이 밀려온다. 그러면 나는 음악 소리를 낮추고 텔레비전을 켠 다음 싫증이 나도록 본다. 그런 절정의 순간을 자주자주 경험하지 못하는 고통을 잊기 위해서 말이다.

114. 이고르

내 앞에 갑자기 체첸 병사들 한 무리가 나타났다. 나는 수류탄 하나를 그들 한가운데로 던지고 뛰어 달아난다. 이따금 내 종아리 사이로 총알들이 스쳐 가지만, 그런 것 따위는 안중에도 없다. 나는 마을 한복판에 있는 우물 쪽으로 달려가 거기에 걸린 두레박을 붙잡고 매달린다.

늑대 부대 전우들은 거의 전멸을 당한 것 같다. 스타니슬라스조차 보이지 않는다. 나는 휴대용 카세트 플레이어의 소리를 낮춘다. 「민둥산의 하룻밤」이 잦아들면서, 내 거친 숨소리 사이로 불길의 타닥거리는 소리, 아우성 소리, 부상자들이 도와 달라고 외치는 소리가 섞여 든다.

115. 비너스

심사 위원들은 묵묵히 나를 살피고 있고, 나는 무대에서 그들을 살핀다. 그들의 한가운데에 앉은 헤비급 권투 선수가 내 가슴을 뚫어져라 바라보고 있다. 그의 양옆으로 은퇴한 원로 배우 몇 사람과 텔레비전 사회자, 에로 영화감독, 예술적인 누드 사진을 전문으로 하는 사진작가 몇 사람, 오래전부터 골을 기록하지 못한 축구 선수 하나가 보인다.

저게 심사 위원들이야? 저들이 내 운명을 결정할 거란 말이지? 문득 어떤 회의가 엄습해 온다. 하지만 이 광경을 세계

전역에 내보내기 위해 여러 방송국에서 카메라들이 나와 있다. 무수히 많은 사람들이 지금 나를 보고 있을 것이다. 나는 그들을 의식하며 미소를 짓고, 대담성을 한껏 발휘하여 그들에게 윙크까지 보낸다. 내가 알기로 이건 규칙에 어긋나는 행동이 아니다.

불안하다. 너무나 불안하다. 안정제를 먹어 두길 잘 했다.

116. 백과사전

새옹지마(塞翁之馬)

옛날 중국 북방의 한 요새에 앞일을 잘 내다보는 노인이 살고 있었다. 하루는 이 노인이 기르던 좋은 말이 국경을 넘어 오랑캐 땅으로 달아났다. 마을 사람들이 찾아와 귀한 말을 잃어버린 노인에게 위로의 말을 건네자, 노인은 조금도 애석해하는 기색을 보이지 않고 태연하게 대답했다.

「이 일이 복이 되는지 누가 알겠소?」

얼마 후 신기하게도 국경을 넘어갔던 말이 오랑캐의 준마를 데리고 요새로 돌아왔다. 마을 사람들이 경사가 났다며 이 일을 축하하자, 노인은 전혀 기쁜 기색을 보이지 않고 대답했다.

「이 일이 화가 되는지 누가 알겠소?」

노인에게는 말 타기를 좋아하는 외아들이 있었다. 어느 날 그 아들이 오랑캐의 준마를 타다가 떨어지는 바람에 다리가 부러졌다. 마을 사람들이 걱정하며 이를 위로하자 노인은 아무렇지도 않다는 듯이 대꾸했다.

「이 일이 복이 되는지 누가 알겠소?」

노인의 아들이 불구가 된 지 1년쯤 되었을 때, 이웃 나라 오랑캐가 쳐

들어왔다. 마을 장정들은 모두 싸움터에 나가 전사했지만, 노인의 아들은 절름발이라서 징집을 면하였다.

에드몽 웰스, 『상대적이며 절대적인 지식의 백과사전』 제4권

117. 계속되는 탐색

오리온자리에는 아무것도 없다.

사자자리에는 약간의 단세포 생물이 있지만, 그것들은 의식을 지닌 생명이라기보다는 광물에 가까운 존재들이다.

큰곰자리에는 행성들이 완전한 형태조차 갖추고 있지 않다.

라위턴의 별 주위에는 차가운 운석들이 있을 뿐이다.

우리는 시간을 허비한 셈이다.

불쑥 후회가 비집고 들어온다. 그동안 내 의뢰인들은 어떻게 지냈을까?

118. 이고르

내가 우물의 테두리 돌 아래에 웅크리고 있는데, 체첸 병사 하나가 제 딴에는 만약의 경우를 생각한답시고 수류탄 한 개를 내가 있는 곳으로 던진다. 나는 오른손으로 잽싸게 그것을 잡아 살펴본다. 껍데기에 바둑판무늬가 들어간 아프가니스탄제 G34라는 모델이다. 이거라면 전혀 겁낼 게 없다. 나는 즉시 그것을 적에게 되던진다. 적은 우물 안에 누가 있음을 알아차리고는 부랴부랴 그것을 다시 던진다. 웬 놈의 수류탄이 이렇게 안 터지는가 싶어 다시 살펴보니 안전핀이

막혀 있다. 불량품이다. 아프가니스탄 사람들의 무기 제조 기술은 이런 수준밖에 안 된다. 이 수류탄은 결코 터지지 않을 것이다. 사정이 그렇다면 내 수류탄 중의 하나를 사용할 수밖에 없다. 이건 러시아 노동자가 만든 성능 좋은 러시아 수류탄이다. 나는 정확히 5초를 기다리며 투척 지점을 잘 겨냥한 다음 적에게 날려 보낸다. 적은 내가 던진 수류탄을 되던지려고 움켜쥔다. 하지만 이번엔 놈의 손안에서 수류탄이 터져 버린다.

전쟁이란 아마추어들이 하는 놀이가 아니다. 이건 전문가들의 일이다. 언제나 철두철미해야 하고 타이밍을 놓치지 말아야 한다. 예컨대, 지금의 나 같은 경우에는, 우물 속에 너무 오래 있지 말아야 한다. 나는 우물 밖으로 펄쩍 뛰어나가 죽은 전우의 총을 주워 들고는, 몸을 숨기기 위해 어떤 집으로 달려 들어간다. 집 안에는 민간인들이 있다. 나는 총으로 위협하여 한 가족을 주방에 가두어 놓은 다음, 창가에 자리를 잡고 차분하게 주위를 살핀다. 내 총에는 레이저 조준기가 달려 있어서 내가 적들보다 한결 유리하다. 나는 휴대용 카세트 플레이어를 다시 작동시킨다. 「민둥산의 하룻밤」이 다시 내 고막을 울린다. 적군 병사 하나가 조준기의 시야로 지나간다. 그의 눈썹 위에 빨간 불이 나타난다. 나는 방아쇠를 당긴다. 놈은 단 한 방에 고꾸라졌다.

119. 자크

나는 유리로 된 우리에 갇힌 쥐 여섯 마리를 바라보고 있다. 녀석들도 나를 보고 있는 듯하다. 고양이는 한쪽으로 떨어져 나와 쥐들을 지켜본다. 쥐들은 내가 저희에 관한 이야기를 쓰고 있다는 것을 알아차리기라도 한 듯, 점점 더 많은 구경거리를 보여 주고 있다. 내가 녀석들을 어떤 식으로 묘사하고 있는지 읽어 줄 수가 없어서 유감이다.

나의 고양이 모나리자 2세가 내게 다가와 제 몸을 비비댄다. 내 마음속에 자기 대신 뾰족한 이빨을 가진 이 괴물들이 들어선 게 아니라는 것을 확인하고 싶은 것이다.

나는 내가 써놓은 글을 다시 읽어 본다.

아직 뭔가 마음에 들지 않는 점이 있다. 이야기가 사방팔방으로 뻗어 나가는 느낌이다. 장면과 장면이 이런 식으로 이어져야 하는 이유를 독자들은 이해하기 어려울 것이다. 하나의 구조물을 만들어 이야기 전체를 떠받쳐야 한다. 그리고 장면과 장면의 연결을 아주 자연스럽게 해주는 내적인 흐름을 잡아 나가야 한다. 기하학적인 구조를 사용해 볼까? 이야기를 동그라미 형태로 구성해 볼까? 이야기의 결말에 가면 인물들이 처음과 똑같은 상황에 놓이게 되는 구조 말이다. 아냐, 그건 전혀 새로울 것이 없어. 그럼 나선형으로 된 이야기는 어떨까? 앞으로 나아갈수록 이야기가 점점 확대되어 무한에 이르는 구조 말이야. 그것도 별로 새로울 것이 없어. 그렇다면 일직선 구조로 이야기를 전개해 볼까? 그건 너무 평범해. 모두가 그렇게 하고 있잖아.

나는 더욱 복잡한 기하학적 형태를 생각해 본다. 오각형, 육각형, 정육면체, 원통, 피라미드, 사면체, 십면체. 가장 복잡한 기하학적 구조는 무엇일까? 대성당이다. 나는 대성당들에 관한 책을 사서 읽고 난 뒤에, 대성당의 형태가 우주에 별들이 배열된 구조와 관련이 있음을 깨닫는다. 됐다, 바로 이것이다. 대성당을 건설하듯이 소설을 써야겠다. 나는 샤르트르 대성당을 모델로 선택했다. 보물 중의 보물인 이 13세기의 대성당은 많은 상징들과 숨겨진 메시지들로 가득 차 있다.

나는 커다란 데생 용지에 대성당의 설계도를 꼼꼼하게 베껴 그림으로써, 내 이야기의 전개 방식을 성당 구조의 주요 요소와 상응시킬 준비를 한다. 내 소설의 플롯들이 교차하는 것은 성당의 세로 회랑과 가로 회랑이 교차하는 것에 해당하고, 내 소설의 반전들은 궁륭의 머릿돌에 해당한다. 그런 식으로 성당의 구조를 염두에 두면서 이야기를 전개하니까, 글쓰기가 한결 재미있고 글의 흐름도 더욱 매끄러워진다. 내 인물들의 움직임도 소설의 구조에 자연스럽게 통합되어 가는 느낌이다.

대성당의 구조를 모델로 삼게 되면서, 글을 쓸 때 내가 듣는 음악에도 변화가 생겼다. 나는 이제 요한 제바스티안 바흐의 음악을 듣는다. 바흐 역시 자기의 작곡을 위해 대성당의 구조를 활용한 바 있다. 그의 음악을 듣다 보면, 이따금 두 개의 선율이 교차하면서 제3의 선율이 들리는 듯한 느낌을 받곤 한다. 어떤 악기도 그 선율을 연주하고 있지 않는데 말이다. 나는 그 효과를 내 글에서 재현해 보려고 한다. 두 개의 플롯을 교차시키면서 가상적인 제3의 플롯이 존재하는 듯한 느낌을 만들어 내겠다는 것이다.

샤르트르 대성당과 요한 제바스티안 바흐의 음악은 내 소설의 구조를 결정하는 데 도움을 준 두 본보기이다. 이 새로운 구조에 이끌려서 내 인물들의 움직임은 더욱 활발해지고 내 글쓰기에도 한결 속도가 붙는다. 이제 하루에 20페이지의 원고를 써도 다시 손댈 필요가 없을 만큼 흐름이 매끄럽다. 이전에는 하루에 다섯 페이지를 쓰고도 나중에 다시 손을 보아야 했는데 말이다. 내 소설이 갈수록 두꺼워진다. 5백~6백 페이지 되던 것이 1천 페이지를 넘어 1534페이지가 되었다. 이건 단순한 추리 소설이 아니라, 쥐들 세계의 『전쟁과 평화』이다.

마침내 남들에게 읽힐 수 있을 만큼 견고한 작품이 되었다는 느낌이 든다.

이제 남은 일은 출판사를 찾아내는 것이다. 나는 내 원고를 파리에 있는 주요 출판사 열 군데에 우편으로 보낸다.

120. 비너스

심사 위원들이 점수를 매기고 있다. 나는 부러진 손톱을 잘근잘근 씹는다. 담배를 피우고 싶은 생각이 간절한데, 흡연은 금지되어 있다. 내 운명이 지금 이 순간에 달려 있다.

121. 이고르

나는 조준과 발사를 되풀이한다. 두 번째 적이 고꾸라지고, 세 번째, 네 번째 적도 쓰러졌다. 음악을 들으면서 싸운다는 건 정말 기분 좋은 일이다. 나는 퇴폐적인 서방 세계를 싫어하지만, 휴대용 카세트 플레이어 같은 멋진 물건을 발명한 점에 대해서는 감사하지 않을 수 없다. 갑자기 어머니의 영상이 내 앞에서 어른거린다. 나는 심장을 겨냥하기보다는 머리를 노린다. 어머니를 생각할 때마다 방아쇠를 당기고 싶은 충동이 인다.

122. 자크

얼마간의 간격을 두고 출판사들로부터 답변이 왔다. 첫 번째 출판사는 내 소설의 소재가 지나치게 이색적이라고 했다. 두 번째 출판사는 〈대중에게 훨씬 더 많은 사랑을 받는〉 고양이들을 주인공으로 삼아서 내 작품을 다시 써보라고 권했다.

그 두 번째 답장을 받고 나는 모나리자 2세를 바라보았다.

온 서양에서 가장 퇴폐적인 고양이 모나리자 2세에 관해서 쓸 만한 이야기가 있을까?

세 번째 출판사는 내 소설을 자비로 출판하지 않겠느냐고 제안했다. 싼값에 내 책을 내줄 용의가 있다는 것이다.

123. 비너스

점수가 발표되기 시작한다. 점수는 그리 후한 편이 아니다. 현재로서는 10점 만점에 5.4점이 가장 높은 평균 점수이다. 드디어 내 차례다. 심사 위원들이 돌아가며 자기가 매긴 점수를 발표한다. 4, 5, 6, 5…… . 얼굴엔 그려 넣은 듯한 미소를 여전히 띠고 있지만 가슴이 철렁 내려앉는다. 점수가 형편없다. 만일 아무도 나에게 더 높은 점수를 주지 않는다면, 나는 떨어지고 만다. 이건 말도 안 된다! 심사 위원들이 문제가 있다. 위선적인 표정을 짓고 있는 저들이 싫다. 현재까지 가장 높은 점수를 받고 있는 저 여자는 지방 노폐물 때문에 살갗 여기저기가 울퉁불퉁한데, 저들은 그것도 알아차리지 못했단 말인가?

124. 백과사전

관념권(觀念圈)

관념은 살아 있는 존재와 같다. 관념은 태어나서 자라고 번식하며, 다른 관념과 대결하다 마침내 죽음을 맞는다.

그렇다면 관념은 생물처럼 진화도 할 수 있지 않을까? 또 다윈주의자들이 주장하는 것처럼 가장 약한 것을 제거하고 가장 강한 것을 번식시키기 위해 관념들 사이에서도 선별이 이루어지지 않을까?

1970년에 자크 모노는 『우연과 필연』이라는 저서에서, 관념은 자율성을 가질 수 있으며 유기체처럼 번식하고 증식할 수 있다는 가설을 내놓았다.

1976년에 리처드 도킨스는 『이기적인 유전자』라는 책에서 〈관념권〉이라는 말을 사용하였다. 생물권이 생물의 세계이듯이 관념권은 관념의 세계이다. 도킨스는 이렇게 쓰고 있다. 〈누가 어떤 창의적인 관념을 내 정신에 심어 준다면, 그는 말 그대로 나의 뇌에 기생하는 것이고, 그 생각을 전파하기 위한 수단으로 나의 뇌를 변화시키는 것이다.〉 그러면서 그는 자기의 주장을 뒷받침하기 위해 신이라는 관념을 예로 든다. 이 관념은 어느 날 생겨난 뒤로 끊임없이 진화해 오고 전파되어 왔으며, 복음과 경전, 음악과 미술 등을 통해 중계되고 확대되었다. 또, 이 관념은 사제들을 통해 재생산되어 왔고, 사제들이 살아가는 공간과 시간에 맞도록 재해석되어 왔다.

그런데 관념은 생성하고 발전하고 소멸하는 속도가 생물보다 더 빠를 수 있다. 예컨대 카를 마르크스의 정신에서 나온 공산주의라는 관념은 아주 짧은 기간에 퍼져 나가 공간적으로 지구의 반에 영향을 미쳤다. 이 관념은 진화하고 변화하다가 결국은 쇠퇴하여 갈수록 소수의 사람들에게만 영향을 미치고 있다.

하지만 공산주의라는 관념은 그렇게 변화하는 과정에서 자본주의라는 관념도 변화하게 만들었다. 우리의 문명은 관념권에서 벌어지는 관념들 간의 투쟁을 통해 발전해 간다.

오늘날 컴퓨터는 관념들의 이동과 변이를 가속화하고 있다. 인터넷 덕분에 관념은 예전보다 훨씬 빠른 속도로 퍼져 나갈 수 있으며, 경쟁자나 천적과 대결하는 일도 훨씬 빠르게 이루어질 수 있다.

인터넷은 좋은 관념들뿐만 아니라 나쁜 관념들을 널리 퍼뜨리는 데에도 아주 유용한 수단이 된다. 관념의 세계에는 〈도덕〉이라는 것이 없기 때문이다. 하긴, 생물의 세계에서도 진화가 어떤 도덕률에 따라 이루어지는 것은 아니다.

어쨌거나 사정이 이러하기 때문에, 인터넷을 통해 어떤 관념을 전파하거나 인터넷에 〈굴러다니는〉 관념을 퍼올 때는 좀 더 신중하게 생각할 필요가 있을 것이다. 관념은 이제 그것을 창안한 사람들이나 전달하는 사람들보다 더 강력하다는 것을 염두에 두어야 한다.

따지고 보면, 이것도 하나의 관념일 뿐이지만…….

에드몽 웰스, 『상대적이며 절대적인 지식의 백과사전』 제4권

125. 자크

네 번째 출판사에서는 전화로 연락이 왔다. 내 소설을 출간하겠다는 것이 아니라 계속 글을 쓰라고 나를 격려하는 전화였다. 그 편집자는 〈좋은 글을 쓰기 위해서는 인생 경험이 풍부해야 합니다. 열일곱 살 반이라는 나이에 인생을 충분히

경험한다는 것은 불가능한 일이지요)라고 말했다.

다섯 번째로 답변을 보내 온 출판사는 내 소설의 전투 장면들을 여성 독자들이 그리 좋아하지 않을 거라고 비판했다. 소설 독자의 대다수는 여성이며, 여성 독자의 대부분은 그런 잔인한 장면보다는 낭만적인 장면을 더 좋아하리라는 것이다. 한마디로 말해서, 쥐 세계의 〈러브 스토리〉를 구상해 보지 않겠느냐는 얘기였다.

나는 내 쥐들을 바라본다. 마침 암수 한 쌍이 교미를 하고 있는 중이다. 수컷이 암컷의 목을 피가 나도록 물어뜯는다. 그러고는 교접이 더 잘되게 하려고 그러는지, 앞발로는 암컷의 머리를 짓누르고 뒷발로는 암컷의 꽁무니를 압박한다. 가엾은 암컷은 고통에 겨워 찍찍거리지만, 그러면 그럴수록 수컷은 더욱 흥분해서 어쩔 줄을 모르는 것 같다.

쥐 세계의 낭만적인 러브 스토리를 쓰라고? 그건 사실과 너무 다른 것이 아닐까…….

126. 이고르

다섯, 여섯, 일곱…… 그리고 열 번째 적이 쓰러졌다. 이 정도면 이 판은 나의 승리로 끝난 셈이다. 나는 내 시야에 겁도 없이 뛰어들어 온 적군 병사를 모조리 쓰러뜨렸다. 이제 한낮이다. 하늘은 뿌옇다. 마을 여기저기에서 연기가 치솟고, 아직 온기가 남아 있는 병사들의 시신으로 파리 떼가 몰려든다.

적군도 죽었지만 내 전우들도 죽었다. 아군 중의 단 한 사람도 더 이상 보이지 않는다. 나는 늑대의 울부짖음을 내지른다. 늑대 부대의 군호인 그 외침에 아무런 응답도 뒤따르지 않는다. 나만 운이 좋았던 것 같다. 하늘에 있는 누군가가 나를 지켜 주고 있음에 틀림없다. 물론 나는 빠르지만, 그것만으로 내가 살아남은 건 아닐 것이다. 지뢰를 밟거나 산탄에 맞을 수도 있었을 텐데, 기적처럼 그것들을 여러 차례 피했으니 말이다.

그래, 나에겐 분명히 수호천사가 있다. 이고르 성인, 감사합니다.

나는 곧 기지로 송환되어 새로운 특공대에 편입될 것이다. 그런 다음 이번과 같은 임무를 계속 수행하게 될 것이다. 전쟁은 내가 잘할 수 있는 유일한 일이다. 누구에게나 장기는 있게 마련이다. 나는 헤드폰을 고쳐 쓰고 다시 「민둥산의 하룻밤」을 듣는다.

어디선가 갑자기 늑대 울음소리가 들려온다. 진짜 늑대인가?

아니다. 스타니슬라스이다. 그의 말마따나 그에게도 수호천사가 정말로 있는 모양이다.

127. 비너스

다시 10점 만점에 5점. 이제 마지막 심사 위원인 권투 선수에게 모든 것이 달려 있다. 그의 채점 결과가 발표되었다.

「10점 만점에 10점.」

이게 꿈이 아닐까? 내가 잘못 들은 게 아닐까?

단박에 내 평균 점수가 높이 솟아올랐다. 이제는 내 점수가 제일 높다. 나는 기뻐서 어쩔 줄을 모르다가 이내 냉정을 되찾는다. 아직 점수가 발표되지 않은 참가자들이 있다. 다른 사람이 나를 앞지를 수도 있는 것이다.

약간 멍한 기분이 든다. 남아 있는 사람들의 점수가 발표되고 있다. 여전히 내가 선두에 있다. 드디어 모두의 점수가 나왔다. 누구도 나보다 좋은 점수를 받은 사람이 없다.

내가…… 내가…… 미스 유니버스가 되었다.

텔레비전 카메라들이 일제히 나를 찍고 있다. 무수히 많은 사람들이 내 모습을 보고 있을 것이다. 누가 나에게 샴페인 한 병을 내민다. 사진 기자들의 플래시가 연방 터지는 가운데, 나는 모두에게 샴페인을 따라 준다.

나는 해냈다!

나는 마이크에 대고 이렇게 소감을 말했다.

「감사합니다. 저의 어머니께 특히 감사를 드리고 싶습니다. 그분이 아니었으면 이런 대회에 나올 엄두를 내지 못했을 겁니다. 어머니는 제가 완벽한 아름다움을 향한 이 길고도 험난한 길로 들어설 수 있도록 용기를 주셨습니다.」

관객과 시청자에게 좋은 인상을 주기 위해서는 그렇게 말해야 한다는 생각이 들었다. 하지만 솔직히 말해서, 내가 진정으로 감사해야 할 사람이 있다면, 그건 바로 나 자신이다.

나와 경쟁을 벌였던 참가자들이 나에게 와서 축하의 말을 건넨다. 객석에서 엄마는 기쁨의 눈물을 흘리고 있고, 에스테반은 나를 향해 공중으로 입맞춤을 보낸다.

인터뷰와 축하와 사진 촬영이 계속된다. 나는 지금 영광의 절정에 있다.

그런 다음, 대회장 밖으로 나오자 벌써부터 사람들이 나를 알아보고 사인을 요구한다.

나는 지칠 대로 지쳐서 에스테반과 함께 호텔로 돌아왔다. 에스테반은 그 어느 때보다 나의 매력에 경탄하는 듯한 태도를 보였다.

나는 이겼다!

128. 자크

나는 실패했다. 완전한 실패다. 어떤 출판사에서도 내 소설 『쥐』를 출판하려 하지 않는다.

아버지는 나에게 전화를 걸어 이렇게 말씀하셨다. 〈작가란 하나의 직업이 될 수 없어. 내가 무얼 안다고 그런 소리를 하느냐고 할지 모르지만, 서점을 경영하다 보니까 작가들의 사정이 어떨지 짐작이 가. 이미 이름이 난 사람들이 아니면 통 팔리지를 않아. 작가가 되겠다는 생각보다는 먼저 유명해질 생각을 하는 게 좋을 거야. 그러고 나면 네 책을 쓸 기회가 저절로 생길 테니까 말이지. 문제를 순서에 맞게 풀어 나가야 해.〉

이 역경에서 내 곁에 있어 줄 존재는 모나리자밖에 없다. 갑자기 세상살이에 자신이 없어지고 스스로가 한없이 약하게만 느껴진다. 모나리자에게 매일 먹을 것을 대주는 것조차 걱정이 되기 시작한다. 모나리자도 나의 이런 마음을 느끼고 있는지 그날따라 자못 심각한 표정을 짓고 있었다.

이튿날 오전에 식당에 가서 일을 한 다음 내 원고를 다시 읽어 보았다.

우리 안의 쥐들이 나를 조롱하고 있는 듯한 기분이 든다. 저따위 쥐들을 가지고 소설을 쓴 내가 한심하게 여겨진다.

나는 화를 참을 수가 없어서 쥐들을 하수도에 내다 버렸다. 이제부터는 저희가 알아서 살아가겠지 하고 생각하면서.

모나리자는 회심 어린 가르랑거림으로 내 결정에 찬성의 뜻을 표시했다.

다시 글을 써보려고 워드 프로세서 앞에 앉았지만, 글을 쓴다는 것이 더 이상 매력도 없고 희망도 없는 일로 느껴진다. 자신이 없다. 이쯤에서 포기하는 게 나을지도 모르겠다.

129. 백과사전

자아 성찰의 계기

인간은 끊임없이 타자로부터 제약을 받는다. 하지만 자기 자신이 행복하다고 믿을 때는 그런 제약을 문제 삼지 않는다. 어릴 적에는 자기가 싫어하는 것을 먹으라고 어른들이 강요해도 그것을 대수롭지 않게 받아들인다. 자기를 행복하게 해주는 가족의 요구이기 때문이다. 성인이 되어서는 상사가 자기를 모욕해도 그걸 있을 수 있는 일로 받아들인다. 직장 생활이라는 게 다 그런 거라고 생각하기 때문이다. 결혼을 하게 되면, 아내나 남편이 끊임없이 잔소리를 해도 그걸 당연한 것으로 생각한다. 배우자가 하는 소리이기 때문이다. 시민으로서는 정부가 자꾸자꾸 자기의 구매력을 감소시키는데도 별다른 이의를 제기하지 않는다. 선거 때에 자기가 지지한 정부이기 때문이다.

사람들은 남이 자기를 억누르고 있다는 사실을 깨닫지 못할 뿐만 아니라, 오히려 가족과 직장과 정치 체제와 자기를 억압하는 것의 대부분을 〈자기의 인격을 표현하는 형식〉이라고 주장한다. 많은 사람들은 누가 자기들의 사슬을 없애려고 하면, 그것을 막기 위해 물불 가리지 않고 싸우려 든다.

그래서 우리 천사들이 보기엔, 지상에서 사람들이 〈불행〉이라고 부르는 일을 이따금 유발할 필요가 있다. 이것을 천상에서는 〈자아 성찰의 계기〉라고 부른다. 이 계기는 사고, 질병, 가족의 결별, 직업상의 실패 등 여러 가지 형태를 취할 수 있다.

이런 계기들은 사람들을 두려움에 떨게 하지만, 일시적으로라도 사람들을 길들여진 조건에서 벗어나게 해준다. 물론 대부분의 사람들은 두려움을 견디지 못하고 이내 다른 감옥을 찾아 나선다. 이혼한 사람들은 서둘러 재혼을 하고, 일자리를 잃은 사람들은 훨씬 더 힘든 일을 받아들인다. 그렇기는 해도, 이런 계기가 찾아온 순간부터 다른 감옥을 찾아낼 때까지, 사람들은 스스로를 냉철하게 되돌아볼 수 있는 약간의 시간을 갖게 된다. 그때 사람들은 진정한 자유가 무엇인지를 어렴풋하게나마 깨닫는다. 대개는 그것에 겁을 먹기가 십상이지만 말이다.

에드몽 웰스, 『상대적이며 절대적인 지식의 백과사전』 제4권

130. 귀환

천국에 돌아왔다.

그리 많은 시간이 흐른 것도 아닌데, 그 사이에 내 의뢰인들에게 많은 변화가 있었다. 라울의 말마따나 인간들은 우리가 돌보지 않을 때 더 빨리 성숙하는 모양이다. 비너스는 거식증과 폭식증에서 벗어나 미스 유니버스로 선발되었다. 그러잖아도 그렇게 되도록 도와줄 생각이었는데, 어쨌든 참 잘된 일이다. 이고르는 소년원과 정신 병원에서 나와 전쟁 영웅이 되었다. 자크만 일이 잘 안 풀리고 있다. 그는 아직 자기 길을 찾지 못했다. 텔레비전 앞에서 저렇게 많은 시간을 보내며 빈둥거리는 것은 그의 삶에 전혀 도움이 되지 않을 듯

하다.

하필이면 자크 때문에 걱정하고 있던 그 순간에 지도 천사가 나타났다. 그는 나를 보자마자 한숨부터 내쉰다.

「자네 나를 꽤나 실망시키는군. 자네에게 기대를 많이 걸었는데, 자네는 일을 엉망으로 하고 있어…….」

「저는 풋내기입니다. 이제 겨우 인간들이 어떻게 움직이는지를 이해하기 시작했는걸요.」

「아 그래? 그런데 그 우주 비행은 어땠어?」

그는 모든 걸 알고 있다. 나는 그 질문에 답하는 것을 피하고 이렇게 항변한다.

「자크가 여전히 방황하고 있긴 하지만, 다른 두 사람은 아주 잘 지내고 있습니다.」

「이보게, 미카엘. 자네한테 설명해야 할 것이 아직 많네. 자네 지구에 내려갔다가 떠돌이 영혼들을 만난 적이 있지?」

「아뇨……. 에…… 사실은…….」

그러니까 지도 천사는 우리가 파파도풀로스를 찾아갔던 일을 알고 있다는 얘기다.

「그때 자네도 알아차렸겠지만, 그 떠돌이 영혼들은 우리보다 인간들에게 더 쉽게 영향을 미칠 수 있어. 인간들에게서 아주 가까이 있기 때문이지.」

「네……. 하지만.」

「그런데 만일 어떤 의뢰인이 기도를 하는데, 수호천사가딴 일을 보느라고 그 기도를 들어줄 수 없게 되면, 자네 생각에는 어떤 일이 벌어질 것 같은가?」

「……떠돌이 영혼이 대신 나서겠지요.」

「맞았네. 떠돌이 영혼들은 우리 대신 일하는 걸 너무 좋아해. 정말 고약한 영혼들이지. 천사가 자기 일을 수행하지 않을 때 떠돌이 영혼이 끼어드는 걸세. 자네는 이고르와 비너스가 운이 좋아서 지금처럼 되었다고 생각하나? 아닐세. 그들이 기도를 할 때 자네가 없었기 때문에 어떤 떠돌이 영혼이 자네 대신 가서 일을 한 거야. 이제 그들에게는 떠돌이 영혼이 들러붙어 있네.」

지도 천사의 표정에 수심이 가득하다.

「그래서 나는 기회가 생길 때마다 사람들에게 이렇게 이르고 있네. 〈아무 영혼에게나 가호를 빌지 말라. 망아지경에 함부로 빠지지 말라. 영매를 피하고, 저승에 대해서 말해 주겠다고 하는 자들의 말을 믿지 말라. 기도를 할 때는 아무렇게나 하지 말고, 수호천사를 함부로 찾지 말라. 수호천사는 너희가 어디에 있는지 알고 있다. 주술이나 샤머니즘 같은 것에 깊이 빠져들지 말라. 남을 조종할 수 있다고 믿는 자는 남에게 조종을 당하기 쉽다. 어떤 도움에든 대가가 따르기 마련이다〉라고 말일세.」

나는 지도 천사의 눈길에서 나에 대한 실망의 기색을 확연히 읽었다.

「죄송합니다. 이 잘못을 어떻게 바로잡을 수 있을까요?」

지도 천사가 다시 한숨을 내쉬며 대답한다.

「미카엘, 난 자네를 책임지고 있네. 자네가 없기에 내가 나섰지. 자네 의뢰인들에게 달라붙어 있던 떠돌이 영혼들을 내가 쫓아 버렸네. 하지만, 이제부터 조심하게. 이고르와 비너스는 자네에게 가호를 빌기만 하면 모든 일이 해결될 거라고 확신하고 있네. 이고르는 자네를 〈이고르 성인〉이라 부르기까지 하네. 누구나 자기와 같은 이름의 성인으로부터 보호를 받고 있다고 생각하는 걸세.」

지도 천사가 공중으로 떠오르면서 덧붙인다.

「언젠가 이고르와 자크와 비너스가 여기에 와서 자네와 대면할 날이 올 걸세. 그 순간이 자네에게는 견디기 힘들 거야. 그들은 자네가 누구인지를 알게 될 것이고, 자네는 그들에게 그간의 일들을 설명해야 할 테니 말일세.」

나는 부끄러움을 느끼며 고개를 떨군다.

「한 가지 더 일러둘 게 있네. 나쁜 동료들과 너무 자주 어울려 다니지 말게. 그들과 가까이 지내 봐야 별로 좋을 게 없어. 자네 의뢰인들의 영혼이 심판을 받는 날에, 그들이 자네 대신 해명을 해줄 수 있을 것 같은가?」

그러면서 지도 천사는 멀지 않은 곳에서 이리저리 날아다니고 있는 라울을 턱으로 가리킨다.

「미카엘, 자네는 다행히 처음부터 좋은 영혼들을 맡았어. 다음번에도 이렇게 좋은 영혼들을 맡게 되리라는 보장이 없네. 대개 첫 의뢰인들을 맡아서 실패를 하고 새로 의뢰인들을 맡게 되면, 그제야 첫 의뢰인들이 얼마나 좋은 영혼이었는지를 깨닫게 되지.」

어디 작은 구멍이라도 있으면 거기로 들어가 숨고 싶은 기분이다. 지도 천사가 다시 일침을 놓는다.

「인간에게는 환생하는 것이 실패이고, 천사에게는 새 의뢰인들을 맡는 것이 실패일세.」

131. 이고르, 열여덟 살

스타니슬라스와 나는 훈장을 받았다. 두코우스코프 대령

은 우리에게 훈장을 수여하고 목을 껴안으면서 말했다.

「자네들은 이제부터 상사일세.」

말쑥한 제복 차림의 군인들이 자리에서 일어나 박수를 보낸다. 국기가 게양되고 국가가 울려 퍼진다. 두코우스코프 대령이 내 귀에 대고 속삭인다.

「1 대 10의 상황에서 적을 물리치고 살아남은 건 자네들 둘뿐이야. 그 비결이 뭐지?」

나는 숨을 크게 들이쉬며 잠시 머뭇거린다. 내 수호천사에 관한 이야기를 할 수는 없는 노릇이다.

「제 어머니 덕분에 살아남았습니다.」

대령은 알겠다는 듯이 미소를 짓는다.

지금 이 순간 나는 말할 수 없이 기쁘다. 나는 열여덟 살이며, 이렇게 죽지 않고 살아 있다.

132. 비너스, 열여덟 살

나는 미스 유니버스 선발 대회의 심사 위원단에 속해 있던 권투 헤비급 세계 챔피언의 품에 안겼다. 우리는 섹스를 했다. 기분이 아주 고약했다. 그는 사람이 아니라 짐승 같았다. 마치 링 위에 올랐을 때처럼 헐떡거리는 소리 때문에 귀가 먹먹했고, 그 뚱뚱한 다리로 눌러 대는 통에 숨이 막힐 지경이었다. 120킬로그램이나 되는 살덩어리가 증기를 내뿜으며 당신을 누르고 있다고 상상해 보라. 이건 섹스가 아니라 기관차나 트럭에 깔리는 것이다. 여기에 무슨 우아함과 세련됨이 있겠는가?

그래도 시작은 그리 나쁘지 않았다. 대회가 끝난 뒤에, 그는 나에게 전화를 걸어 한번 만날 수 있겠느냐고 물었다. 나는 만나겠다고 대답했다. 그는 나를 만나자마자 대회에서 내가 정말로 가장 아름다웠다는 식의 말로 칭찬을 늘어놓았다. 그러나 그다음 말이 분위기를 잡치고 말았다. 그는 자기가 10점 만점에 10점을 주어서 내가 미스 유니버스가 되었음을 상기시켰다. 한마디로 자기 덕분에 내가 승리를 거두었다는 얘기였다. 아, 이렇게 잘난 척하는 남자들의 얘기대로라면, 이들 없이는 세상에 될 일이 없을 것이다. 하지만 난 알고 있다. 내가 미스 유니버스가 된 것은 남자들 덕분이 아니라 내가 때맞추어 적절한 기도를 올렸기 때문이라는 것을 말이다. 나는 그날 처음으로 어떤 친구 같은 존재가 나를 도와주러 나타났다고 느꼈다. 그 존재가 틀림없이 나의 수호천사일 것이다.

나는 마지못해 그가 갈 데까지 가게 내버려두었다. 그런 다음, 그가 요란하게 코를 골며 자는 틈을 타서 빠져나왔다.

난 정말 너무 착해서 탈이다.

133. 자크, 열여덟 살

글쓰기가 갈수록 싫어진다. 독서량도 갈수록 줄어들고 있다. 때로는 소파에 축 늘어져서 다섯 시간 동안 내리 텔레비전을 보기도 한다. 이불을 덮고, 가르랑거리는 고양이를 무릎에 앉힌 채 말이다. 딱히 어떤 프로그램을 정해서 보는 것도 아니고, 리모컨으로 계속 채널을 바꾸며 본다.

식당에서 손님들 시중드는 일만 해도 내가 먹고사는 데에는 아무 지장이 없다. 하긴 물을 부으면 다시 부풀어 오르는 탈수된 면류(麵類)를 주로 먹으니까 생활비가 많이 들 까닭이 없다.

모나리자 2세는 내가 텔레비전을 보고 있으면 아주 좋아한다. 나에게 지혜에 이르는 길을 가르쳐 주었다고 확신하는 모양이다.

나는 소설 『쥐』를 완성함으로써 내가 좋은 책을 썼다고 믿는다. 하지만 출판인들이 그 점을 알아줄 능력이 없다면, 나는 아무것도 쓰지 않은 거나 다름이 없다. 그러니 이젠 정말로 아무것도 쓰지 않는 게 낫다.

면을 많이 먹으니까 자꾸 살이 찐다. 이런 추세로 나간다면 머지않아 나는 살진 고양이 모나리자를 닮은 〈인간 모나리자〉가 될 것이다. 면도하는 것도 귀찮아서 나는 수염이 자라게 내버려두고 있다.

끊임없이 채널을 바꾸고 있기는 하지만, 그래도 내가 자주 보는 프로그램들은 있다. 그런데 그 수준이 갈수록 낮아지고 있다. 처음에는 보도와 정보 프로그램을 주로 보았는데, 영화 쪽으로 관심이 옮겨 가더니, 영화에서 텔레비전용 영화로, 텔레비전용 영화에서 미니 시리즈와 시트콤으로 수준이 낮아졌다. 그러다가 마침내는 〈교양〉의 탈을 쓰고 시청자들을 농락하는 그 가증스러운 퀴즈 프로그램들을 보며 시간을 허비하기에 이르렀다. 두 경쟁자가 나와 〈개들이 가장 좋아하는 먹이는 무엇일까요?〉와 같은 문제에 되도록 빨리 대답하는 것으로 승부를 겨루는 프로그램들 말이다.

나는 고양이를 키우고 있어서, 개들이 가장 좋아하는 먹이가 무엇이든 상관이 없지만, 그래도 나는 계속 지켜본다.

이런 식으로 얼마나 오랫동안 살 수 있을까? 지금 같아서는 40년 동안 이렇게 살라 해도 살 수 있을 것 같다.

어느 날, 한 프로그램이 나의 눈길을 끌었다. 매주 한 번씩 나오는 문학 프로그램이다. 여느 때는 거들떠보지도 않았는데, 그날은 이상하게도 마음이 끌렸다.

프로그램의 주제는 사랑이었다. 첫 번째 이야기 손님으로 나온 사람은 한때 최고의 인기를 누린 적이 있는 원로 배우였다. 그는 음탕한 표정으로 자기의 추억을 늘어놓으면서 자기와 〈관계를 가졌던〉 배우들의 이름을 나열하였다. 사회자 역시 음탕한 표정으로 농담을 하면서 늙은 배우의 외설적인 암시를 거들었다.

두 번째 손님은 내 나이 또래의 젊은이였다. 사회자가 오귀스트 메리냐크라고 그를 소개했다. 미남인 데다가 옷맵시도 좋고 서글서글하게 웃기도 잘하는 아주 매력적인 청년이었다. 그는 최근에 자전적인 소설을 발표했는데, 그 소설의 주인공인 오귀스트는 만나는 여자들마다 자기를 미치도록 사랑하게 만드는 특성을 가지고 있다고 했다. 오귀스트 메리냐크는 자기의 방탕한 삶을 보여 주는 몇 가지 일화를 소개한 뒤에, 자기는 사랑을 열렬히 예찬하는 자이며 사랑이야말로 자기 문학의 의미라고 말했다.

세 번째 손님은 살결이 아주 곱고 입술에 핏빛 립스틱을 칠했으며 높이가 15센티미터는 족히 될 뾰족한 하이힐을 신은 여성이었다. 그녀는 사디스트와 마조히스트들이 많이 드나드는 어떤 〈환락 시설〉에서 매니저로 일을 하고 있기 때문에 이름이 밝혀지지 않기를 원했다. 그녀의 말에 따르면, 그녀 가게의 손님들은 정치인과 연예인과 기업인이 주류를 이루는데 대부분은 아주 잘 알려진 인물들이다. 그들은 평소에는 주위 사람들을 공포에 떨게 하지만, 그 가게에 와서는 지배당하는 위치에 놓이는 것을 좋아한다고 했다. 그 여성은 자기 가게에서 그런 남자들을 학대할 때 사용하는 방법을 설명하고, 이른바 스타라는 사람들의 괴상망측한 요구에는 이제 신물이 난다고 털어놓았다.

마지막 손님은 전문가의 관점에서 이야기하러 나온 성 의학자였다. 그는 자기가 연구를 수행하는 과정에서 만나게 된 기이한 성적 환상의 예를 몇 가지 들었다. 영국 여왕으로 분장을 하고 섹스를 해야만 만족을 느낄 수 있는 사람이 있는가 하면, 서로 다른 열 명의 파트너가 있어야만 오르가슴에 도달하는 여자도 있었다. 또 동물이나 식물, 혹은 여러 가지 물건의 도움을 받지 않거나, 매우 이상한 장소에서 섹스를 하지 않으면 자기들의 욕정을 채울 수 없는 유명 인사들도 있었다(그는 그들의 이름을 밝히고 싶어 하지 않았다).

나는 마음이 답답해져 오는 것을 느끼며 텔레비전을 꺼버렸다. 상상의 세계에서 나온 이야기, 창조된 인물, 서스펜스 따위는 어디에도 없다. 사정이 이러하니 내 소설 『쥐』가 사람들의 관심을 끌 리가 없다.

나는 완전히 길을 잘못 들었다. 글을 쓰는 일은 이쯤에서 그만두어야겠다. 내 글쓰기의 종말에 애도의 뜻을 표한다. 나는 식당 종업원과 텔레비전 시청자로 살아갈 것이다. 그것만으로도 충분히 살 만하지 않겠는가.

134. 백과사전

애도의 중요성

오늘날에는 상례(喪禮)가 사라져 가는 경향이 있다. 가족 중의 누가 세상을 떠난 경우에도 사람들은 장례식이 끝나기가 무섭게 서둘러 평소의 활동을 다시 시작한다. 소중한 존재가 사라지는 일이 갈수록 덜 심각한 사건이 되어 간다. 검은색은 전형적인 상복의 색깔이라는 특권을 상실했다. 디자이너들은 검은색이 사람을 날씬해 보이게 하고 세련된 느낌을 준다는 이유로 개나 소나 시도 때도 없이 검은색 옷을 입게 만들었다.

하지만 어떤 시기의 종말이나 어떤 존재의 소멸을 애도하는 것은 사람들의 심리적인 안정에 대단히 중요한 역할을 한다. 이른바 원시 사회라 불리는 사회에서만은 여전히 애도의 중요성이 강조되고 있다. 예컨대 마다가스카르에서는 사람이 죽으면 온 마을 사람들이 활동을 중단하고 애도에 동참할 뿐만 아니라, 장례식을 두 차례에 걸쳐 치른다. 첫 번째 장례식 때에는 모두가 슬퍼하며 묵상하는 가운데 시신을 땅에 묻는다. 그런 다음, 시간이 좀 지난 뒤에 두 번째 장례식을 치르면서 대대적인 축제를 벌인다.

비단 사람이 죽었을 때뿐만 아니라, 어떤 직장이나 삶의 터전을 떠날 때처럼 〈종결의 사건〉이 있는 경우에도 애도는 필요하다. 이런 경우에 애도는 일종의 형식적인 절차에 지나지 않아서 사람들이 대개는 이것을 쓸데없는 것으로 여기지만, 이것은 결코 쓸데없는 짓이 아니다. 인생이라는 여정의 단계를 표시하는 일은 중요하다.

우리는 저마다 자기 나름의 애도 의식을 만들어 낼 수 있다. 기르고 있던 콧수염을 밀어 버리거나 머리 모양을 바꾸거나 복장의 유형을 바꾸는 것과 같은 가장 간단한 것에서부터, 걸판지게 잔치를 벌이거나 고주

망태가 되도록 술을 퍼마시거나 낙하산을 타고 뛰어내리는 것과 같은 다소 격렬한 것에 이르기까지 아주 다양한 의식이 있을 수 있다.

애도가 제대로 이루어지지 않으면, 마치 잡초의 뿌리를 제대로 뽑아 내지 못했을 때저럼 사건의 후유증이 오래간다.

어쩌면 학교에서도 애도의 중요성을 가르칠 필요가 있을 것이다. 그럼으로써 나중에 애도를 제대로 하지 못해서 몇 년씩 고통을 겪는 일이 생기지 않게 말이다.

에드몽 웰스, 『상대적이며 절대적인 지식의 백과사전』 제4권

135. 자크, 스물한 살

식당에서 내 동료 중의 하나가 경찰을 부르려고 했다. 어떤 손님이 돈도 한 푼 없이 점심 식사를 했기 때문이었다.

나는 그녀를 살펴보았다. 아래위 모두 검은색으로 차려입은 아주 가냘프고 여리게 생긴 여자였다. 나는 그녀가 둥지에서 떨어진 새 같다는 느낌이 들었다. 그녀의 손에는 책 한 권이 들려 있었다. 대니얼 키스[1]의 『앨저넌에게 꽃을』이라는 책이었다.

나는 그녀 대신 돈을 치르고 그 책의 내용이 무어냐고 물어보았다. 그녀는 나에게 고맙다고 말하고, 자기 대신 돈을 치를 필요는 없었다면서, 자기 책에 대해서 이야기를 해주었다.

「지적 장애인인 한 남자가 앨저넌이라는 생쥐를 상대로 실험된 어떤 화학 요법 덕분에 점차로 지능이 높아진다는 이

---

1 미국의 SF 소설가(1927~2014). 『앨저넌에게 꽃을』은 그가 1966년에 발표한 소설이다.

야기예요. 그 지적 장애인이 자기의 삶과 치료 과정을 1인칭 시점으로 서술해 가고 있어요. 자기의 뇌가 새로운 의미들을 발견해 가는 과정을 이야기하고 있는 셈이에요. 지능이 발달해 가면서 그의 글쓰기도 발전하지요. 그가 지능이 낮았을 때는 단어 하나를 쓸 때마다 철자의 오류가 있었고 구두점도 사용할 줄 몰랐는데, 치료가 진행되면서 그게 점점 나아져요.」

그녀는 자기 이름이 구앙돌린이라고 소개했다. 그런 다음 책의 저자에 관한 얘기를 덧붙였다.

「내가 알기로, 이 대니얼 키스라는 작가는 이것 말고 다른 소설은 쓰지 않았어요. 하지만 이런 걸작을 남겼으니 그는 마음 편하게 죽을 수 있을 거라고 생각해요. 그는 인류를 위한 자기의 사명을 완수했어요. 그는 이 작품을 쓰기 위해 세상에 태어났던 거예요. 우리 모두에게는 실현해야 할 일, 만들어야 할 작품이 하나쯤은 있다고 생각해요. 그런 임무를 완수해야만 편하게 죽을 수 있을 것 같아요.」

나는 다시 그녀를 살펴보았다. 가늘고 긴 눈이 초롱초롱하고 살결이 아주 맑았다. SF 소설을 읽는 여자라면 당연히 괜찮은 여자일 거라는 생각이 들었다. 그리고 무엇보다 그녀가 내 마음에 드는 점은 나보다 한결 더 얼이 빠져 있는 듯한 모습을 보인다는 것이다.

우리는 함께 걸었다. 그녀는 자기가 저주받은 시인이라고 말했다.

「마침 잘됐네요. 나는 저주받은 작가거든요.」

「나는 아픔을 겪기 위해 태어났고, 실패를 통해 배워야 하는 사람인가 봐요.」

그런 다음 우리는 말없이 걸었다. 나는 그녀의 찬 손을 내 손으로 감싸 쥐어 따뜻하게 해주었다. 그녀가 문득 발걸음을 멈추더니 길 잃은 생쥐 같은 표정으로 나를 물끄러미 바라보다가 말했다.

「아주 좋은 사람 같아요. 같이 자도 괜찮겠다는 생각이 들어요. 하지만 나는 예전에 사귀었던 남자들을 모두 불행하게 만들었어요.」

「그럼 내가 처음으로 예외가 되겠군요.」

「난 불행을 가져다주는 사람이에요.」

「난 미신을 믿지 않아요. 왜인 줄 알아요? 미신을 믿는 건…… 불행을 가져오기 때문이에요.」

그녀는 짐짓 웃는 모습을 보이고는, 자기에게서 도망가라고 다시 충고했다.

몇 주일 후에 나는 그 길 잃은 생쥐 같은 여자를 내 셋방에 와서 살게 했다. 구앙돌린은 알고 보니 아주 훌륭한 살림꾼이었다. 다만 우리에게 한 가지 문제가 있다면, 우리가 섹스를 하긴 하지만, 그녀가 섹스에 응하는 것은 나에게 봉사를 하기 위해서이거나 자기 몫의 집세를 내기 위해서인 것 같은 기분이 든다는 것이다.

이따금 그녀는 그 기다란 눈으로 나를 뜯어보며 이렇게 말하곤 한다. 〈내가 떠나는 게 나을 것 같아. 난 너에게 너무 무거운 짐이야.〉 그럴 때마다 나는 그녀를 안심시키려고 애쓴다.

나는 구앙돌린에게 색깔이 있는 옷들을 사다 주었다. 늘 검은 옷만 입으니 너무 단조롭다는 느낌이 들어서였다. 그녀는 내가 사준 옷들을 한번 입어 보고는 더 이상 입지 않았다.

한번은 구앙돌린을 데리고 몬티 파이선[2]의 영화를 보러 간 적이 있다. 그녀는 그 영화를 보면서 웃지 않은 유일한 사람이었다. 나는 그녀에게 〈텔레비전 선(禪)〉에 대해서 이야기했다. 텔레비전을 자주 봄으로써 무념무상의 경지에 도달하는 나의 새로운 철학이라고 말이다. 그녀는 그런 말을 해도 웃지 않았다. 모나리자 2세가 좀 쓰다듬어 달라고 그녀에게 가면, 그녀는 무심결에 그러듯 고양이의 털가죽에 기계적으로 손을 갖다 댄다.

밤이면 그녀는 시트 속으로 살며시 들어와 얼음처럼 차가운 발을 내 종아리에 붙이면서 나에게 섹스를 하고 싶으냐고 묻는다. 그러고는 이내 잠이 들어 아주 큰 소리로 코를 골며 잔다. 그녀는 잠결에 몸을 자꾸 뒤척거리고 나에게 발길질을 해 대곤 한다. 꿈속에서 어떤 사람과 다투기라도 하는 것처럼 신음 섞인 소리로 중얼거리기도 한다.

모나리자 2세와 나는 어떻게 해서든 고뇌에 빠진 구앙돌린을 구해 주기로 결심했다.

구앙돌린은 침대에 누워서 담배를 피우다가 담뱃불 끄는 것을 잊어버리기도 한다. 그 때문에 조촐한 우리 셋방에 불이 날 뻔한 적이 있다. 그런가 하면, 수도꼭지를 잠그지 않아서 욕실이 물바다가 된 적도 있고, 문 잠그는 것을 깜빡하는 바람에 어떤 불청객이 내 하이파이 오디오 세트를 훔쳐 간 적도 있다.

그런 일이 생길 때마다 구앙돌린은 미안하다는 말을 되풀

2 Monty Python. 영국에서 1960년대 말부터 1970년대까지 활동한 코미디언 그룹. 옥스퍼드와 케임브리지 대학교 출신들인 이들의 무정부주의적이고 지적인 코미디들은 미국에도 큰 영향을 주었다.

이하며 흐느끼다가는 내 품에 다가들어 몸을 옹송그리면서 〈거봐, 나는 불행을 가져오는 사람이라고 말했잖아〉하며 처음 만났을 때 했던 말을 상기시킨다. 그때마다 나는 〈아냐, 그렇지 않아〉하고 대답한다.

구앙돌린이 나와 함께 지내게 되면서 소설『쥐』를 완전히 다시 쓰고 싶은 의욕이 생겼다. 우리 둘을 위해서 내가 승리자가 되어야 한다는 생각이 든 것이다.

나는 고양이를 떼어 놓고, 텔레비전이 그 네모난 외눈으로 더 이상 나를 조롱하지 못하도록 시트로 덮어 버렸다. 나는 다시 워드 프로세서 앞에 앉아 쥐에 관한 내 소설을 1페이지부터 다시 쓰기 시작한다. 이것이 서른 번째 시작이다.

이제 목표를 훨씬 더 높이 설정해야 한다. 가장 아둔한 출판인조차 관심을 가질 만한 플롯을 만들어야 한다.

새로운 아이디어가 떠올랐다. 하수도 속 깊은 곳에 어떤 장소를 설정하고, 거기에서 불가사의하고 무시무시한 사건들이 벌어지게 하면서 그것들에 대한 설명을 대단원에 이를 때까지 하지 않는 것이다. 내 이야기를 따라 그 하수도 속 깊은 곳에 들어가는 독자는 누구나 아주 으스스한 경험을 하게 될 것이다.

모나리자 2세가 문득 주둥이 끝으로 거울을 가리킨다. 거울에 관한 얘기를 해야 한다는 뜻인가 보다. 그래, 쥐 한 마리가 거울에 비친 자기 모습을 바라보는 장면을 만들자! 너 별걸 다 아는구나, 나의 모나리자! 언제나 너의 제안에 귀를 기울일게. 여기는 나의 행성이 아닌데, 넌 아무래도 나와 같은 행성에서 온 것 같아. 난 어쩌면 고양이들의 하늘나라에서 왔는지도 몰라. 고대 이집트 사람들은 고양이들을 신처럼 신성한 동물로 생각했대.

나는 나에게 영감을 주는 뮤즈를 늘 찾고자 했다. 혹시 모나리자 2세가 그 뮤즈는 아닐는지.

나는 밤새도록 글을 쓴다.

136. 이고르, 스물한 살

나는 상사로서 늑대 특공대를 다시 조직하는 임무를 맡았다. 나는 지원자들 중에서 가장 용맹한 자들을 선별하여, 〈빨라야 한다. 안 그러면 죽는다〉라는 말의 의미를 절실히 깨닫도록 가르쳤다. 나는 그들의 반사적인 민첩성을 발달시키기 위해 갖가지 훈련 방법을 고안하였다. 그들은 이제 안전핀을 뽑은 수류탄들을 가지고 손재간을 부리며, 정면에서 쏜 화살을 피할 줄도 알고, 한 손을 탁자 위에 올려놓고 벌어진 손가락 사이를 차례차례 칼로 내리찍는 것을 누가 더 빨리 할 수 있는지 내기를 벌이기도 한다. 작은 토끼를 손으로 잡을 만큼 민첩한 병사들도 있다. 그들 안에 있는 동물적인 감각을 일깨워 주는 것이 바로 나의 임무이다. 그들은 갈수록 말을 적게 한다. 우리 중에는 이제 좀 배운 척을 하면서 쓸데없는 지적 토론을 벌이려 드는 자는 단 한 사람도 없다.

어떤 늑대가 다른 늑대에게 말을 거는 경우는 그저 〈뒤를 조심해〉 같은 짧막한 말을 할 때뿐이다. 그런 경우조차도 〈조심해〉라는 말을 하지 않고 그저 〈뒤〉라고만 해도 충분하다. 우리는 오로지 생존하는 데 꼭 필요할 때에만 말을 한다. 나의 늑대들은 내가 손가락을 까딱하거나 눈짓만 보내도 나

에게 복종한다. 나는 단지 그들의 상사가 아니라 이 무리의
우두머리이다.

우리는 여러 차례에 걸쳐 혁혁한 전공을 세웠다. 물론 그
것들이 역사책에 기록되지는 않을 것이다. 하지만 나의 우상
인 미국 스타 실베스터 스탤론과 아널드 슈워제네거의 영화
에 나올 장면으로는 손색이 없는 것들이다.

스타니슬라스는 나의 오른팔이 되었다. 내 명령에 신속하
게 따르지 않거나 넌지시 뚱기기만 해도 알아서 착착 움직이
지 않는 늑대들을 훈계하는 것이 그의 몫이다. 그는 대단히
유능하다. 이런 식으로 계속 나간다면, 우리는 더 이상 모든
것을 다 말하지 않아도 마치 서로 텔레파시가 통하는 것처럼
모두가 한 몸처럼 움직일 수 있게 될 것이다.

한번은 이렇게 말하는 녀석을 만난 적이 있다. 〈늑대가 되
어서 기쁩니다. 이전에 배속된 부대에서는 이제껏 운이 따르
지 않았거든요.〉 나는 운이 없는 사람들은 우리 특공대에서
아무 할 일이 없다고 대꾸하고 녀석을 돌려보냈다.

내가 보기에 인생에는 세 가지 요인이 있다. 재능과 운과
노력이 그것이다. 이 요인 중에서 두 가지만 갖추면 성공할
수 있다. 즉, 노력에 운이 보태지면 재능이 없어도 충분히 성
공할 수 있고, 재능에 노력이 더해지면 운이 없는 것을 벌충
할 수 있으며, 재능도 있고 운도 있으면 노력을 피할 수 있다.
하지만, 가장 이상적인 것은 이 세 가지를 다 갖추는 것이다.
그래서 나는 나의 늑대들에게 요구한다. 그들의 타고난 재능
에 끊임없는 훈련과 운수의 규칙적인 관리를 보태라고.

나는 그들에게 나의 새로운 이론을 가르쳤다. 우리에겐
저마다 수호천사가 있다. 일이 잘 안 풀릴 때에는 주저하지

말고 수호천사에게 기도를 바쳐야 한다고. 스타니슬라스는 수호천사가 자기를 구해 준 여러 가지 일화를 들려주었다. 나는 이런 식으로 신비 사상의 기초적인 핵심 몇 가지를 내 늑대들의 머릿속에 심어 주었다고 생각한다.

우리 특공대는 적군에게 큰 피해를 입혔다. 적들은 자기들의 병기만 믿고 있기 때문에 우리는 한결 쉽게 승리를 거둘 수 있다. 그들은 자기들의 레이더와 지뢰와 러시아의 적들이 제공한 신형 소총이 자기들을 지켜 줄 것이라고 믿는다. 가엾게도 너무나 순진한 자들이다. 우리 특공대원들은 맨손으로도 전자 로봇을 사용하는 적들보다 더 많은 전과를 올린다. 우리에겐 투지와 분노가 있지만 기계는 그런 것을 가질 수 없기 때문이다.

내 가슴에 훈장이 쌓여 간다. 이것은 우리 나라에서 중요한 의미를 갖는다. 나는 몇몇 부하를 잃었다. 그들은 위급한 순간에 민첩성이 부족해서 죽은 것이다. 이것은 다윈이 말한 자연 도태와 비슷하다. 가장 약한 자가 가장 먼저 사라지는 것이다.

우리 대원들은 나를 칭찬하고 존경하지만, 나는 그들에게 조금은 무서운 존재다. 나도 언젠가는 누군가로부터 사랑을 받고 싶다. 정상적인 여자와 정상적인 사랑을 해보고 싶다. 그러기 위해서는 아마 더 많은 훈장을 받아야 할 것이다.

내 훈장들이 비너스의 마음을 사로잡을 날이 올 것이다. 나는 우리의 보급품을 싸고 있던 신문지에서 그녀의 사진을 다시 보았다. 그녀가 미스 유니버스로 선발된 모양이다.

137. 비너스, 스물한 살

미스 유니버스가 된 뒤로 전 세계에서 패션쇼나 패션 광고 사진을 위한 요구가 쇄도한다. 텔레비전에 나가 인터뷰를 할 때면 모든 것에 관해서 나의 의견을 묻는다. 마치 가장 아름답다는 것이 지성의 증거라도 되는 양 말이다. 나의 매니저 — 나에겐 이제 그런 사람이 있어야 한다 — 인 빌리 와츠는 내 머릿속에 떠오르는 대로 대답하라고 조언을 해주었다. 어쨌거나 나는 아는 게 없으므로 그것 말고는 달리 선택할 길이 없다. 그런데 매니저가 말한 방법이 통한다. 그것도 아주 잘 통한다. 사람들은 내가 마음 내키는 대로 지껄이는 것을 좋아하는 모양이다. 그런데 만일 사람들이 무엇에 관해서 이야기하는지를 몰라서 문제가 될 때는 어떻게 하느냐고 물었더니, 빌리 와츠는 일반 시청자들은 오히려 나의 〈무지〉에서 〈자기들과 닮은 점을 발견〉할 테니 걱정하지 말라고 대답했다.

내가 텔레비전에 나가서 무슨 말을 하고 나면, 얼마 있다가 어떤 정치가들이 〈비너스 셰리든이 말한 것처럼……〉 하면서 내 말을 인용하곤 한다. 참 재미있다는 생각이 든다. 하버드에서 박사 학위까지 받은 사람들이 대학 문턱에도 가보지 않은 내 말을 인용하고 있으니 말이다. 그 정치가들은 대중과 가깝다는 인상을 주기 위해서라면 무슨 짓이든 하려는 사람들 같다.

한번은 체첸 전쟁에 관해서 의견을 묻기에, 그냥 〈나쁘다〉 고만 말했더니 사람들이 아주 좋아했다. 일반적으로 내 의견은 기자들의 질문에 대답을 하는 과정에서 형성된다. 나는 우선 머릿속에 떠오르는 대로 의견을 말하고 나서, 그다음 질문에 대해 생각을 해본다. 언뜻 보기엔 어리석은 태도 같지만 의외로 이게 잘 통한다. 그런 인터뷰들을 통해서 나는 내가 전쟁에 반대하고, 폭력에도 대체로는 반대하며, 환경 오염과 가난과 질병에도 반대한다는 사실을 깨닫게 되었다.

또 나는 바보 같은 모든 것을 반대하고, 온갖 악행과 추잡함을 단호하게 반대한다. 나는 그런 취지를 담은 탄원서라면 무엇에든 서명할 준비가 되어 있다.

새끼 바다표범에 관해서는 쉽게 대답할 수가 없다. 이것은 숙고를 요하는 문제이다. 새끼 바다표범을 지나치게 보호하면 그것들을 사냥해서 살아가는 이누이트들에게 피해가 갈 수 있다니 말이다. 중독성이 약한 마약의 자유화나 무기 소지 금지, 사형 제도 폐지 등과 같은 문제에 대해서도 생각을 더 해봐야겠다. 그 분야에서는 누가 좋은 편이고 누가 나쁜 편인지 아직 잘 분간이 되지 않는다. 하지만 나는 그 문제들에 대해서 곧 내 의견을 말하겠다고 약속한 바 있다.

어떤 기자가 다음 선거에서 민주당과 공화당의 후보 중에서 어느 쪽을 지지할 거냐고 물은 적이 있다. 나는 〈옷을 더 잘 입는 쪽을 지지하겠다〉고 대답했다. 그 대답 역시 사람들의 호감을 샀다. 기자들은 내 말을 너무 노골적이지 않은 방식으로 보도하겠다고 말했다. 그날 저녁 텔레비전 뉴스에서는 내 말의 배경 화면에 제3세계 독재자들의 사진이 나왔다. 그들이 한결같이 옷을 너무나 못 입는 사람들이라는 것은 누가 봐도 쉽게 알아차릴 수 있었다.

나는 부자들이 모여 사는 동네에 집을 하나 얻어서 이사했다. 엄마는 이제 일주일에 한 번밖에 만나지 않는다. 엄마는 사람이 좀 멍해진 것 같다. 술을 너무 많이 마시고 배우자를 너무 자주 바꿔서 그런가 보다. 나 역시 많은 사람과 교제를 하고 있다. 하지만 나는 사랑에 너무 매달리면 안 된다는 것을 배웠다. 나는 그저 내 애인들과 즐기는 것을 좋아할 뿐이다.

처음엔 어떤 사람과 너무 깊은 관계를 맺지 않기 위해서 그럴듯한 핑곗거리를 찾아야만 했다. 〈다른 사람을 사랑해요〉라든가 〈당신 친구들을 견딜 수가 없어요〉라는 식으로 말이다. 하지만 이제는 애써 그럴 필요를 느끼지 않는다. 그저 〈당신하고 있는 게 더 이상 즐겁지 않아요〉라고 뿌루퉁하게 한마디만 하면 족하다.

나의 이런 화려한 삶에 작은 그늘을 드리우는 것이 있다면, 편두통이 갈수록 심해진다는 것이다. 많은 의사들을 찾아가 진찰을 받아 보았지만 아무도 나를 도와주지 못했다. 그들은 내 증상이 어디에서 오는지를 알지 못한다. 그래서 담배만 자꾸 는다. 담배가 내 고통을 조금은 잠재워 준다. 밤에 잠을 자기 위해 먹는 수면제의 양이 자꾸 늘어난다. 몽유병 발작도 편두통과 번갈아 가며 찾아온다.

전화가 왔다. 빌리 와츠의 전화다. 내가 어떤 프랑스 향수의 홍보 모델로 뽑힐 가능성이 많다고 한다. 세기적인 계약이 임박했다는 것이다. 나는 너무 좋아서 펄쩍펄쩍 뛴다. 만일 이 계약이 성사된다면, 나는 남은 생애를 편안하게 살 수 있다. 그런데 빌리 와츠는 좋아하기는 아직 이르다면서, 신시아 콘웰도 후보에 올라 있다는 사실을 알려 준다. 갑자기 화가 치민다. 신시아는 나의 주된 경쟁자이다. 그녀는 나와 비슷한 점이 많다. 흑인이고 키가 크며 부분적으로 성형을 했고 웃는 얼굴도 나랑 비슷하다. 게다가 그 애는 나보다 어리다. 이제 열일곱 살밖에 안 됐다. 그 점이 그 애에게 유리하게 작용할 수도 있다.

빌리 와츠는 그래도 자기는 나의 승리를 낙관하고 있다고 말했다. 자기 영매인 뤼디빈이 내가 이길 거라고 장담했다는 것이다.

나도 영매의 말을 믿고 싶다. 하지만 화장품 회사는 믿을 수가 없다. 그런 회사들을 좌지우지하는 늙은 경영자들이 어떤 족속의 사람들인지 나는 안다. 그들은 언제나 젊은 쪽에 더 많은 점수를 준다. 나는 그들이 신시아를 더 좋아하리라는 것을 알고 있다. 게다가 나는 미디어에 얼굴이 너무 많이 팔려서 스물한 살에 벌써 기성의 거물로 통하는 데 반해, 신시아는 새 얼굴로 받아들여진다는 이점이 있다.

나는 기도를 올린다. 저 위 하늘에서 누군가 내 기도를 듣고 계신 분이 있다면, 그 못된 계집애의 얼굴이 찌그러지게 해주십시오 하고.

138. 백과사전

좌뇌의 독재

만일 뇌의 두 반구를 분리시키고, 오른쪽 반구와 관계가 있는 왼쪽 눈에 풍자만화 하나를 보여 준다면, 왼쪽 반구와 관계가 있는 오른쪽 눈에는 아무것도 보이지 않는데도, 피실험자는 웃음을 터뜨릴 것이다. 그런데 그에게 왜 웃느냐고 물으면, 좌뇌는 풍자만화에 대해서는 전혀 아는 바가 없으므로 자기가 웃은 까닭을 지어내어 설명할 것이다. 예컨대, 〈실험자의 가운이 하얀데, 그 색깔이 우습게 느껴진다〉라는 식으로 말이다.

이렇듯이 좌뇌는 공연히 웃는다든지 자기가 모르는 어떤 것 때문에 웃는다는 것을 받아들일 수 없기 때문에 웃음이라는 행동에 어떤 논리를 부여하려고 한다. 그런데 더욱 놀라운 것은, 왜 웃었느냐고 질문을 받고 나면, 뇌 전체가 하얀 가운 때문에 웃었다고 확신하면서 왼쪽 눈에 제시했던 풍자만화는 잊어버리게 된다는 것이다.

잠을 자는 동안에는 좌뇌가 우뇌를 가만히 내버려둔다. 그래서 우뇌는 자기 내면의 영화에 자기 나름의 인물과 장소와 사건을 마음대로 등장시킨다. 인물들은 꿈꾸는 동안 얼굴이 바뀌어 버리며, 장소는 아래위가 뒤바뀌어 있고, 말에는 조리가 없으며, 한 줄거리가 갑자기 끊기고 다른 줄거리가 두서없이 이어진다. 하지만 잠에서 깨어나면, 좌뇌는 다시 우뇌를 지배하면서 기억된 꿈의 내용을 다시 해독하여 시간과 장소와 행동이 일치하는 하나의 조리 있는 이야기에 그것을 통합시킨다. 그러면 낮 시간이 흐르는 동안 그 이야기는 간밤의 꿈에 대한 아주 〈논리적인〉 기억이 된다.

그런데 사실 우리는 잠잘 때 이외에도, 좌뇌에 의해 해석된 이해할 수 없는 정보들을 끊임없이 받아들이고 있다. 이 좌뇌의 독재는 때로 견디기 어려운 것이 될 수도 있다. 그럴 때 어떤 사람들은 좌뇌의 그 냉혹한 합리성으로부터 벗어나기 위해 술에 취하거나 마약을 복용한다. 그러면 우뇌는 감각이 화학적으로 중독된 틈을 타서, 좌뇌의 통제와 해석으로부터 벗어나 자유롭게 말하기 시작한다. 주위 사람들은 그들이 주정을 부린다거나 환각에 빠졌다고 말하겠지만, 그 사람들은 그저 좌뇌의 독재로부터 잠시라도 벗어나려고 한 것뿐이다.

화학적인 도움을 전혀 받지 않고도, 우뇌의 〈가공되지 않은〉 정보를 직접 받는 것은 가능한 일이다. 세계가 이해되지 않을 수 있다는 사실을 받아들일 수만 있으면 된다. 앞에서 말한 풍자만화의 예를 다시 들자면, 만일 우뇌가 자유롭게 스스로를 표현하는 것을 용인할 수만 있다면, 우리는 풍자만화의 유머를 이해하게 될 것이고, 그럼으로써 진짜 신나게 웃을 수 있게 될 것이다.

에드몽 웰스, 『상대적이며 절대적인 지식의 백과사전』 제4권

139. 이고르, 스물한 살 2개월

우리 특공대는 인근 지역을 초토화했다. 적의 진지들을 숱하게 공격했지만 우리의 인명 손실은 그리 많지 않았다.

어느 날 두코우스코프 대령이 전선으로 우리를 만나러 왔다. 대령의 얼굴에는 희색이 완연했다. 그는 내 양어깨를 잡더니 대뜸 이렇게 말했다.

「아주 좋은 소식이 있네.」

나는 틀림없이 신형 칼라시니코프 자동 소총에 관한 소식일 거라고 생각했다. 상급 부대에서 우리의 낡은 병기를 교체해 주겠다고 약속한 뒤로, 나에게 좋은 소식이라면 그것밖에 없다. 나는 그 새로운 무기를 어느 부대원들에게 맡겨서 성능을 시험하는 것이 좋을까 하는 것까지 벌써 생각해 놓았다.

「전쟁이 끝났네.」

갑자기 숨이 멎는 듯했다. 대령이 말을 이었다.

「이젠 평화란 말일세.」

나는 힘겹게 말을 더듬었다.

「펴…… 평화요…….」

그러니까 크렘린의 썩어 빠진 자들이 미국 마피아 자본가들의 압력을 받아 체첸군 대표들과 평화 조약을 맺기로 결정

했다는 얘기다. 나에게 이보다 더 나쁜 소식은 없다. 나는 이런 순간이 오지 않기를 바랐다. 평화 조약?! 한창 승리를 거두어 가고 있는 판국에 평화 조약이라니?! 어쩌면 지금 이 순간에도 나의 동료들은 전략적인 요충지를 공략하고 있을지도 모르는데, 그들은 왜 싸움을 포기하는 것일까? 나는 체첸 놈들이 저지른 잔학 행위를 보았다. 놈들은 어린아이들을 인간 방패로 사용했고, 포로가 된 내 부하들에게 혹독한 고문을 가하였다. 그런 자들과 평화 조약을 체결한단 말인가? 나는 혹시나 하는 마음을 버리지 못하고 대령에게 물었다.

「방금 말씀하신 거 농담이시지요?」

대령은 놀란 표정을 지었다.

「아닐세. 공식적인 거야. 어제 서명이 이루어졌네.」

온몸에서 힘이 쭉 빠지는 느낌이 들었다.

대령은 내가 너무 기뻐서 그런다고 생각했을 것이다. 그가 팔을 잡아 주며 나를 부축했다. 사람들이 이렇게까지 잘못을 저지를 수 있단 말인가? 아니, 몰라도 이렇게 모를 수가 있단 말인가? 이 전쟁은 거의 이긴 거나 다름없다. 우리는 곧 모든 것을 얻게 될 터인데, 이 마당에 협상을 하다니! 대체 무얼 놓고 협상을 한단 말인가? 이 협상에서 얻을 거라곤 모든 것을 잃을 권리밖에 없다!

이제 나는 어떻게 되는 거지?

나는 숲과 들판을 떠나 제복과 무기와 군화를 반납하고 나의 늑대들과 헤어졌다. 그런 다음, 호송을 받으며 모스크바에 돌아왔다. 기하학적인 선들로 이루어진 도시의 세계에 다시 들어온 것이다.

칭기즈 칸은 도시를 몹시 싫어했다고 한다. 성벽으로 둘러싸인 좁은 영토에 사람들을 모아 놓으면 정신이 부패하고 쓰레기가 쌓이며 질병이 만연하고 사람들이 쩨쩨해진다고 생각한 것이다. 그래서 칭기즈 칸은 할 수 있는 한 많은 도시를 파괴하려고 했다. 하지만 결국 승리를 거둔 것은 도시인들이었다.

나는 민간인의 삶으로 돌아왔다. 먼저 거처를 하나 구해야 하는데, 나는 서식을 작성할 줄 모른다. 서류라면 딱 질색이다. 나는 아파트 하나를 세냈다. 작고 지저분하고 시끄러운 아파트인데, 월세는 터무니없이 비싸다. 나를 바라보는 이웃 사람들의 눈이 곱지 않다. 숲이나 들판에서 야영하던 때가 그립다. 나의 나무들은 어디로 갔는가? 나의 늑대들은 어디로 갔는가? 그 맑은 공기는 어디로 갔는가?

민간인의 옷을 입으니 어색하고 불편하다. 바지며 폴로셔츠며 스웨터 따위가 도무지 내 옷을 입었다는 느낌을 주지 않는다. 민간인의 옷은 무엇보다 호주머니가 적어서 불편하고, 천이 너무 흐물흐물해서 내 훈장을 달 수가 없다.

나는 민간인 사회에 재편입하는 데에 어려움을 겪고 있다. 전쟁터에서는 싸우기만 하면 내가 원하던 것을 얻을 수 있었다. 그런데 여기에서는 돈이면 뭐든지 다 된다. 내가 갖고 싶은 게 있으면 돈을 내야 한다. 어딜 가나 돈이 필요하다.

나의 군 경력이 살아가는 데에 도움을 줄 거라고 생각했는데, 사실은 정반대다. 병역을 기피한 자들과 후방에서 편하게 지내던 자들이 오히려 왕년의 전사들을 경계한다. 나는 스탤론과 슈워제네거의 영화들을 비디오로 보고 또 보면서 잠에 곯아떨어지도록 보드카를 마신다. 어서 서방을 상대로 전쟁을 선포했으면 좋겠다. 나는 언제라도 전쟁터로 달려 나갈 준비가 되어 있다.

누가 초인종을 누른다. 우체부다. 나의 첫 〈퇴직 연금〉을 가져온 것이다. 나는 봉투를 열고 액수를 확인해 본다. 조국을 위해 싸운 나의 연금은 샌드위치 가게 종업원 월급의 반에 해당한다.

나는 이보다 더 많이 받을 자격이 있다. 나는 더 많은 돈을 원한다. 큰 아파트도 하나 있었으면 좋겠고, 고급 공무원들처럼 시골에 별장도 갖고 싶다. 커다란 리무진도 몰고 다니고 싶다. 고생은 할 만큼 했으니, 이제는 부자가 되고 싶다.

이보세요, 수호천사님! 제 말 듣고 계십니까? 저는 부자가 되고 싶어요.

140. 기도

나는 피곤함을 느끼며 눈을 비빈다. 내 의뢰인들의 삶을 지켜보는 것이 나를 지치게 한다. 꿈을 통해 메시지를 보내도 이해하지 못하는 그들에게 화가 난다. 징표를 보내도 알아보지 못하는 그들에게 짜증이 난다. 직감에 작용하여 어떤 암시를 주어도 알아차리지 못하는 그들에게 신물이 난다. 지도 천사의 가르침을 잘 따르는 훌륭한 제자가 되고 싶은데, 최소한의 성과조차 나오지 않아서 계속할 마음이 들지 않는다. 나는 답답한 마음에 지도 천사를 보러 간다.

「천사들의 으뜸가는 의무는 자기 의뢰인들의 소원을 들어주는 거라는 것은 알고 있습니다. 하지만 제 의뢰인들의 소원은 정말 들어주기가 어렵습니다. 자크는 쥐에 관한 이야기를 출판해 줄 출판사가 나타나기만을 꿈꾸고 있습니다.」

「그가 원하는 대로 해주게.」

「이고르는 부자가 되고 싶어 합니다. 복권에 당첨되는 게 아니고서야 하루아침에 부자가 될 수 있겠습니까?」

「복권에 당첨되게 해주는 것은 그를 도와주는 게 아닐 거야. 그건 그를 훨씬 더 불행하게 만들 걸세. 오로지 그 일확천금에 관심이 있는 자들만 그의 주위에 몰려들 테니 말일세. 부자가 되고 싶어 하는 것만으로는 충분치 않아. 자기의 부를 감당할 능력이 있어야 하네. 그는 아직 준비가 되어 있지 않아. 그를 부자로 만들어 주되, 복권 당첨보다는 한결 점진적인 방식으로 해주게. 다음 의뢰인은 어떤가?」

「비너스는 자기 경쟁자인 다른 패션모델의 얼굴이 찌그러지기를 바라고 있습니다.」

「그녀의 소원을 들어주게.」

지도 천사가 차갑게 말했다. 나는 혹시 잘못 들은 게 아닌가 싶어 되묻는다.

「하지만 우리는 인간들에게 오로지 좋은 일만 해줘야 하는 거 아닌가요?」

「먼저 자네 의뢰인들의 욕구를 충족시켜 주는 일에 전념하게. 만일 그들이 어리석은 짓을 저지르고 싶어 한다면, 그것도 그들의 자유 의지니까 존중해 주게.」

지도 천사는 나를 데리고 천국의 조금 위쪽으로 날아오른다.

「자네가 불안해하는 것을 이해하네. 천사의 임무는 쉬운 게 아냐. 인간들은 늘 사소하고 보잘것없는 소원들을 빌지. 때로는 그들이 행복해지는 것을 두려워하는 게 아닌가 하는 생각이 들기도 해. 그들의 모든 문제는 이렇게 요약될 수 있어. 〈인간은 행복을 건설하려 하지 않고, 그저 불행을 줄이고 싶어 할 뿐이다〉라는 문장으로 말일세.」

나는 그 말에 담긴 뜻을 파악하기 위해, 〈인간은 행복을 건설하려 하지 않고 그저 불행을 줄이고 싶어 할 뿐이다〉라고 되뇐다.

지도 천사의 가르침이 계속된다.

「인간들이 원하는 건 그리 대단한 것이 아닐세. 충치의 고통에서 벗어나고 싶다든지, 텔레비전을 볼 때 자녀들이 빽빽거리지 않았으면 좋겠다든지, 시어머니가 와서 일요일의 오붓한 점심 식사를 방해하지 않았으면 좋겠다 하는 식이지. 우리 천사들이 자기들에게 무엇을 가져다줄 수 있는지를 안다면 그 따위 소원을 빌지는 않겠지. 비너스의 경쟁자인 신시아 콘웰과 관련해서는 그녀의 수호천사와 협상을 한번 해보게. 그녀에게 어떤 〈사고〉가 생기게 해도 괜찮을지 말일세. 사고를 당하게 되면 그 수난의 대가로 점수를 얻게 될 테니까, 그녀의 수호천사가 이의를 제기하지는 않을 거야. 끝으로 자네에게 일러둘 것이 하나 더 있네. 자네도 이미 느끼고 있는지 모르지만, 자네 의뢰인들에게 가장 효과적으로 영향을 미치는 수단에 변화가 생겼네. 이고르는 징표에 주의를 많이 기울였는데 이제는 직감에 많이 의존하고 있네. 비너스는 꿈을 통해 전달된 메시지를 잘 믿는 편이었는데, 최근에 영매에 관심을 갖기 시작했네. 자크로 말하자면, 예전에는 주로 고양이를 통해 영감을 받았지만, 이제부터는 꿈에 민감하게 반응할 걸세.」

악몽을 꾸었다. 늑대 한 마리가 울고 있었다. 그때, 소녀 하나가 나타나더니 열기구로 변했다. 열기구가 된 소녀는 땅을 떠나 공중으로 자꾸자꾸 올라갔다. 늑대는 소녀가 올라가는 것을 보며 매우 구슬프게 울부짖기 시작했다. 어디선가 날개 없는 새 한 마리가 나타나더니 열기구가 된 소녀를 땅으로 내려가게 하려는 듯 부리로 열기구의 내벽을 쪼아 대기 시작했다. 하지만 내벽이 너무 단단했다. 날개 없는 새는 나를 돌아보면서 무언가를 요구했다. 이런 소리를 하는 듯했다. 〈죽음에 대해서 이야기해 봐.〉〈죽음에 대해서 이야기해 봐.〉

늑대는 울부짖고, 날개 없는 새는 소녀를 발로 때리고 있었다. 그 순간에 나는 꿈에서 깨어나, 구앙돌린이 또다시 잠결에 나에게 발길질을 해대고 있음을 깨달았다.

그녀 역시 꿈을 꾸고 있었다. 그녀는 〈더 이상 이러면 안 돼〉 하고 잠꼬대를 하더니, 누군가와 이야기라도 하듯이 〈아냐, 난 아니라고〉, 〈일이 그런 식으로 되지는 않을 거야〉라고 말했다. 그러고는 마치 싸우기라도 하는 것처럼 다시 그 작은 발로 나에게 발길질을 했다.

그때, 나는 또 다른 발이 내 몸에 닿는 것을 느꼈다. 모나리자 2세다. 녀석 역시 꿈을 꾸고 있는 모양이었다. 녀석은 눈을 감은 채 얼굴을 찡그리고는 발톱을 세워 잽싸게 내젓는다. 사람이 불안에 사로잡혀 악몽을 꾸는 것은 흔히 있는 일이지만, 고양이 역시 악몽을 꾼다고 생각하니까 갑자기 무서운 느낌이 든다.

동물병원에 갔더니 대기실이 만원이었다. 내 옆에 앉은

사람이 데려온 고양이도 모나리자만큼이나 뚱뚱했다.

「이 녀석은 어디가 아파서 왔나요?」

「근시가 심해져서요. 메도르는 원래 눈이 안 좋았는데, 요즘 들어 더 나빠졌는지 텔레비전 화면에 점점 더 가까이 달라붙어요.」

「이 녀석 이름이 메도르예요?」

「그래요. 행동하는 게 꼭 순종적인 개 같아서 그렇게 지었어요. 메도르는 독립성이 전혀 없고, 부르면 언제든지 달려와요. 아무튼 눈이 자꾸 나빠져서 안경을 씌워야 할까 봐요.」

「그건 아마 고양이라는 동물 종의 일반적인 변화일 거예요. 내 고양이 역시 텔레비전을 무척 좋아하는데, 갈수록 화면에 가까이 다가가요.」

「어쨌거나 이 동물병원의 수의사는 일반의(醫)라서 해결책을 찾아내지 못할 수도 있는데, 그럴 경우에는 동물 안과의를 찾아갈 것이고, 그 의사도 해결을 못 하면, 동물 정신 분석가를 찾아가 볼 생각이에요.」

그 말끝에 우리는 함께 웃었다.

「그런데 이 녀석은 어디가 아파서 왔어요?」

「이 녀석 이름은 모나리자 2세인데, 악몽을 꿔요. 늘 신경 불안 증세를 보여요.」

「내가 수의사는 아니지만, 한 가지 조언을 할 수 있을 것 같군요. 고양이는 대개 그 주인을 통해서 카타르시스를 경험해요. 이 고양이는 당신의 고통을 똑같이 겪고 있어요. 당신이 마음을 느긋하게 먹으면, 이 녀석도 차분해질 거예요. 내가 보기에, 당신은 신경이 너무 날카로워져 있는 것 같아요. 만일 당신의 신경을 안정시키는 것이 잘 안 되거든 아이를 낳으세요. 고양이는 아기를 좋아하거든요.」

우리 앞에는 아직 여남은 명의 손님이 남아 있었다. 우리는 차례를 기다리는 동안 계속 이야기를 나누었다. 그가 자기를 소개했다.

「전 르네라고 합니다.」

「전 자크입니다.」

그가 직업이 뭐냐고 묻기에, 나는 식당 종업원이라고 대답했다. 그는 출판사를 경영한다고 했다. 나는 내 원고에 대해서 말하고 싶었지만, 그럴 엄두가 나지 않았다.

그가 기다리는 사람들을 둘러보며 말했다.

「이거 시간이 너무 많이 걸리는걸. 혹시 체스 둘 줄 알아요? 내 가방에 여행용 체스보드가 있는데.」

「좋습니다. 한 판 두지요.」

나는 그를 어렵지 않게 이길 수 있다는 것을 금방 알아차렸다. 하지만 예전에 마르틴이 내게 해준 충고가 문득 뇌리를 스쳤다. 너무 쉽게 이기는 것은 묘미가 없다. 진정한 승리는 근소한 차이로 아슬아슬하게 획득되는 것이다. 나는 투지를 누그러뜨리고 양 진영의 판세가 비슷해지도록 신경을 썼다. 그런데 일단 유리해질 수 있는 기회를 포기하고 나니, 승리 자체를 포기할 수도 있지 않을까 하는 생각이 들었다. 때로는 지는 것도 재미가 있지 않겠는가……. 나는 그가 우세해지도록 내버려두었다. 그가 〈체크메이트〉를 불렀다. 내 왕이 더 이상 움직일 데가 없었다.

르네가 의기양양하게 말했다.

「한순간, 내가 지겠구나 하고 생각했는데.」

나는 짐짓 분하다는 듯한 표정을 지으며 되받았다.

「한순간, 내가 이기겠구나 하고 생각했는데요.」

그렇게 체스를 한 판 두고 나니까, 마치 무엇에 홀리기라도 한 것처럼, 내 원고에 대해서 말하는 것이 자연스럽게 느껴졌다.

「사실 저는 레스토랑에서 일하고 있을 뿐만 아니라, 남는 시간에는 글도 쓰고 있습니다.」

그가 딱하다는 듯이 나를 빤히 바라보았다.

「그랬군요. 오늘날에는 모두가 글을 쓰지요. 아마 프랑스 사람 셋 중의 하나는 자기 나름대로 원고를 집필하고 있을 겁니다. 당신은 원고를 출판사에 보냈다가 퇴짜 맞은 적이 있을 거예요. 그렇지요?」

「네. 여기저기에 보냈었지요.」

「퇴짜 맞는 게 당연해요. 출판사마다 전문적인 원고 심사 위원들이 있어요. 그들은 각각의 원고에 대해 심사 평을 작성해야 하는데, 그 일의 대가로 받는 돈이 형편없어요. 그 일이 수익성 있는 활동이 되게 하기 위해서, 그들은 하루에 10여 편에 달하는 원고를 읽어 냅니다. 게다가 원고들이 대부분 따분하기 때문에, 그들은 일반적으로 처음 여섯 페이지 정도만 읽고 그만둡니다. 여간 운이 좋지 않고서는 당신 원고를 성의 있게 읽어 줄 심사 위원을 만나기가 쉽지 않을 거예요.」

그의 말을 들으니 나에게 새로운 지평이 열리는 듯했다.

「그런 사정이 있는 줄은 몰랐어요.」

「그들은 대개 원고의 체재라든가 제목 따위를 중요하게 여기고, 처음 몇 행에 맞춤법 틀린 게 몇 개나 나오는가를 보고 전체 원고의 수준을 가늠하려고 해요. 그런데 잘 아시겠지만, 프랑스어의 맞춤법에는 골치 아픈 게 많지요. 예를 들어, 그 자음 글자를 겹쳐 쓰는 거 말입니다. 그게 다 어디에서 온 건지 아세요?」

「그리스어나 라틴어 어원에서 나온 거 아닌가요?」

「꼭 그런 건 아닙니다. 중세의 수도원에서 필경사로 일했던 수도사들은 베낀 원고의 글자 수에 따라 보수를 받았어요. 그래서 그들은 자기들끼리 자음을 겹쳐 쓰기로 합의를 보았지요. 그 때문에 〈어렵다〉는 뜻의 〈디피실difficile〉에 f가 두 개 들어간 것이고, 〈발전하다〉는 뜻의 〈데블로페développer〉에 p가 두 개 들어간 겁니다. 수도원의 그런 농간이 무슨 소중한 전통이라도 되는 양 지금까지 착실하게 지켜져 온 거지요.」

그의 고양이가 진찰을 받을 차례가 다가왔다. 그는 르네 샤르보니에라는 이름이 적힌 명함을 내게 내밀었다.

「당신 원고를 나에게 보내세요. 여섯 페이지 너머까지 읽고 내 생각을 솔직하게 말하겠다고 약속하지요. 그렇다고 너무 많은 기대는 하지 마시고요.」

그다음 날 명함에 적힌 주소로 내 원고를 보냈다. 르네 샤르보니에는 하루 만에 답장을 보내서 내 원고를 출간하겠다고 알려 왔다. 내 기쁨은 이루 말할 수가 없었다. 모든 게 꿈만 같았다. 그동안 쏟은 모든 노력이 다 헛일이 아니었나 생각했는데, 마침내 그 보람이 나타난 거였다.

나는 그 소식을 구앙돌린에게 알렸다. 우리는 샴페인을 터뜨리며 경사를 자축하였다. 너무나 무거운 짐 하나를 벗은 느낌이었다. 이제는 현실에 두 발을 굳건히 딛고 설 수 있을 것 같았다.

나는 저작권 계약서에 서명을 했다. 그리고 마냥 기쁘기만 했던 처음의 기분에서 벗어나려고 애썼다. 작가라는 직업을 최선으로 지켜 나가기 위해서는 앞으로 해야 할 일이 많은 것 같았다. 이제는 기쁨을 잊고 그런 일에 매진할 때라는 생각이 들었다.

출판사에서 받은 계약금 덕분에, 우리가 오랫동안 꿈꾸어 왔던 것 하나를 해결할 수 있었다. 케이블 방송에 가입하는 것이 바로 그것이었다. 그 꿈이 이루어지던 날, 나는 흥분을 가라앉히려고 텔레비전 앞에 앉았다. 텔레비전의 그 파르스름한 빛은 언제나 나를 차분하게 만들어 준다. 나는 뉴스만 계속 내보내는 미국 채널을 골랐다. 뉴스 진행자는 크리스 피터스라는 사람이었다. 처음 보는 얼굴이었지만 나는 그에게서 금방 신뢰감을 느꼈다. 마치 그가 내 가족의 일원이라도 되는 듯이.

「어서 와, 구앙돌린. 우리 텔레비전 보자. TV 참선으로 머리를 비워 보자고.」

주방에선 아무런 대답이 없다. 구앙돌린이 고양이 먹이를 만드는 소리는 들리는데 말이다.

벌써 크리스 피터스가 오늘의 뉴스를 알려 주고 있다. 카슈미르 전쟁에서 핵무기가 사용될 위험한 조짐이 보인다. 군사 쿠데타로 정권을 잡은 파키스탄의 새 정부는 모든 파키스탄인들의 명예를 회복하기 위해 인도에 대한 복수전을 벌이겠다고 밝혔다. 대학생들이 스스로를 주식 시장에 내놓고 자기들의 학비를 대줄 주주들을 찾는 일이 유행처럼 번져 가고 있다. 그런 학생들에게 투자한 사람들은 나중에 그 학생들이 성공하면 배당금을 받게 된다고 한다. 아마조니아 숲의 원주민인 우와 부족은 외부 사람들이 자기들의 신성한 땅에서 계속 석유를 퍼내 가려고 한다면 집단적으로 자살을 하겠다고 엄포를 놓았다. 그들의 주장에 따르면 석유는 대지의 피다…….

끈으로 목을 졸라 죽이는 새로운 연쇄 살인범이 나타났다. 이번 피해자는 유명한 배우이자 톱 모델인 소피 도너휴이다. 범인의 범행 수법은 이러하다…….

「구앙돌린! 빨리 와. 텔레비전 보자고.」

구앙돌린은 시무룩한 표정을 지으며 왔다. 그녀가 퉁명스럽게 말했다.

「관심 없어.」

나는 그녀를 내 무릎에 앉히고 마치 내 고양이에게 그러듯이 머리를 쓰다듬으며 말했다.

「왜 그래? 뭐 언짢은 일 있어?」

「자기는 책을 출간하게 되었는데, 나한테는 그런 날이 안 오겠지?」

142. 백과사전

마조히즘

마조히즘의 기원에는 앞으로 닥쳐올 어떤 고통스러운 사건에 대한 두려움이 있다. 인간은 시련이 언제 닥칠지 시련의 강도가 어떠할지 몰라서 두려워한다. 마조히스트는 그 두려움에서 벗어나기 위해 스스로 무서운 사건을 일으킨다. 그러면 적어도 그것이 언제 어떻게 일어날지는 알게 되는 것이다. 마조히스트는 고통스러운 일을 스스로 불러일으킴으로써 자기가 자기 운명을 지배하고 있다고 느낀다.

마조히스트는 스스로에게 고통을 가하면 가할수록 삶에 대한 두려움을 덜 느끼게 된다. 자기가 스스로에게 가하는 행위보다 더 고통스러운 일은 없으리라는 것을 알기 때문이다. 자기의 가장 악독한 적이 바로 자기 자신이기 때문에, 그는 더 이상 두려울 게 없다.

그렇게 자기 자신을 통제할 수 있는 마조히스트는 다른 사람들을 지배하는 데에도 어려움을 느끼지 않는다. 많은 지도자와 권력자가 자기들의 사생활에서는 마조히스트의 경향을 보인다 해도 그건 그리 놀랄 일이 아니다.

하지만 마조히즘에는 대가가 따른다. 마조히스트는 고통이라는 개념을 자기 운명의 지배라는 개념과 결합시킴으로써 반(反)쾌락주의자가 된다. 그는 더 이상 자기를 위한 쾌락을 원치 않으며, 오로지 새로운 시련만을 찾아 나선다. 그 시련은 갈수록 혹독하고 고통스러운 것이 된다. 한마디로 마조히즘은 마약 같은 것이 될 수도 있다.

에드몽 웰스, 『상대적이며 절대적인 지식의 백과사전』 제4권

143. 이고르, 스물두 살

나에게 돈이 없다고? 그럼 돈이 있는 곳에 가서 가져 오면 되지.

나의 강도 행각이 시작되었다. 도둑질을 한다 해서 내가 더 이상 잃을 게 뭐가 있는가? 최악의 경우라야 감옥에 들어가는 것인데, 거기에 가면 십중팔구 예전의 늑대 부대 전우들을 다시 만나게 될 것이다. 스타니슬라스는 나의 동업자가 되었다. 우리는 전쟁 때와 똑같은 장비를 사용한다. 먼저 화염 방사기로 큰 장애물을 제거한 다음 산소 용접기로 마무리를 한다. 이 장비 앞에서는 어떤 자물쇠, 어떤 금고도 버티지

못한다. 도둑질을 하기에 가장 좋은 시간은 새벽 4시 15분경이다. 이 시간에는 거리에 자동차가 없다. 밤새워 흥청거리던 자들은 마침내 잠자리에 들고, 아침 일찍 일하러 나가는 사람들은 아직 자고 있을 시각이다. 이 시간이면 도시의 대로는 텅 비어 있다.

우리는 낮 동안에 범행 장소를 물색하여 사전 답사를 하고, 새벽 4시 15분에 우리 계획을 행동에 옮긴다. 전쟁을 할 때처럼 이 일에도 계획과 전략이 필요하다.

우리가 모스크바 북쪽 구역에서 대단히 호화스러운 어떤 빌라를 털고 있을 때의 일이다. 스타니슬라스가 조그만 외발 원탁에 놓인 사진을 흔들며 말했다.

「어이, 이고르. 이 남자 말이야, 자전거 핸들 모양으로 치켜 올라간 콧수염을 길렀는데, 혹시 자네 메달 속 사진의 남자와 똑같은 사람 아냐?」

나는 소스라치게 놀라며 두 사진을 비교해 보았다. 의심의 여지가 없었다. 콧수염도 똑같고, 거만한 표정도 똑같고, 교활한 눈빛도 똑같았다. 우리는 나의 아버지 집을 털러 들어온 것이었다.

나는 집 안을 둘러보고 서랍들을 뒤졌다. 갖가지 서류와 가족사진 들이 나왔다. 그것들은 내 아버지라는 사람이 부자가 되었다는 사실을 입증해 주고 있었다. 그는 여러 채의 집을 소유하고 있고 친구들이 많으며 세도가들을 자주 만나고 있다.

엄마 배 속에 있는 나를 버리고 떠났던 아빠라는 남자. 그 남자에게는 이제 다른 자식들이 있었다. 빌라 안에는 아이들 방이 여러 개나 되었다.

나는 분노에 휩싸여 산소 용접기를 들고 돌아다니며 아이들 방에 있는 장난감들을 모조리 태워 버렸다. 그 장난감들은 내 것이 되었어야 했다. 그것들은 내 어린 시절을 행복하게 해주는 것들이 되었어야 했다. 내가 그것들을 갖고 놀지 못했으면, 〈다른 자식들〉도 그것들을 갖고 놀지 말아야 한다.

나는 아버지가 저지른 불공평한 행위를 확인하는 것에 지쳐, 소파에 털썩 주저앉았다.

「전쟁이 끝난 것도 엿 같은데 아버지라는 사람을 다시 만나게 되다니, 이거 정말 심한데!」

「자, 이거 받아. 마시라고. 기분이 괜찮아질 거야.」

스타니슬라스가 미국 위스키병을 내밀며 말했다.

우리는 가구, 그릇, 장식품 등 내 아버지의 빌라 안에 있는 것들을 깡그리 부숴 버렸다. 그 난장판을 본다면 그는 내가 존재한다는 것을 알게 될 것이다.

우리는 그렇게 집 안을 결딴낸 것을 축하하기 위해 다시 술을 마셨다. 너무 취해서 우리가 갈기갈기 찢어 놓은 방석들 위로 곯아떨어질 때까지. 날이 밝자, 경찰이 와서 우리를 깨워 가지고는 곧장 파출소로 데려갔다. 책상 너머에 떡 버티고 앉은 파출소장은 나이가 아주 어려 보였다. 십중팔구는 막강한 배경이 있는 자일 거였다. 그런데 그의 얼굴이 낯설지 않았다. 이럴 수가! 놀랍게도 그건 바냐였다. 그의 얼굴에는 고아원에서 처음 만났을 때의 인상이 아직 많이 남아 있었다. 그는 자리에서 일어나더니 다짜고짜 나에게 유감이 많다고 말했다. 세상에, 적반하장도 유분수지. 그가 나에게 유감이 있다면, 그건 자기가 나에게 해를 끼쳤음에도 내가 앙갚음을 하지 않았기 때문일 것이다.

「미안하네. 날 용서하게.」

나는 마치 어떤 지적 장애인에게 말을 하듯이 그렇게 사과를 했다.

「아, 이제야 그 소리가 나오는군! 내가 네 입을 통해서 듣고 싶었던 말이 바로 그거야. 넌 나를 너무나 고통스럽게 만들었어. 너도 알 거야. 네가 소년원을 떠난 뒤로 오랫동안 네 생각을 했지.」

〈그래? 나는 너를 금방 내 머릿속에서 지워 버렸는데〉라는 말이 목까지 올라왔지만, 나는 아무 말 없이 듣고만 있었다.

예전에 그렇지 않았던 것 같은데, 그에겐 이제 교활한 태도가 있었다.

「너는 내 행동이 옳지 않았다고 생각하고 있겠지?」

어쨌거나 그를 자극하는 대답은 삼가는 게 좋을 듯했다.

「그렇게 생각하지, 응? 어서 말해 봐!」

그는 내가 그렇다고 해도 화를 낼 것이고, 아니라고 해도 화를 낼 거였다. 이럴 때는 침묵이 최선이다. 아닌 게 아니라 그는 더 이상 나를 어떻게 다루어야 할지 난감해하는 듯했다. 기연가미연가하면서도 그는 내 침묵을 동의로 해석하고 내 사과를 받아들이겠다고 말했다. 그러면서 자기는 옛날의 원한 때문에 쩨쩨하게 구는 사람이 아니므로, 강도 사건이 잘 해결되도록 우리를 도와줄 용의가 있다고 덧붙였다. 자기 권한으로 우리를 그냥 풀어 줄 수도 있다는 거였다.

「하지만 조심하게. 더 이상 이런 짓을 하면 안 돼. 다시 강도 짓을 하다가 붙잡히면, 그땐 나도 자네를 감옥에 처넣을 수밖에 없어.」

나는 그와 악수를 하고 되도록 담담한 말투로 고맙다는 말을 했다. 내가 작별 인사를 하고 나가려는데, 바냐가 말했다.

「한 가지만 더.」

「응, 뭔데?」

나는 그가 취한 관대한 조치의 대가가 너무 커지지 않기를 바라면서, 그대로 멈춰 섰다.

「이고르, 자네한테 한 가지 물어볼게 있는데…….」

「그래, 말해 봐…….」

「한 번쯤은 내 따귀를 때렸을 법도 한데, 왜 그러지 않았지?」

바로 이럴 때 자제력을 잃지 않아야 하는 것이다. 어떤 일이 있어도 화를 내면 안 된다. 내 손이 떨렸다. 나는 놈의 족제비 같은 낯짝이, 크고 단단한 내 주먹에 맞아 박살이 나는 장면을 머릿속에 그렸다. 내 팔에 힘이 잔뜩 실리는 느낌이 들었다. 하지만 나는 이제 성숙해졌다. 나는 특공대의 늑대들을 훈련시키면서 이런 말을 자주 했었다. 〈투우장의 황소처럼, 빨간 천을 흔들기만 하면 덤벼드는 식으로 행동하면 안 된다. 감정에 휩쓸리지 않도록 해야 한다. 언제 어디를 공격할 것인지를 결정하는 것은 너희 자신이지 적이 아니다.〉

바냐는 파출소장이고, 그의 주위에는 무장한 동료들이 있다. 내가 그들 모두와 싸워서 이길 수는 없을 것이다. 그리고 바냐는 원하기만 하면 언제든지 자기 부하에게 명령을 내려서 나를 쓰러뜨릴 수 있을 것이다. 바냐 때문에 내 인생을 망칠 수는 없다. 그건 놈에게 또다시 큰 영광을 베푸는 일이 될 것이다. 나는 악독한 엄마를 이겨 냈고, 추위와 질병과 감각

격리 정신 병동을 이겨 냈으며, 총알과 포탄이 쏟아지는 속에서도 살아남았다. 그런 내가 자존심 문제 때문에 파출소에서 개죽음을 당할 수는 없다.

나는 몸을 돌리지 않은 채로, 이렇게 말했다.

「으음…… 모르겠어. 어쨌거나 난 자네를 좋아하는 것 같아.」

그 말을 억지로 내뱉기 위해서 나는 입을 비틀어야만 했다.

나는 심호흡을 하며 마음을 가라앉혔다. 놈을 박살내고 싶은데, 그것을 참고 있자니 정말 죽을 맛이었다. 이건 체첸의 요새를 공격하는 것보다 훨씬 더 어려운 일이었다.

자아, 마지막으로 한마디만 더 하자.

「다시 만나서 반가웠네, 바냐. 잘 있게.」

「이고르, 사랑해.」

놈이 내 뒤통수에 대고 그렇게 말했다. 나는 끝내 뒤를 돌아보지 않았다.

파출소를 나서면서 스타니슬라스가 물었다.

「우리 이제 뭐 하지?」

「포커나 쳐야지.」

나는 스타니슬라스를 데리고 시내의 모든 포커 클럽을 드나들기 시작했다. 몇 판 치다 보니 왕년의 감각이 금방 되살아났다. 상대의 얼굴과 손동작에 담긴 의미를 해독하기, 진짜 신호와 가짜 신호를 구별하기, 가짜 메시지 보내기……. 이런 것들에는 내가 군대에서 하던 일과 논리적으로 연결되는 측면이 있는 듯하다.

나의 기술은 빠른 속도로 향상되었다. 이제는 미세한 떨림 같은 것들을 살피지 않아도 된다. 내 파트너들을 관찰하지 않고도 그들의 패를 알아낼 수 있기 때문이다. 마치 그들이 심하게 뿜어 대는 뽀얀 담배 연기를 뚫고 행운과 불운을 짐작케 하는 기(氣)가 전해져 오기라도 하는 듯하다. 하지만 나는 그보다 더 미묘한 어떤 것을 감지하려고 애쓴다. 모든 것을 관통하는 어떤 파동 같은 것이 있는 듯하다. 내가 필요로 하는 정보들을 알려 주는 파동 말이다. 이따금 나는 그것을 느낄 수 있다. 그럴 때면 내 모든 파트너의 패를 거의 다 알게 된다.

포커 덕분에 나는 예전에 이 집 저 집을 털어서 번 것보다 더 많은 돈을 벌었다. 포커가 강도질보다 좋은 점이 하나 있다면, 더 이상 장물아비의 도움을 받지 않아도 된다는 것이다. 내가 딴 것을 백주에 드러내도 아무 문제가 없다.

나는 따는 족족 돈을 챙겨 넣는다. 판돈이 큰 클럽으로 갈수록 까다로운 상대들을 더 많이 만나게 된다. 하지만 그들은 전쟁을 해본 적이 없다. 그들은 배짱이 없어서 잃는 것을 두려워한다. 일단 두려움을 느끼기 시작하면 마음을 들킬 가능성이 높아진다. 판돈이 커지면 그들은 쫓기는 동물 같은 태도를 보인다. 더 이상 깊이 생각하려 들지 않고, 부적을 문지르거나 행운을 가져다준다는 물건을 만지작거리기나 수호천사나 신, 유령에게 가호를 빈다. 그러한 그들의 모습은 도살장에 끌려가는 양들만큼이나 애처롭다.

내 명성이 높아지면서 돈 많고 힘 있는 자들이 자주 오는 사설 도박장에 출입할 수 있는 길이 열렸다. 나는 아버지가 자주 가는 곳이 어디인지를 알아낸 다음, 그와 같은 테이블에 앉을 기회를 만들려고 백방으로 노력하였다.

마침내 그날이 왔다. 나는 이 순간을 오랫동안 기다려 왔다.

그는 모자를 눌러 쓰고 있어서 얼굴이 잘 보이지 않았다. 사람들은 우리를 소개시키지 않았다. 호사스러운 응접실의 벽면을 장식하고 있는 초상화들 속에서 그 집의 조상들이 엄한 눈길로 우리를 바라보고 있었다. 나는 꽃무늬 천으로 감싼 푹신한 안락의자에 자리를 잡았다. 강렬한 불빛이 테이블 한가운데를 환하게 비추고 있었다. 판돈이 어마어마했지만, 이전에 많이 따놓은 돈이 있어서 밑천은 두둑했다.

나의 파트너들은 높이 쌓여 있던 칩이 바닥나자 잇달아 기권을 선언했다. 이제 아버지와 내가 단 둘이 마주앉았다. 그는 녹록하지 않은 상대이다.

나는 모든 것을 관통하는 파동을 감지하려고 애쓴다.

패를 돌리고 나서 딜러가 묻는다.

「몇 장 더 드릴까요?」

「세 장.」

「손님은요?」

「그만 받겠소.」

아버지는 나를 바라보지 않고 눌러 쓴 모자의 운두만 내게 보이면서 그렇게 말했다.

나는 그에게 물어볼 것이 많다. 왜 나를 생겨나게 했는지, 왜 엄마와 나를 버렸는지 물어보고 싶다. 무엇보다 왜 나를 전혀 찾으려고 하지 않았는지 그 까닭을 알고 싶다.

우리는 돈을 걸기 시작한다.

「50.」

「50 받고 1백 더.」

집중이 잘 안 된다. 그 결과는 즉시 나타난다. 판돈이 꽤나 커졌는데 내가 졌다. 아버지는 태연자약하다. 그는 아직 나에게 눈길 한번 주지 않았다. 그에게 〈내가 당신의 아들입니다〉라고 말하고 싶다. 하지만 그러면 안 된다고 내 안의 또 다른 목소리가 나를 억누른다. 다시 한 판을 잃었다. 아버지는 타고난 도박꾼이다. 내가 포커를 잘 치는 것은 바실리가 잘 가르쳐 준 덕일 뿐만 아니라 내 유전자 덕이기도 한 것 같다. 아버지는 진짜 냉혈 동물이다. 강도를 당하고 집이 그렇게 박살이 났는데도 전혀 영향을 받지 않으니 말이다.

「몇 장 더 드릴까요?」

「두 장.」

똑같은 잘못에 똑같은 벌이 뒤따랐다.

새 판이 시작된다. 나는 숨을 아주 깊이 들이마신다. 지금이 아니면 기회는 다시 오지 않는다. 나는 바실리가 가르쳐 준 최후의 비책을 사용하기로 결정했다. 나의 최종 무기를 전투에 투입할 때가 된 것이다. 나는 내 카드를 뒤집어 보기는커녕 카드에 단 한 번의 눈길조차 주지 않고 말한다.

「그만 받겠소.」

아버지에게서 마침내 작은 움직임이 나타났다. 그가 모자를 벗은 것이다. 그의 희끗희끗한 머리가 드러났다. 처음에 그는 내가 갑자기 돌아 버린 게 아닌가 하고 생각했을 것이다. 그러나 이제 그는 내 작전의 의도가 무엇인지 궁금해하고 있다. 이 판의 결과가 어찌 되든, 그는 이제 더 이상 상황을 주도하지 못한다. 주도권은 나에게 있다.

그가 카드 한 장을 요구한다. 한 장을 더 달라고 하는 것은 투 페어를 들고 있는 상태에서 풀 하우스를 기대하고 있다는 것을 의미한다.

그는 카드를 집어 자기 패 속에 아무렇게나 끼워 넣는다. 그 카드가 다른 것들과 잘 맞아떨어지는지를 드러내지 않으려는 것이다. 그의 마음을 읽어 낼 수 있게 하는 징후가 전혀 없다. 손가락의 미세한 떨림조차 느껴지지 않는다. 나는 파동에 나의 직감을 연결한다. 느낌이 온다. 그는 풀 하우스를 만들지 못했다.

「얼마 거시겠습니까?」

「1천.」

아버지가 자기 카드에 눈을 붙박은 채 말했다. 자기 패가 좋은 체하며 나를 속이려는 것이다. 그는 이 판을 빨리 끝내고 싶어 한다. 처음부터 판돈을 아주 높게 부름으로써 내가 포기하도록 강요하고 있다. 하지만 어차피 카드를 보지 않고 시작한 판인데 포기란 있을 수 없다. 나는 더 높이 부른다.

「1천 50.」

딜러는 그냥 보고 있을 수가 없었는지 이렇게 참견을 한다.

「저…… 카드를 보지도 않고 단 한 장도 바꾸지 않으셨는데, 1천 50으로 올리신 겁니까?」

「1천 50.」

「2천.」

「2천 50.」

「3천.」

등이 축축해지고 있었지만, 나는 전혀 동요하는 기색을 보이지 않고 판돈을 계속 올린다.

「3천 50.」

판돈은 이제 아버지에게도 큰돈이 되어 가고 있다. 그는 여전히 나에게 눈길을 주지 않는다. 이것은 하나의 계략임에 틀림없다. 상대를 관찰하지 않고도 이길 수 있을 만큼 자신감이 있다는 것을 보여 주려는 것이다. 그는 계속 고개를 숙이고 있다. 그래서 나에게는 그의 희끗희끗한 머리만이 보일 뿐이다. 그가 잠시 생각할 시간을 달라고 한다. 그가 고개를 들어 내 표정을 살필 거라고 지레짐작했는데, 여전히 아무런 움직임이 없다. 이윽고 그가 화를 내듯이 말했다.

「1만.」

「1만 50.」

나에겐 이만한 돈이 없다. 만일 이 판에서 진다면, 나는 나에게 아무것도 주지 않은 아버지에게 빚을 갚느라고 몇 년 동안 대가를 치르게 될 것이다.

「2만.」

「2만 50.」

마침내 희끗희끗한 머리가 움직였다. 그가 나를 바라보고 있다. 나는 그를 찬찬히 살펴본다. 그는 내가 간직하고 있던 사진에서 본 것과 똑같은 콧수염을 기르고 있다. 자전거 핸들 모양으로 치켜 올라간 콧수염이다. 그는 미남이 아니며 고생을 많이 한 사람처럼 보인다. 나는 엄마가 그에게서 어떤 점을 발견했을지 짐작해 보려고 애쓴다. 그는 내 마음을 읽어 내려는 듯 나를 뚫어지게 바라본다. 그의 잿빛 눈에는 아무 표정이 없다.

「3만.」

「3만 50.」

주위에서 웅성거리는 소리가 들려온다. 우리의 판돈이 커진 것에 흥미를 느낀 사람들이 우리 테이블 주위로 모여든다.

아버지가 내 눈을 똑바로 바라본다. 나는 그 눈길을 맞받으며 희미한 미소까지 지어 보인다. 주위에 모인 사람들은 숨을 죽이며 말없이 우리를 지켜보고 있다.

「5만.」

「5만 50.」

만일 이 판에서 진다면, 나는 피와 장기를 팔 수밖에 없다. 내 수호천사는 이 판을 처음부터 지켜보았을 것이고, 내가 지는 것을 그냥 보고만 있지는 않을 거라고 기대한다. 이고르 성인이시여, 당신을 믿습니다.

「더 부르실 겁니까?」

딜러가 묻자, 아버지가 대답한다.

「5만 50…… 확인.」

그는 판돈을 더 이상 높이지 않았다. 서스펜스는 끝났다. 이제 카드를 뒤집어 볼 순간이다. 그가 자기 카드를 하나씩 뒤집는다. 그가 가진 것은 잭 원 페어다. 겨우 잭 원 페어를 가지고 그렇게 배짱을 부린 것이다. 그러면 내 패는 어떠한가? 클로버 8에, 스페이드 에이스, 다이아몬드 킹, 하트 퀸. 여기까지는 아무것도 없다. 이제 마지막 카드를 뒤집어 보아야 한다…….

모두가 숨을 죽이며 내 손을 바라보고 있다.

나의 마지막 카드는 클로버 퀸이다.

이고르 성인이시여, 감사합니다. 저에게 퀸 원 페어가 들어왔습니다. 바실리, 네가 최고다! 내가 이겼다. 근소한 차이지만 아무튼 내가 이겼다. 내가 아버지를 물리쳤다. 늑대가

뱀을 이긴 것이다. 나는 늑대처럼 울부짖는다. 아주 큰 소리로. 아무도 나에게 뭐라고 하지 않는다. 그렇게 울부짖고 나서 나는 웃음을 터뜨린다. 나는 웃고 웃고 또 웃는다.

테이블 주위에 모여 있던 사람들이 불쾌감을 느끼며 흩어진다.

이고르 성인이시여, 감사합니다. 바실리, 고맙다. 포커에서 가장 중요한 것은 마음이라는 사실이 다시 한번 증명된 셈이다. 카드를 보지 않고도 이길 수 있는 것이 포커다. 나는 지금 너무나 기쁘다.

아버지는 눈에 칼을 세우고 나를 노려본다. 자기를 쓰러뜨린 이 젊은 녀석이 누구인지 궁금할 것이다. 그는 나에게 뭔가 수상한 구석이 있음을 느끼고 있을 것이다. 나의 모든 유전자가 이렇게 부르짖고 있다. 〈당신의 피와 살을 받았으나 당신에게 버림을 받았던 내가 이렇게 당신에게 복수를 하고 있소〉라고.

나는 그가 내미는 지폐 다발을 호주머니에 챙겨 넣었다. 이제 난 부자다. 이게 바로 내 아버지의 유산이다.

그가 무슨 말인가를 하려고 한다. 그가 나에게 무언가를 물어 오면 우리는 함께 이야기를 나누게 될 것이다. 나는 그에게 엄마에 관한 이야기를 할 생각이다. 그런데 그가 말을 하려다가 그만둔다. 그의 입이 바르르 떨린다. 그는 아무 말도 하지 않고 가버렸다.

144. 비너스, 스물두 살

신문을 펼쳐 들었다가 1면에서 그 기사를 발견했다. 신시아가 교통사고를 당했다는 소식이다. 신문에서 읽은 사고의 경위는 이러하다. 고양이 한 마리가 느닷없이 도로를 가로질렀다. 운전사는 고양이를 피하려고 핸들을 돌렸다. 그 바람에 자동차가 가로등을 들이받았다. 운전사는 안전벨트를 착용하고 있었기 때문에 무사했지만, 평소에 안전벨트 착용하는 것을 좋아하지 않던 신시아는 곧장 앞으로 쏠려 자동차 앞 유리창에 부딪혔다. 생명에는 지장이 없지만, 유리 파편에 그녀의 얼굴이 보기 흉하게 된 모양이다.

그날 저녁에 나는 매니저와 함께 그 일을 축하하였다. 매니저는 나에게 뜻밖의 손님을 소개했다. 나의 성공을 예견했다는 뤼디빈이라는 영매였다.

뤼디빈은 시골에서 갓 올라온 뚱뚱한 농촌 아낙처럼 생긴 여자이다. 머리가 하얗고 젖가슴이 대단히 크며 억센 억양을 구사한다. 그녀에게서는 양배추 냄새가 난다.

왜 천사들은 그런 사람들의 입을 빌려서 메시지를 전하는 것일까? 참 알다가도 모를 일이다. 그래도 그녀의 예언이 잘 들어맞았으므로 나는 그녀의 말에 귀를 기울였다.

뤼디빈이 나의 손금을 보았다. 그녀가 말하기를 내가 모델을 하는 것은 내 인생에서 거쳐야 할 하나의 단계일 뿐이라고 했다. 나는 유명한 배우도 될 것이고, 평생에 한 번 만나기가 어려운 진짜 위대한 사랑도 경험하게 될 거란다.

내 매니저는 마치 마약 중독자가 자기도 한 대 놔달라는 듯이 안달을 하며 물었다.

「제 운명도 봐주세요. 제 미래에는 뭐가 보이죠?」

145. 아무것도 보이지 않는다

아무것도, 정말 아무것도 없다.

내가 얌전하게 의뢰인들을 돌보고 있는 동안, 내 세 친구는 우주 공간을 오가며 탐사를 계속했다. 그들은 아무것도 발견하지 못했다. 나는 그 헛된 탐사를 중단함으로써 시간을 허비하지 않은 것을 다행스럽게 생각했다.

매릴린 먼로가 한숨을 내쉬며 말했다.

「우리 능력의 한계에 도달했는지도 모르겠어요. 옛날에 사람들은 외계인들이 흉측하고 무시무시할 거라고 상상하면서 그것들이 지구에 침입해 올까 봐 두려워했는데, 나는 그런 것들이 그저 존재하기라도 했으면 좋겠네요.」

프레디가 갑자기 일어섰다. 나는 그를 잘 안다. 그가 저렇게 행동하는 것은 어떤 생각이 떠올랐다는 뜻이다. 그는 사냥감의 냄새를 맡고 멈춰 선 사냥개처럼 흥분해 있다.

「잠깐만…… 잠깐만, 잠깐만. 자네들 밤에 길에서 열쇠를 잃어버린 사람 얘기 알지?」

라울이 실망하는 기색을 보인다. 우스갯소리나 듣고 있을 기분이 아니라는 뜻을 분명히 드러내고 있다. 프레디는 태연하게 이야기를 계속한다.

「자, 들어 보라고. 밤중에 길에서 열쇠를 잃어버린 사람이 가로등 아래에서 열쇠를 찾고 있었어. 다른 사람이 와서 그가 찾는 것을 도와주다가 물었지. 〈여기에다 잃어버린 게 확실합니까?〉 〈아뇨〉 하고 그 사람이 대답했어. 〈그런데 왜 그걸 여기에서 찾고 있습니까?〉 하고 도와주던 사람이 다시 물으니까, 그가 대답했지. 〈가로등 아래에는 빛이라도 있지 않습니까?〉라고 말이야.」

아무도 웃지 않았다. 그 이야기가 우리의 탐사와 무슨 상관이 있는지를 깨닫지 못했기 때문이다.

프레디가 말을 잇는다.

「우리의 탐사에 한계를 두었던 게 실수였는지도 몰라. 우리는 찾기 쉬운 곳에서만 탐사를 벌이고 있었던 거야. 가로등 불빛 아래에서만 열쇠를 찾는 그 사람처럼 말이야.」

「하지만 우리는 한계를 두지 않았어요. 우리는 빛의 속도로 수십억 킬로미터를 여행하며 탐사를 했잖아요.」

매릴린 먼로가 그렇게 반박하자 프레디는 설명을 계속한다.

「우리는 스스로 한계를 설정했어. 우리는 어항 속에 있는 박테리아와 같아. 우리 딴에는 어마어마하게 먼 거리를 돌아다녔다고 느끼고 있지만, 알고 보면 언제나 같은 어항 속에 있는 거지. 그런데 만일 우리가 이 어항을 벗어날 수 있다면, 그래서 어항 너머에 무엇이 있는지를 볼 수 있다면…….」

나는 프레디가 무슨 이야기를 하려는 것인지 이해하지 못했다. 우선 보기에 그의 주장에는 어폐가 있다. 우리가 아무리 멀리 간다고 해도, 경계를 나타내는 유리 벽을 만나게 되지는 않을 것이다.

그래서 나는 이렇게 묻는다.

「우리의 〈어항〉이라는 게 뭐죠?」

「우리 은하일세.」

「지금까지 우리가 탐사한 것은 우리 은하에서 생물이 존재할 가능성이 있는 행성들 중 기껏해야 0.1퍼센트밖에 안 돼요. 상황이 이러한데, 다른 곳에 가서 찾을 이유가 뭐가 있지요?」

매릴린이 그렇게 물었다.

라울은 미간에 주름을 모은 채 생각에 잠겨 있다. 프레디가 말하고자 하는 바가 무엇인지를 깨달은 눈치다.

「그래, 맞았어! 우리의 천국은 우리은하의 한복판에 있어. 어쩌면 다른 은하들에도 각각의 한복판에 다른 천국들이 자리 잡고 있을지 몰라.」

갑자기 우리 상상력의 화면이 커진 듯한 느낌이 든다. 나는 지적으로 비등하는 이런 순간들이 좋다.

라울이 말을 잇는다.

「프레디가 옳아. 우리은하를 벗어나야 해. 어쩌면 의식을 지닌 생명이 살고 있는 행성은 각 은하에 하나씩만 존재하는지도 몰라…… 그렇다면 자연은 생명을 가진 단 하나의 행성을 갖기 위하여 매번 2천억 개의 별을 만들어 내는 것일까? 이건 정말 엄청난 낭비로군!」

어쨌거나 이 생각에는 우리가 왜 아무것도 찾아내지 못했는지를 설명해 준다는 장점이 있다.

프레디가 다시 말했다.

「문제는 두 별 사이의 거리도 어마어마한데, 두 은하 사이의 거리는 오죽하겠느냐는 거야. 아마 수백만 광년은 될 걸세.」

「우리가 그렇게 먼 거리를 여행할 수 있을까요?」

매릴린이 묻자 라울의 대답이 즉각 튀어나온다.

「문제없어요. 우리는 지금보다 훨씬 더 빨리 날 수 있으니까.」

나는 그렇게 긴 여행이 의미하는 바가 무엇인지를 알아차린다. 다른 은하를 탐사하러 간다는 것은 일정한 기간 동안 내 의뢰인들을 내팽개치게 된다는 것을 의미한다. 그리고 그 기간은 아주 길어질 염려가 있다.

「나는 함께 못 가겠어. 에드몽 웰스에게 약속을 했거든. 아무 성과도 기대할 수 없는 탐사를 위하여 의뢰인들을 방치하는 건 대단히 어리석은 일이라고 생각해.」

내가 그렇게 말하자, 라울이 대꾸한다.

「우리가 의뢰인들을 방치한 게 어디 한두 번인가. 따지고 보면, 우리가 이러는 것도 우리 천사들의 자유 의지에 속하는 거야.」

146. 자크, 스물두 살 반

르네 샤르보니에는 내 소설의 양을 줄여 달라고 부탁했다. 그래서 나는 1천 5백 페이지를 350페이지로 줄이고, 여덟 차례의 전투를 한 차례로, 20명에 달하던 주요 인물을 세 명으로, 180군데에 달하던 공간적 배경을 열두 군데로 줄였다.

그가 요구한 대로 작업을 하다 보니, 중요한 것만 남기고 군더더기를 쳐내는 게 나에게도 유익하리라는 생각이 들었다. 나는 한 행 한 행을 다듬고 또 다듬으며 소설 전체를 고쳐 썼다. 그리고 소설의 앞과 뒤를 과감하게 잘라 버렸다. 독자들이 더 빨리 이야기 속으로 들어갔다가 더 빨리 빠져나오도록 하기 위해서였다. 그건 마치 열기구를 가볍게 만들어서 더 잘 올라가게 하는 것과 비슷한 일이었다.

내 원고가 좋아지면 좋아질수록 구앙돌린의 불안 신경증은 점점 심해졌다. 그녀는 〈그래, 너에겐 모든 일이 잘 돌아가는데, 나에겐 그런 일이 안 생기겠지?〉하고 혼잣말처럼 중얼거리곤 했다. 그때마다 나는 〈우리 둘 중의 하나라도 성공하면 둘 다에게 좋은 일이야. 성공한 사람이 다른 사람을 도울 수 있잖아〉하고 대답했다.

그 대답은 그리 신중한 것이 못 되었다. 구앙돌린은 우리의 역할이 바뀌기를 바랐던 거였다. 내가 아니라 자기가 책을 출간해서 자기 역시 남을 도와줄 수 있다는 것을 보여 주고 싶은 거였다. 나의 성공은 그녀로 하여금 자기의 실패를 더욱 의식하게 만들고 있을 뿐이었다.

출간 날짜가 다가오면 다가올수록 그녀는 더욱 공격적인 태도를 보였고, 나는 내 책을 출간하는 것에 대해 사과를 하다시피 해야 하는 신세가 되었다. 그녀는 끝내 이렇게 선언하고야 말았다. 〈네가 나를 진정으로 사랑한다면, 용기를 내서 그 책의 출간을 포기해야 해.〉

나는 그녀의 시샘이 그렇게까지 노골적으로 표현될 줄은 몰랐다. 나는 소설 『쥐』가 팔려서 돈이 생기면 그녀와 함께 바캉스를 떠나겠다고 약속했다. 그녀의 대답은 이러했다.

「누가 바캉스 같은 거 간대? 난 그런 거 싫어해. 그리고 네 소설이 뭐 대단할 줄 알아? 너무 졸작이라서 아무 관심도 끌지 못할걸.」

그 뒤로 얼마 지나지 않아서 구앙돌린은 내 곁을 떠났다. 그녀는 다른 남자와 함께 새로운 삶을 시작했다. 장브누아 뒤퓌라는 그 남자는 경련증 치료를 전문으로 하는 정신과 의사이다.

그녀는 나를 떠나기 전에 마지막으로 이런 말을 했다.

「이제 너랑 헤어질 거야. 장브누아라는 사람을 만났어. 너와 함께 지내는 동안 너는 나에게 한 번도 사랑한다는 말을 하지 않았어. 안 했다기보다 할 수가 없었겠지. 그런데 장브누아는 네가 말하지 못한 그 한마디를 말할 수 있는 패기를 지녔어.」

나는 버림받은 느낌이 들었다. 모나리자도 마찬가지였다. 우리 둘 다 그녀의 존재에 한창 익숙해져 가던 터였는데, 그녀가 훌쩍 날아가 버린 것이다.

나는 다시 화장실에 틀어박혀 책을 읽으며 시간을 보냈다.

구앙돌린은 이내 나에게 전화를 해서 자기가 행복하다는 소식을 전해 왔다. 〈나에게 꼭 필요한 남자를 만난 것 같아. 장브누아는 완벽해.〉 그러더니 그다음 전화에서는 분위기가 전혀 다르게 이야기를 했다. 〈내가 너한테 전화했다는 것을 알고 그 사람이 미친 듯이 화를 냈어.〉

그럼에도 그녀는 계속 전화를 했다. 그녀의 눈에 씌어 있던 뭔가가 떨어져 나간 모양이었다. 그녀는 그 정신과 의사가 작은 키 때문에 열등감에 사로잡혀 있는 것 같다고 했다. 〈그는 자기보다 키가 큰 사람들 모두를 시샘하는 것 같아. 그는 경련증 전문가이기 때문에 우울증 환자들을 많이 상대하게 되는데, 그들은 대체로 다루기가 쉽지. 그는 그들의 삶에 개입하는 것을 즐기고 있어. 자기가 얼마만큼 다른 사람들을 조종할 수 있는지 보고 싶어 하는 거야. 여자 환자들의 자살 기도가 몇 차례 있고 나서, 환자 가족들이 그의 의사 자격을 박탈해야 한다고 주장했어. 하지만 그는 보건부 장관과 친한 사이야. 환자 가족들의 요구는 그에게 위협이 되지 못했지.〉

어느 날, 나는 길에서 우연히 구앙돌린을 만났다. 그녀는 장브누아의 웃옷들을 맡기러 세탁소에 가는 길이었다. 그녀의 얼굴은 초췌했고, 한 팔에는 붕대를 감고 있었다. 게다가 한쪽 눈언저리에 멍이 든 것을 선글라스로 감추고 있었다.

그녀는 나를 보자 당황해서 달아나려고 했다. 그러다가 이내 냉정을 되찾고 다정하게 내 손을 잡았다. 마침내 그녀가 미소를 지으며 말했다.

「너는 잘 이해를 못 하겠지만, 이런 게 사랑이야. 그 사람은 날 너무 사랑해.」

그 말을 남기고 그녀는 도망치듯 가버렸다. 그 뒤로 다시는 구앙돌린의 소식을 듣지 못했다.

그 만남은 나를 혼란에 빠뜨렸다. 나는 예전에 그랬던 것처럼 글쓰기에서 도피처를 찾았다. 『쥐』의 첫 번째 권이 곧 출간될 예정이었고, 나는 그 후속 작품을 쓰고 있었다. 그러던 어느 날, 내 컴퓨터가 말썽을 일으켜 작업을 방해하였다. 이유를 알 수 없는 어떤 고장 때문에 하드 디스크에 저장해 두었던 글들이 모두 날아가 버린 것이다.

그 사건은 나에게 이상한 효과를 주었다. 약혼녀도 잃고 써놓은 글도 잃어버리는 것은 죽음과 조금 비슷했다. 나는 다시 태어나기로 결심하고, 두 번째 소설을 처음부터 다시 쓰기 시작했다. 그때 뒤퓌를 닮은 새로운 인물을 추가하자는 생각이 떠올랐다.

어쨌거나 내 인생의 길이 진짜 〈나쁜 놈〉의 길과 교차한 것은 그때가 처음이었다. 앨프리드 히치콕은 악당을 잘 활용해야 이야기의 가치가 높아진다는 점을 강조한 바 있다. 나는 뒤퓌를 가지고 실감나는 반(反)영웅을 만들었다. 실제로 존재하는 사람을 모델로 삼으니까 인물이 더욱 실감이 났다. 나는 『쥐들에게 바치는 노래』에 그 인물을 끌어들였다. 그러자 다른 인물들이 한결 돋보였다.

나는 열심히 글을 썼다. 하지만 구앙돌린과 헤어진 일이 까닭 모르게 계속 나를 괴롭혔다. 내가 그녀를 통해서 깨달은 것은 남을 도울 수는 있지만 그 사람의 뜻에 반해서 도움을 줄 수는 없다는 점이다. 그녀를 진정으로 도울 수 없었다는 것이 가슴 아프다. 글은 계속 쓰고 있었지만, 나는 다시 패배주의에 젖어 들기 시작했다. 그녀와 이별한 것이 뒤늦게 나에게 고통을 주고 있었다. 곧 책이 출간될 거라는 기쁨도 그 고통을 잊게 하지는 못했다.

나는 요즘에도 틈만 나면 화장실에 틀어박힌다. 그러나 책을 읽기보다는 〈이게 다 무슨 소용이지?〉라는 말을 되뇌며 시간을 보낸다. 나는 반 리스베트 선생님의 기대를 실현시키지 못했다는 생각이 든다. 나는 아직 내 자리를 찾지 못했다. 혹시 나는 내 사명에서 완전히 벗어나 있는 것이 아닐까? 작가는 전혀 내가 갈 길이 아닌지도 모른다. 그렇다면, 계속 글을 쓴다는 게 무슨 소용이 있지……?

147. 백과사전

누구에게나 자기 자리가 있다

사회학자 필리프 페셀에 따르면, 여성의 특성은 다음과 같은 네 가지 성향으로 나타난다.

1) 어머니

2) 애인

3) 전사

4) 선생님

어머니 같은 여자는 다른 어떤 일보다 가정을 꾸리고 아이를 낳아서 키우는 일에 중요성을 부여한다.

애인 같은 여자는 유혹하기를 좋아하고 위대한 연애 사건을 경험하고 싶어 한다.

전사 같은 여자는 권력의 영역을 정복하고 싶어 하고 대의명분을 위한 투쟁이나 정치적 활동에 참여하고 싶어 한다.

선생님 같은 여자는 예술이나 종교, 교육, 의료 등에 많은 관심을 갖는다. 이런 성향을 가진 여자들은 훌륭한 예술가나 교육자나 의사가 될 가능성이 높다. 옛날 같으면 영매나 사제가 되었을 사람들이다.

어떤 여자에게든 이 네 가지 성향이 다 있지만, 그중에서 어느 것이 더 발달하는가는 사람마다 차이가 있다.

문제는 사회가 자기에게 부과한 역할에서 자기의 존재 의의를 찾지 못할 때 생긴다. 만일 애인 같은 여자에게 어머니가 되라고 강요한다거나 선생님 같은 여자에게 전사가 되라고 강요한다면, 때로는 그 강요 때문에 격렬한 충돌이 생겨날 수도 있다.

남자에게는 다음과 같은 네 가지 성향이 있다.

1) 농부

2) 유목민

3) 건설자

4) 전사

성서에 나오는 카인과 아벨의 이야기를 생각해 보자. 카인은 농사를 짓고 있었고 아벨은 가축을 돌보고 있었다. 말하자면 카인은 농부에 해당하고 아벨은 유목민에 해당한다. 카인이 아벨을 죽였을 때, 하느님은 카인을 벌하면서 〈너는 땅 위를 떠돌 것이다〉라고 말씀하셨다. 원래 농부인 카인에게 유목민이 되라고 강제한 셈이다. 카인은 유목민이 되기에 적합한 사람이 아님에도 그 일을 해야 했다. 그로 인해 그는 큰 고통을 겪게 된다.

여자와 남자가 짝을 이루는 경우에, 백년해로로 이어질 가능성이 가장 높은 결합은 어머니 같은 여자와 농부 성향의 남자가 만나는 것이다. 두 사람 다 안정성과 지속성을 원하기 때문이다. 그 밖의 다른 결합들은 대단히 정열적인 사랑을 이룰 수는 있으나 결국에는 갈등과 대립에 이르고 만다.

완벽한 여자의 목표는 어머니이자 애인이자 전사이자 선생님이 되는 것이다. 그럴 때 우리는 비로소 공주가 왕이 되었다고 말할 수 있다.

완벽한 남자의 목표는 농부이자 유목민이자 건설자이자 전사가 되는 것이다. 그럴 때 우리는 비로소 왕자가 왕이 되었다고 말할 수 있다.

완벽한 왕과 완벽한 왕이 만나면 마술과도 같은 일이 벌어진다. 그 만남에는 열정도 있고 지속성도 있다. 하지만 그런 만남은 참으로 드물다.

에드몽 웰스, 『상대적이며 절대적인 지식의 백과사전』 제4권

148. 비너스, 스물두 살 반

이제 내 인생은 탄탄대로에 들어섰다. 나는 가슴을 고치기 위해 성형 수술을 받았다. 등을 바닥에 대고 몸을 쭉 뻗으면, 내 가슴은 조금도 처지지 않고 이집트 피라미드의 꼭대기처럼 하늘을 향해 곧추선다.

미용과 피부 관리를 겸하는 한 남자 미용사가 나에게 가장 잘 어울리는 헤어스타일을 만들어 냈고, 〈치아 미용사〉를 겸하는 한 치과 의사가 특수 요법을 써서 내 이를 하얗게 만들었다. 의학 분야의 직업들이 바야흐로 예술적인 직업으로 바뀌어 가고 있음에 틀림없다.

신문 잡지 판매대에 가보면, 내 실루엣과 얼굴이 정기적으로 잡지 표지를 장식하고 있음을 알 수 있다. 어떤 여론 조사에 따르면, 나는 세계에서 가장 섹시한 여자 열 명에 들어간다. 나의 이런 미모와 명성 앞에서는 어떤 남자도 맥을 못 춘다. 그런 자신감을 바탕으로 나는 남성 섹스 심벌들 중에서 언제나 최고로 꼽히는 남자 리처드 커닝엄을 내 남자로 만들기로 했다. 그는 내 어린 시절의 우상이기도 했다.

나는 매니저 빌리 와츠에게 일을 주선하라고 부탁했다. 그는 서둘러 내 부탁을 들어주었다. 내가 곧 커닝엄과 부부가 될 거라고 그의 영매가 장담했기 때문이었다. 그는 어렵지 않게 커닝엄의 매니저를 설득했다. 며칠이 지나자 모든 것이 협상되고 합의되고 결정되었다. 나는 샌타모니카에 있는 어떤 일식집에서 〈우연히〉 리처드를 만나기로 했다. 〈이거 아무한테도 말하면 안 되는 얘긴데요〉 하는 식의 소문을 통해서 모든 사진 기자들에게 그 소식이 알려졌다.

나는 그 만남을 위해 빨간 옷을 입었다. 리처드가 어떤 인터뷰를 통해 자기는 빨간 옷 입은 여자를 좋아한다고 말한 적이 있기 때문이었다. 리처드 편에서는 내가 광고하는 프랑스 향수를 뿌리고 나오는 세심한 배려를 보여 주었다.

우리 매니저들은 다른 손님들을 엄선하여 자리를 안배하고 자기들은 우리와 가까운 식탁에서 식사를 했다. 리처드는 영화에서 보던 것보다 실물이 한결 나아 보였다. 그의 살결은 놀랍도록 매끄러웠다. 성형 수술을 받지 않았는데도 그렇다는 것이다. 그는 내가 모르는 어떤 혁명적인 크림을 사용하고 있음에 틀림없다. 영화나 잡지에서 그토록 자주 보던 사람의 실물을 대하고 있으니 약간 주눅이 들었다. 그는 새로 고친 내 가슴을 몰래 살피곤 했다. 성형 수술의 효과가 금방 나타나는 것 같아 기분이 나쁘지 않았다. 우리는 생선회를 주문했다. 그러고 나니 서로 대화를 나누어야 하는 끔찍한 시간이 찾아왔다. 우리는 서로에게 무슨 얘기를 해야 할지 모르고 있었다.

리처드가 먼저 말문을 열었다.

「에, 그쪽 매니저…… 괜찮아요? 그 사람 얼마나 받아요?」

「음…… 제가 버는 모든 것의 12퍼센트를 받아요. 그쪽 매니저는요?」

「내 매니저는 15퍼센트를 받습니다.」

「다시 협상을 해야 하지 않을까요?」

「많이 받는 만큼 하는 일도 많지요. 그는 모든 걸 알아서 합니다. 소소한 공과금은 자기가 처리하고 내가 쇼핑을 할 때도 자기가 돈을 내지요. 그 친구가 있어서 나는 수중에 돈을 지니고 다니지 않아도 됩니다. 지갑을 사용하지 않게 된 지 한 10년은 된 것 같군요. 〈알몸으로 그대 곁에〉라는 영화가 성공하기 전이니까요.」

「아…… 〈알몸으로 그대 곁에〉요?」

「네…….」

「으음…….」

그다음엔 무슨 얘기를 하지? 침묵이 거북스러웠다. 그때 마침 음식이 나와서 우리는 식사를 했다. 우리는 디저트 시간이 되어서야 두 번째 화제를 찾아냈다. 우리는 알레르기를 일으키는 화장품과 어떤 피부에도 잘 맞는 화장품에 대해서 이야기했다. 마침내 긴장이 좀 풀렸는지, 그는 영화계에서 자기가 들은 온갖 소문들을 늘어놓았다. 누가 누구와 잤다느니, 어떤 유명 연예인이 어떤 변태적인 행위를 한다느니 하는 식의 이야기였다. 그건 아무하고나 나눌 수 없는 정말 흥미진진한 대화였다.

그는 대단히 직업적인 억양을 구사하면서 이렇게 말했다.

「비너스 씨, 아무리 봐도 정말 대단히 아름다우시군요.」

다행히도 그는 내가 지닌 문제를 보지 못했다. 나는 나 자신의 불완전한 점을 너무나 잘 알고 있다. 내 귓불은 너무 짧고, 내 속눈썹은 끄트머리가 가지런하지 않으며, 내 엄지발톱은 너무 벌어져 있고, 내 무릎은 안쪽으로 조금 휘어져 있다.

식사가 끝나고 나서 그는 자기가 자주 드나드는 호화 호텔로 나를 데려갔다. 우리는 거기에서 하룻밤을 보내기로 했다.

그는 먼저 의자 하나에 자기 소지품들을 조심스럽게 쌓아 놓은 다음 샴페인을 주문하고 불빛을 알맞게 조절해서 분위기를 부드럽게 만들었다.

그가 물었다.

「어때, 긴장돼?」

「조금요.」

「영화〈사랑에 산다〉에서 내가 글로리아 라이언에게 했던 거 생각나? 방석을 가지고 하는 거 말이야. 우리 그런 식으로 할까?」

「미안해요. 나 그 영화 안 봤어요. 그런데 방석을 가지고 대체 뭘 한다는 거죠?」

그는 샴페인을 한 모금 삼키고 나서, 이렇게 물었다.

「내 영화 중에서 본 게 뭐야?」

그는 우리가 처음 만났을 때부터 그걸 물어보고 싶어 했던 듯하다. 나는 그의 영화들을 열 편은 족히 나열하였다.

「그럼 〈지평선의 눈물〉은 안 봤어? 〈일촉즉발〉도 안 보고, 〈그건 그렇고 그게 다야?〉도 안 봤단 말이야? 그것들이 내 영화 중에서 가장 좋은 것들인데. 평론가들도 그 세 영화에 대해선 이구동성으로 칭찬한다고.」

「아아…… 그 영화들요…….」

「그 영화들은 디브이디로 볼 수 있을 거야. 좋아, 그럼 지금까지 본 영화 중에서는 어느 걸 가장 좋아하지?」

「……〈알몸으로 그대 곁에〉요.」

나는 눈길을 낮추면서 그렇게 대답했다. 나도 연기라면 배우 못지않게 할 줄 안다.

그는 내 옷을 벗기기 시작했다. 나는 이런 순간에 대비해서 야한 느낌을 주는 비단 레이스 속옷을 입고 왔다. 내 나름대로 각본을 짠 셈인데, 그것이 효과가 있었다. 그는 즉시 비단 속옷의 촉감을 느끼면서 내 가슴을 주무르고, 목에 입을 맞추고, 허벅지를 오랫동안 쓰다듬었다. 나는 그의 손이 안으로 휜 내 무릎에 닿기 전에 그의 애무를 중단시키고, 내 쪽에서 그를 쓰다듬기 시작했다. 그의 몸에는 문신이 몇 개 있었다. 그가 나에게 자랑했던 세 영화의 포스터를 그대로 새겨 넣은 거였다. 말하자면 자기 자신을 홍보하기 위해 새긴 문신이었다.

그런 다음 우리는 서로 몸을 포갰다. 그는 나를 오르가슴으로 이끌지 않았다. 자기 자신의 쾌락에 너무 관심이 많아서 나의 쾌락에는 신경을 쓸 수 없는 사람이었다.

그 뒤로 한동안 그를 만나면서, 나는 그가 뤼디빈이 말한 이상적인 남자는 아닐 거라고 생각하게 되었다. 하지만 나는 그와 사귀는 것이 영화계로 진출하는 데 도움이 되리라는 것을 알고 있었다. 그래서 리처드 커닝엄의 아내가 되기로 결심했다. 이 결정에는 또 다른 장점이 있었다. 나의 모든 경쟁자들이 샘이 나서 파르르 떨 거라는 거였다. 단지 그것만으로도 이 결혼은 할 가치가 있었다.

나는 결혼하고 나면 인기가 떨어질 거라고 걱정했는데, 오히려 인기가 더욱 올라갔다. 결혼식을 치르고 사흘이 지나서, 나는 한 텔레비전의 저녁 8시 뉴스에 초대되었다. 크리스 피터스라는 전설적인 앵커가 진행하는 프로그램이었다. 50세 이하 가정주부들의 우상인 크리스 피터스는 전 세계로 방영되는 미국의 뉴스 채널이 생긴 뒤로 세계에서 가장 유명한 방송인이 되었다. 그는 오대륙에서 벌어지는 모든 일에 대해 자기가 어떻게 생각하는지를 전 세계 시청자들에게 말한다. 가장 잔인한 독재자들도 지하실 방열기에 몇 달씩 묶어 두었던 인질들을 그에게 돌려보낸다. 독재자들 역시 크리스 피터스의 뉴스를 보기 때문이다.

나는 스타라는 나의 새로운 지위에 걸맞게 조금 늦게 스튜디오에 도착했다. 피터스는 너무나 유명한 그 미소를 지으며 나를 맞아 주었다. 그는 나 같은 스타를 모시게 된 것이 자기에게는 큰 영광이라면서, 내가 모델로 처음 나왔을 때부터 나를 죽 지켜보았고 내가 대성하리라는 것을 진작 알았노라고 말했다.

나는 그의 옆에 앉아서 영상을 보며 짤막짤막하게 해설을 했다. 체첸 전쟁에 대해서는 모든 전쟁에 맹렬하게 반대하는 나의 의지를 다시 한번 천명하였고, 성관계를 통해 전염될 수 있는 질병에 대해서는 사랑엔 찬성하지만 죽음이라는 대가에는 찬성하지 않는다고 대답했다. 또 환경 오염에 대해서는 오염 물질을 방출하는 모든 기업인들에 대한 분노를 표시했고, 지진에 대해서는 도시 개발업자들이 집을 튼튼하게 짓지 않아 대형 참사가 일어났으니 그들을 감옥에 넣어야 되는 거 아니냐고 대답했다. 끝으로 사랑에 대해서는 세상에 그보다 아름다운 건 없다고 대답했고, 리처드에 대한 질문에는 〈그는 최고의 남자예요. 우리는 아주 행복해요. 아이를 많이 갖고 싶어요〉라고 대답했다.

방송이 끝나고 나서, 크리스 피터스는 방송을 녹음한 카세트테이프를 보내 줄 테니 주소를 가르쳐 달라고 부탁했다.

그날 저녁, 몸이 너무 피곤해서 잠이나 실컷 자려고 준비를 하고 있는데, 누가 현관문을 두드렸다. 여느 때처럼 집에는 나 혼자 있었기 때문에(방송에서 말한 것과는 달리 리처드는 그리 좋은 남편이 아니었다), 나는 조금 겁을 먹으며 문에 뚫린 구멍으로 밖을 내다보았다. 크리스 피터스였다. 나는 문을 열었다.

그의 얼굴엔 평소의 그 미소가 보이지 않았다. 그는 다짜고짜 나를 뒤로 돌아가면서 내 옷을 벗겼다. 그러더니 나를 침실로 끌고 가서 침대 위에 던져 버렸다. 나는 미칠 듯한 공포에 사로잡힌 채, 그를 쳐다보았다. 그는 자기 웃옷에서 뭔가를 꺼냈다. 검은색의 기다란 끈이었다.

그는 내 한쪽 팔을 비틀어 등 뒤로 돌리더니 거기를 자기 무릎으로 눌러 나를 꼼짝 못 하게 만들었다. 그런 다음 내 목에 끈을 두르고 조르기 시작했다. 숨이 막혔다. 놀릴 수 있는 한쪽 손으로 그의 몸 어디라도 잡아 보려고 애를 썼지만, 그가 무릎으로 내 상반신을 짓누르며 거리를 띄우는 바람에 그의 몸에 손이 미치지 않았다. 그래도 내 손끝에 섬유질로 된 무엇인가가 닿는 느낌이 들었다. 나는 그것을 힘껏 잡아당겼다.

내 손에 들어온 것은 그의 머리카락, 아니 그의 가발이었다. 대머리가 드러나자 크리스 피터스는 당황한 듯했다. 그는 잠시 머뭇거리다가 나를 놓아주고 침실 밖으로 나갔다. 현관문이 꽝 하고 닫히는 소리가 들렸다.

나는 악몽을 꾸고 있는 게 아닌가 하며 가발을 바라보았다.

한 시간 후에 나는 경찰서로 달려가 그를 고소했다. 내 연락을 받고 급히 달려온 리처드가 나와 동행했다. 아직 공포에서 벗어나지 못한 상태라서 나는 사건의 자초지종을 설명하며 횡설수설하였다. 하지만 사건의 요점은 충분히 전달된 듯했다. 한 수사관이 방음 장치가 된 그의 사무실에서 우리를 따로 보자고 했다. 거기에서 그는 우리의 고소가 갖는 의미를 차근차근 설명하였다.

「사실 크리스 피터스는 〈무분별한 행동〉으로 호가 나 있습니다. 그에게서 학대를 받았다는 여자들이 벌써 여러 명 나왔으니까요. 두 분 말씀대로 그가 끈으로 여자들의 목을 졸라 죽이는 살인자일 수도 있다는 점을 인정합니다. 하지만…… 문제는 그가 진행하는 프로그램의 시청률이 이전의 모든 기록을 깨고 있다는 점에 있습니다. 그는 대중의 우상입니다. 성별과 빈부를 가리지 않고 모두가 그를 좋아합니다. 그것도 전 세계적으로 말입니다. 그는…… 말하자면…… 〈미국의 쇼윈도〉입니다. 그래서 그는 자기 방송사로부터 보호를 받는 것이고, 정부의 비호도 받는 겁니다. 우리가 그를 상대로 할 수 있는 일은 아무것도 없어요.」

나는 증거와 전리품으로 그의 가발을 흔들었다. 수사관은 그 가발이 크리스 피터스의 것임을 의심하지 않는다면서도, 자기로서는 아무것도 할 수 없다는 얘기를 되풀이했다.

「만일 당신들이 미국 대통령에게 공격을 받았다면, 우리가 당신들을 위해 뭔가를 할 수도 있었을 겁니다. 대통령이 법 위에 있는 건 아니니까요. 하지만 크리스 피터스는 달라요. 그는 법으로 건드릴 수가 없는 사람이에요.」

「우리도 아주 별 볼일 없는 사람들은 아니에요. 이 사람은 비너스 셰리든이고 나는 이 사람의 남편이란 말이오. 당신도 내가 누구인지 잘 알잖소.」

「압니다. 리처드 커닝엄 씨. 그런데 어쩌겠습니까? 당신은 6개월에 한 번씩 영화를 내놓지만, 그 사람은 저녁마다 텔레비전에 나오고 전 세계 20억 명이나 되는 사람들이 그를 보고 있는데요. 그는 세계적인 거물입니다.」

나는 더 이상 아무것도 이해할 수가 없었다. 나의 모든 가치가 일순간에 와르르 무너지는 듯했다.

「아니 오늘날에도 법을 초월해 있는 사람들이 있다는 겁니까?」

「처음에 권력은 가장 힘센 자들의 것이었습니다. 몽둥이나 칼을 가장 사납게 휘두를 수 있는 힘을 지닌 자들은 법을 초월해서 살았지요. 그다음에 권력은 〈혈통이 좋은 자들〉, 즉 귀족에게 넘어갔습니다. 그들은 노예나 농노 들에 대해 생살 여탈권을 가지고 있었지요. 그러다가 권력은 부자와 정치가 들에게로 옮겨 갔습니다. 그들이 무슨 짓을 하든 사법

부는 감히 그들을 상대로 소송을 제기하지 못했습니다. 오늘날 권력은 텔레비전에 가장 자주 나오는 자들에게 있습니다. 그들이 설령 도둑질을 하고 사기를 친다 해도 아무도 뭐라고 하지 않을 겁니다. 대중이 그들을 사랑하는 한 말입니다. 피터스는 텔레비전에 가장 자주 나오는 인물입니다. 아무도 감히 그를 공격하려 하지 않을 겁니다. 다른 사람은 몰라도 저는 못 합니다. 제 아내가 그를 너무 좋아하거든요.」

「경찰을 더 이상 믿을 수 없다면, 기자들에게 도움을 청해서 이 사건을 널리 보도하도록 하겠소. 그런 위험한 미치광이가 활개를 치며 돌아다니도록 내버려둘 수는 없소.」

리처드가 그렇게 분통을 터뜨렸지만, 수사관은 여전히 냉정하게 대꾸했다.

「마음대로 하십시오. 그러나 내가 장담하지만, 당신들이 설령 소송을 제기한다 해도 그를 이길 수는 없을 겁니다. 그는 당신들의 변호사보다 훨씬 유능한 변호사를 살 테니까요. 오늘날엔 누가 옳고 그르냐가 중요한 게 아니라, 누가 더 좋은 변호사를 가졌느냐가 중요합니다.」

경찰관은 딱하다는 듯한 표정을 지으며 우리를 빤히 바라보았다.

「한 가지만 더 말씀드릴까요? 그런 보루를 공격하려면 지금보다 훨씬 더 높은 명성이 필요할 겁니다. 그런 사소한 일로 경력을 망치고 싶으세요? 이런 경우에 저라면 어떻게 할지 아십니까? 저라면 크리스 피터스에게 짤막한 편지를 보내서 그에게 전혀 앙심을 품고 있지 않다는 것을 알려 주겠습니다. 그러면 누가 압니까? 그가 결국 당신을 자기 방송에 다시 초대하게 될지…….」

경찰관의 냉소적인 만류에 아랑곳하지 않고, 우리는 대담하고 취재 능력이 뛰어난 것으로 알려진 몇몇 기자들을 엄선해서 비밀을 털어놓았다. 하지만 어느 누구도 이 사건을 취재하려 들지 않았다. 그들은 모두 텔레비전에서 크리스 피터스와 함께 일하기를 꿈꾸는 사람들 같았다. 어떤 기자들은 〈직업적인 연대 의식〉을 내세우며 발을 뺐다. 또 어떤 기자들은 상황의 〈우스꽝스러움〉을 들먹이며 난색을 표했다. 있지도 않았던 강간에 대해서 고소를 한다는 건 웃음거리가 되기 십상이라면서…….

「하지만 그는 다른 여자들을 또 공격할 거예요. 그 사람, 미치광이란 말이에요. 그를 감옥에 보내야 돼요.」

「그래요. 그가 미치광이라는 건 모두가 다 알아요. 하지만 지금은 그런 얘기를 할 계제가 아닙니다.」

나는 경악하지 않을 수 없었다. 내가 결코 안전하지 않으리라는 생각이 들었다. 나의 미모와 부, 리처드, 나의 팬들, 그 어느 것도 크리스 피터스처럼 누구도 건드릴 수 없는 포식자 앞에서 나를 보호해 주지 못할 것 같았다.

나는 이제 그가 진행하는 저녁 뉴스는 물론이고 그 뉴스 채널도 일체 보지 않는다. 보잘것없지만 이것이 내가 할 수 있는 유일한 복수이다.

경찰관의 말이 자꾸 뇌리에 떠오른다. 〈그런 보루를 공격하려면 지금보다 훨씬 더 높은 명성이 필요할 겁니다.〉 좋아, 나의 다음 목표는 바로 그거야.

149. 이고르, 스물두 살 반

나는 스타니슬라스와 헤어져야만 했다. 그는 방화광이 되었다. 어떤 여자가 자기에게 돌아오지 않는다고, 그는 자기 우편함에 불을 지르고 자기 자동차를 태워 버렸다. 그것으로도 성이 차지 않아서, 그는 모스크바 주재 체첸 대표부에 화염병을 던졌다.

정신과 의사는 그에게 이제부터 성냥이나 라이터에 손을 대지 말라고 충고했다. 하지만 그는 최근에 군대에서 빼돌린 물건들을 파는 가게에서 화염 방사기를 하나 구했다. 그의 앞날이 걱정스럽다. 가엾은 스타니슬라스······. 그는 평화의 희생자이다.

포커는 나의 어엿한 직업이 되었다. 비록 카지노가 내 일터이고 카지노 식당이 내 구내식당이며 나에게는 연금이나 보험도 없고 근무 시간도 남들과 다르지만, 이것도 직업이라면 직업이다.

내 테이블에 낯선 사내가 나타났다. 머리가 길고 턱수염을 길렀는데, 옷차림으로 보아서는 그다지 밑천이 두둑한 사람으로 보이지는 않았다. 그런데 놀랍게도 그 역시 자기 카드를 보지 않고 돈을 거는 전법을 썼다. 나를 흉내 내는 자들이 생겨난 것일까? 그렇다면 이제부터는 내 방식을 사용하는 자들에 맞서 게임을 벌여야 하는 것일까? 그런 생각을 하고 있는데, 그 사내는 판돈이 올라가기 전에 기권을 해버렸다.

「함께 게임을 한 것에 대해 대단히 영광스럽게 생각합니다.」

그러면서 사내는 나에게 한쪽 눈을 찡긋해 보였다.

목소리가 귀에 설지 않았다. 분명히 전에 들어 본 목소리였다. 내 가족이나 다름없는 사람의 목소리가 아니라면 내귀에 그렇게 울릴 리가 없었다.

「바실리!」

턱수염 때문에 그를 첫눈에 알아보지 못했던 것이었다. 그는 예전과 다름없이 온화하고 차분하였다. 우리는 테이블을 다른 사람들에게 넘겨주고 식당으로 갔다. 참으로 오랜만에 우리는 머리를 맞대고 앉아 식사를 하고 이야기를 나누었다.

바실리는 컴퓨터 기술자가 되었다. 그는 컴퓨터에 의식의맹아를 부여하게 될 인공 지능 프로그램을 개발했다. 오랜연구 끝에, 프로그램 스스로 더 많은 일을 하도록 자극하는방법을 찾아냈다. 죽음에 대한 공포를 불어넣음으로써 프로그램을 자극하는 것이 바로 그 방법이었다.

「이 프로그램을 설치하게 되면, 컴퓨터는 프로그래머가정해 준 사명을 완수하지 못하면 자기가 죽게 될 거라고 생각하는 거야. 그 공포가 컴퓨터로 하여금 평소보다 더 많은능력을 발휘하게 하는 거지.」

죽음에 대한 공포…… 말하자면 인간의 불안과 공포를 기계에 옮기는 것이 가능하다는 얘기였다. 기계가 바야흐로 인간의 살아 있는 피조물이 되어 가고 있는 모양이다.

바실리는 자기 집에 가서 죽음에 대한 공포로 자극을 받는컴퓨터 프로그램에 맞서 포커를 해보지 않겠느냐고 권했다. 체스에 적용된 인공 지능 프로그램들은 대체로 경직되어 있지만, 그의 포커 프로그램은 대단히 유연했다. 그 프로그램은 자기 패가 좋은 척하며 사람을 속일 줄도 알았다. 나는 그가 〈서브틸러티Subtility〉라고 이름 붙인 그 프로그램을 상대로 게임을 해보았다. 이기기가 쉽지 않았다. 당연한 얘기지만, 이 프로그램은 내가 카드를 보거나 말거나 전혀 신경을 쓰지 않기 때문이다. 게다가 이 프로그램은 앞선 판들을 기억하고 끊임없이 비교함으로써 나의 습관적인 전략을 추론해 내고 자신의 전략을 개선해 간다.

하지만 나는 게임을 완전히 우연에 맡기는 행동을 함으로써 마침내 그 프로그램을 이겼다.

「이게 자네 시스템의 한계일세, 바실리. 자네 컴퓨터는 언제나 논리적이지만 나는 완전히 비합리적인 행동을 할 수 있거든.」

「자네 말이 맞아. 하지만 나는 죽음에 대한 공포를 증가시킴으로써 이 약점을 개선해 나갈 생각이야. 컴퓨터가 지면 죽는다는 생각에 정말로 불안을 느끼게 되면, 어떤 인간도 아직 생각해 보지 않은 방법을 스스로 고안해 낼 걸세. 그러면 비합리적인 상대나 미치광이 같은 상대라도 이길 수 있게 되지.」

바실리는 〈고아원의 사고〉 이후로 내게 무슨 일이 있었는지를 물었다. 나는 전쟁에 참가해서 무공을 세웠던 일이며 바냐와 아버지를 다시 만났던 일에 대해서 이야기했다.

「이제 나에게 남은 일은 내 어머니를 다시 만나서 내 탯줄을 완전히 끊어 버리는 걸세. 그러고 나면 내가 자유로워지겠지.」

「여보, 식사 준비 됐어요!」

「응, 갈게.」

바실리는 성공했다. 아내와 자식이 있고 자기가 좋아하는 안정된 직업도 있다. 상트페테르부르크의 고아가 인생의 비탈길을 거슬러 올라가는 데에 성공한 것이다. 나는 나에게도 날 사랑해 주는 아내가 있으면 좋겠다는 생각을 했다. 콜걸들이나 카지노 밤무대의 댄서들에게는 이제 신물이 난다.

나는 지방에 새로 생긴 카지노에 가서 새로운 상대들과 대적했다. 많은 돈을 따가지고 나가려는데, 누가 뒤를 밟고 있다는 느낌이 들었다. 이 바닥에서는 종종 있는 일이다. 잃은 돈을 폭력적인 방법으로 되찾으려는 치사한 노름꾼들이 있는 것이다. 나는 주먹을 꽉 쥐고 뛰어갈 준비를 했다. 그러나 그럴 필요가 없었다. 등에 칼끝이 닿는 것을 느꼈기 때문이다. 나는 몸을 돌렸다. 카지노의 주인이 경비원 여섯 명을 대동하고 서 있었다.

「내부의 카메라를 통해서 널 오랫동안 관찰했다. 네가 여기에 나타났다는 게 도무지 믿기질 않았어. 러시아는 넓고 카지노는 많은데, 하필이면 왜 새로 생긴 내 카지노에 와서 손님들 돈을 털어 가는 거지? 나는 너를 즉시 알아보았다. 누구에게나 잊을 수 없는 얼굴은 있게 마련이지.」

나는 그가 누구인지 전혀 알아보지 못했다. 하지만 한꺼번에 일곱 장정들을 상대로 싸울 수는 없는 노릇이어서, 침착하게 다음 말을 기다렸다.

「나에겐 한 가지 이론이 있다. 누구에게나 〈운명과 만나는 순간〉이 있고, 그 순간을 함께 경험하는 사람들이 있다. 그런 순간은 한 번 놓쳤다 해서 그것으로 끝나지 않는다. 놓치면 다시 오고, 또 놓치면 또다시 온다. 빚이 완전히 청산될 때까지 말이다. 어떤 사람들은 그것을 우연의 일치라 부르기도

하고 기시(旣視)체험이라 하기도 한다. 나는 이미 그런 순간을 여러 차례 경험했다. 그때마다 네 모습을 다시 보곤 했지. 악몽을 꾸고 있는 게 아니었는데도, 네놈이 다시 나타나곤 했다.」

그는 칼끝을 내 배에 대고 이리저리 움직이면서 말을 이었다.

「불교 신자들은 그런 만남들이 여러 차례의 삶을 통해서 되풀이된다고 말하지. 현생의 적은 내생의 적이 된다는 거다. 많은 종교들의 가르침에 따르면, 어떤 영혼들은 자기들의 문제가 해결될 때까지 생을 거듭하면서 계속 다시 만나게 된다고 한다. 최선의 해결책이 나오든 최악의 해결책이 나오든 악연이 완전히 풀릴 때까지 〈영혼의 가족〉을 이룬다는 것이지. 어떤 전생에서 너는 어쩌면 나의 아내였을 것이고 우리는 끊임없이 싸움을 벌였을 것이다. 또 어떤 전생에서는 네가 나의 아버지로서 나에게 매질을 했을지도 모른다. 아니면 네가 어떤 나라의 왕이었는데 내가 그 왕에 맞서 전쟁을 벌였던지……. 어쨌거나 그토록 오래전부터 나는 너를 싫어했다.」

그가 가로등의 둥근 불빛 속으로 들어왔다. 불빛에 그의 얼굴이 드러났지만, 여전히 떠오르는 것이 없었다.

그는 내 생각을 읽은 듯했다.

「네 친구를 다시 만났다고 생각하는 모양이지? 그러니 못 알아볼 수밖에. 지금 네가 다시 만난 사람은 네 친구가 아니라 적이야.」

나는 그를 찬찬히 살펴보았다. 여전히 생각나는 게 없었다. 그는 칼끝을 내 살 속으로 더 깊이 찔러 넣었다. 피가 조금 흘렀다.

표트르.

러시아 인구가 2억 명인데, 나는 그 많은 사람들 속에서 아버지와 바냐와 표트르를 차례차례 만났다. 이건 정말이지 지나친 우연의 일치가 아닐 수 없다. 내가 아직 다시 만나지 못한 사람은 이제 어머니밖에 없다. 어머니도 머지않아 나와 마주칠 것 같은 예감이 든다.

표트르의 말마따나 서로 끊임없이 마주치는 영혼들의 집단이 존재하는 걸까? 그게 아니라면, 내 인생의 길에는 왜 똑같은 인물들이 자꾸 나타나는 거지?

나는 아주 차분한 목소리로 물었다.

「이야기가 꽤나 장황했군. 그래, 자네가 원하는 게 뭐지? 옛날에 했던 것처럼 결투라도 한번 벌이자는 건가?」

「천만에. 난 그저 내 친구들이 너를 잡고 있는 동안 너에게 진 빚을 갚아 주려는 거야. 이게 바로 다윈의 자연 도태라는 거지. 지금 나는 너보다 자연에 더 적응이 잘 되어 있어. 너는 혼자고 나는 건장한 친구들과 함께 있거든. 옛날 일을 잊지는 않았겠지?」

그러면서 그는 자기 웃옷을 들어 올려 배꼽 위에 있는 칼자국을 보여 주었다.

「네가 여기에 이 칼자국을 내던 날, 우주에는 하나의 부조화가 발생한 거야. 이제 그 부조화를 없애고 우주에 질서를 다시 부여해야 해.」

그는 약간 반동을 주어 칼을 내 배 속으로 쑤셔 넣었다. 그건 정말 너무나 아팠다. 타는 듯한 아픔이 창자로부터 온몸으로 퍼져 나갔다. 나는 허리를 꺾으며 앞으로 고꾸라졌다.

내 무릎으로 피가 철철 흘러내리고 있었다.

「자 이것으로 다시 공평해진 거야. 우주가 조화를 되찾은 거지. 얘들아, 가자.」

나는 엉금엉금 기어가다가 어떤 계단 위에 지쳐 쓰러졌다. 배에서 뚝뚝 떨어진 피가 주위로 퍼져 나가고 있다. 죽지 않고 버티려면 이 따뜻한 액체가 더 이상 흐르지 않게 해야 한다. 나는 있는 힘을 다해 상처를 압박한다.

춥다. 너무 춥다. 손이 곱아서 손가락을 움직이기조차 어렵다. 손끝에 더 이상 감각이 없다. 팔에 마비가 온다. 발도 감각을 잃어 가고 있다. 내가 오그라드는 느낌이다. 죽는다는 것, 그건 아주 고통스러운 일임을 알겠다. 아무에게도 이런 죽음을 권하고 싶지 않다. 이제 온몸에 마비가 오는 듯하다. 너무나 춥다. 온몸이 부들부들 떨린다.

내 몸 어디에도 감각이 없다. 손을 움직여 보려 하지만 더 이상 말을 듣지 않는다. 내 뇌가 움직이라고 명령을 해도 손은 여전히 같은 자리에서 배를 누르고 있다. 나는 내게 속하지 않은 어떤 물건을 보듯 내 손을 바라본다. 이제 나는 어떻게 되는 거지? 저 위에서 기분 좋은 빛 한 줄기가 나를 끌어당기는 듯한 기분이 든다.

두렵다.

내 정신이 까무룩 흐려진다.

나는 죽어 가고 있다.

150. 인류는 구원될 수 있는가?

이고르가 죽어 가고 있다. 아직 너무 이르다. 어서 그를 구해야 한다.

나는 어떤 고양이에게 정신을 집중함으로써 그 고양이로 하여금 발코니에 나와 야옹야옹 울게 한다. 그런 다음 잠을 자고 있는 고양이 주인이 일어나도록 그녀에게 악몽을 보낸다. 그녀가 잠을 깨서 고양이 울음소리를 듣고 고양이를 찾으러 발코니로 간다. 나는 그녀에게 직감을 보내 왼쪽 아래를 내려다보게 한다. 칼에 찔린 이고르를 보고 그녀가 처음으로 보인 반응은 창문을 닫고 아무것도 못 본 체하는 것이다. 나는 그녀에게 죽음을 예고하는 불길한 신호들을 보낸다. 즉, 십자가상이 갑자기 뒤집어지게 하고 문들이 꽝 소리를 내게 하며 귀에서 윙윙 소리가 나게 한다. 그녀가 마침내 아래에 있는 시체에 마음을 쓰기 시작한다. 그녀는 인명 구조대에 전화를 건다.

구조대원들도 잠을 자고 있다. 나는 다시 악몽을 보내 그들을 깨운다. 이윽고 구조대의 차량 한 대가 어둠을 뚫고 달려 나간다. 하지만 도로에는 차들이 많고 구조대 차량의 사이렌은 고장이 나 있다. 나는 자동차 운전자들에게 차례차례 직감을 불어넣어 백미러를 보게 함으로써 구조대원들의 길을 터준다.

구조대원들이 이고르를 발견했다. 나는 이고르를 병원까지 따라가 가장 뛰어난 의료진이 그를 돌보도록 주선하였다.

이로써 한 사람은 고비를 넘겼다.

나는 구체의 삼각형을 돌려 비너스를 살펴본다. 그녀 역시 곤경에 처해 있다. 도대체 이들은 어떻게 행동하기에 이런 곤경에 자꾸 빠지게 되는 것일까? 비너스는 복수에 대한 욕망 때문에 속을 끓이고 있다. 자, 빨리 뤼디빈을 이용하자.

나는 그 영매에게 빌리 와츠를 만나러 가라고 명령을 내려, 그들이 함께 비너스를 만나게 한다. 자, 이제부터 비너스의 마음을 돌려 보자. 뤼디빈은 만일 크리스 피터스가 인간에 의해 벌을 받지 않으면 천상에서 심판을 받게 될 거라며 비너스를 달랜다. 그런 말로는 비너스를 설득할 수 없을 듯하다. 비너스는 살인자들이 벌도 받지 않고 활개를 치는 이런 추잡한 세상에서 바르게 살려고 애쓴들 무슨 소용이 있겠느냐고 푸념을 한다. 자기도 이제부터 올바른 삶에서보다는 타락한 삶에서 더 많은 쾌락을 얻겠다는 것이다.

이런, 일이 어렵게 되어 가는걸.

비너스를 복수의 악순환에서 벗어나게 해야 한다. 복수란 자기의 온 시간을 바쳐서 해야 하는 일인데, 그녀는 지금 남에게 해를 끼치느라고 시간을 낭비할 겨를이 없다.

협상은 쉽지 않다. 마침내 나는 그녀에게서 자기의 증오심을 버리도록 노력하겠다는 약속을 얻어 낸다. 하지만 그 대가로 그녀는 피터스 같은 거물을 더 이상 두려워하지 않게 할 만한 명성을 달라고 요구한다. 세상에, 내가 내 의뢰인들과 기적을 놓고 협상하게 될 줄이야! 나는 영매를 통해 그저 최선을 다하겠노라고만 대답했다.

이제 자크를 보살필 차례다. 그는 마침내 자기가 원하던 일을 이루었다. 자기 책을 출간한 것이다. 그런데 그는 여전히 나를 우울하게 만들고 있다. 그가 원하는 게 뭐지? 사랑? 빌어먹을, 정말 골치 아픈 친구로군. 구앙돌린과 헤어진 뒤로 애정에 대한 그의 욕구가 부쩍 커졌다. 나 참, 이거 어디가서 애인을 구해 주지⋯⋯? 마침 내가 있는 곳이 수태의 호수 주위에 있는 청록색 숲이라서, 도움을 청해 볼 천사들이 있을 듯하다. 나는 옆에 있는 천사에게 묻는다. 내 의뢰인의 애정 결핍을 채워 줄 만한 독신의 여자 의뢰인 하나 구할 수 없겠느냐고.

나는 10여 명의 천사들에게 물어본 다음에야 여자 하나를 찾아낼 수 있었다. 그녀는 자크의 특별한 성격을 감당할 수 있는 여자이다. 나는 자크의 꿈에 그녀가 나타나게 했다. 일이 잘될 것 같다.

나는 주위의 다른 천사들을 살펴본다. 라울과 매릴린과 프레디는 다른 은하로 탐사를 떠날 채비를 하고 있다. 나는 이번에도 그들을 따라가지 않을 것이므로 비행 준비에 참여하지 않겠다고 말한다.

라울이 내게 가까이 오라고 신호를 보낸다. 나는 그 신호를 알아차리지 못한 척하고 마더 테레사가 있는 쪽으로 간다. 이 천사는 자기 나름대로 일하는 방식을 찾은 듯하다. 지난번의 잘못을 의식해서인지 이제는 지도 천사에게 연신 질문을 해가며 일을 하고 있다. 마더 테레사가 자기 알들을 지도 천사에게 가져다가 보여 준다. 마더 테레사가 많이 변한 것 같다. 이젠 자기 의뢰인들에게 도벽이 있는 종업원들을 해고시키라거나 제3세계 아이들에게 일을 시키는 기업에 투자하라고 서슴없이 조언한다. 아이들을 혹사시키는 기업에 투자하라는 것은 너무 심하지 않으냐고 물으면, 〈그렇게 하면 다른 건 몰라도 아이들에게 일자리가 생긴다〉고 대답한다. 나는 마더 테레사가 하나의 과도함에서 다른 과도함으로 넘어간 게 아닌가 생각한다. 자기 의뢰인들이 어떤 상태에 있는지를 정확히 보아야 할 듯하다. 그들은 한결같이 물질만능주의자에다 성적인 편집광이며 코카인 중독자가 되어 가고 있다.

나는 공중으로 날아올라 동쪽의 대평원을 거쳐 북동쪽 벼랑에 다다른다. 에드몽 웰스가 나와 라울을 데리고 들어갔던 그 동굴의 입구가 보인다. 그런데 그 거대한 구체들이 있는 곳을 어떻게 찾지? 나는 두 손을 내밀고 손바닥이 위로 가게 해서 내 알들을 불러낸다. 이 알들은 바로 그 커다란 구체들로부터 온 것이므로, 이제 이것들을 다시 돌아가게 해서 어디로 가는지를 알아내면 된다. 그렇게 조금씩 조금씩 내 알들을 따라가다 보니 마침내 네 개의 구체가 놓인 커다란 방이 나온다.

세상의 모든 영혼들이 어떤 상태에 있는지를 보여 주는 네 구체를 보고 있으니 처음의 감동이 되살아난다.

나는 인류의 구체를 들여다보며 생각에 잠긴다. 어쩌면 자크의 말이 옳을지도 모른다. 이게 다 무슨 소용이란 말인가?

내 세 의뢰인들이 60억 인간들 속에 섞여 방황하고 있다. 이들이 만일 자기들의 수호천사가 자기 자신의 탐험가적 야망을 실현하기 위해 한동안 자기들을 내팽개쳤다는 사실을 알면, 그 수호천사를 어떻게 생각할까? 내 보호를 받는 영혼들을 괴롭히는 자들의 모습도 보인다. 저들은 왜 남을 괴롭히는 걸까? 남에게 평화를 주면서 자기 삶을 살 수는 없는 걸까?

에드몽 웰스가 어느새 내 곁에 와서, 연민 어린 팔로 내 어깨를 감싼다.

「아직 모르겠나?」

「네. 이해를 못 하겠습니다. 피터스, 뒤퓌, 표트르 같은 인간들은 왜 그렇게 악인이 되려고 애를 쓰는 걸까요?」

「그들은 악한 게 아니라 무지한 걸세. 그들은 모르기 때문에 두려워해. 악한 자들은 남에게 공격을 당할까 봐 두려워하는 겁쟁이들이지. 악한 행동의 바탕에는 두려움이 깔려 있네. 조금 전에 자네가 영매를 통해 비너스에게 말하는 소리를 들었네. 자네가 잘 설명했다시피, 피터스는 성기가 너무 왜소해서 여자들에게 그것으로 평가받는 것을 두려워하네. 그래서 여자들을 죽이는 것이지.」

「하지만 그들은 남을 괴롭히는 데서 즐거움을 얻고 있지 않습니까?」

에드몽 웰스는 커다란 구체들 위로 살며시 떠오르며 대답한다.

「그것 역시 그들의 역할일세. 그들은 다른 사람들의 비열함을 폭로해 주는 역할을 하지. 피터스는 오래전에 텔레비전에서 쫓겨났어야 마땅하지만, 시청률이 계속 올라갔기 때문에 비호를 받으며 그 자리를 유지하고 있네. 뒤퓌도 의사 자격증을 박탈당했어야 마땅하지만, 정계에 친한 사람들이 있어서 동료들이 그를 두려워하지. 그들은 앞으로도 계속 그를 용서해 주고 보호해 줄 걸세. 표트르는 러시아 사회에 만연한 부패를 이용하고 있네. 그는 각자가 자기 법을 만드는 세계에서 작은 두목 노릇을 하고 있을 뿐이야. 그곳은 체계의 부재가 악을 허용하는 곳이지. 이 모든 건 인류의 전반적인 수준에 비추어 보면 아주 당연한 것일세. 다시 한번 말하지만, 인류의 현재 점수는 333점일세.」

갑자기 기운이 쪽 빠지는 느낌이 든다. 지도 천사가 나를 흔든다.

「조급하게 굴지 말게. 섣부른 판단은 금물이야. 우선 자네 의뢰인들의 문제를 해결하게. 그들 역시 선하다고 볼 수는 없어. 이고르는 사람을 죽였고, 비너스는 자기 경쟁자의 얼굴이 일그러지게 해달라고 기도한 바 있네. 자크로 말하자면, 악행을 저지르지는 않았지만, 현실에 맞서기를 두려워하며 상상의 세계로 도피하는 미숙한 청년일세.」

지도 천사가 나를 똑아보며 덧붙인다.

「자네는 아직 모르는 게 많아. 크리스 피터스는 전생에서 황금을 찾는 백인이자 아메리카 대륙 원주민 사냥꾼이었네. 그때 그는 두 부하와 함께 자크의 전생이었던 원주민 이야기꾼의 목을 매달아 죽였지. 이렇듯이 인생이란 끝없는 반복일세. 피터스는 지금도 남의 전리품을 자기 것인 양 훔들어 대는 일을 하면서 여자들의 목을 조르고 있네.」

나는 눈살을 찌푸린다.

「지구상에는 60억 명이나 되는 사람들이 있습니다. 비너스를 공격했던 자가 예전에 자크를 죽인 자이기도 하다니, 우연의 일치 치고는 참으로 기묘하군요.」

「그건 우연의 일치가 아닐세. 영혼들은 수세기에 걸쳐 집단을 이루어 진화해 가네. 서로의 인연이 완전히 풀릴 때까지 생을 거듭하면서 계속 만나는 걸세. 이고르를 칼로 찌른 표트르는 그것을 직감적으로 깨닫고 있네.」

에드몽 웰스는 내 알들 주위에서 떠돌고 있는 몇몇 알들을 가리키면서 말을 잇는다.

「자크의 첫 여자 친구인 마르틴은 한때 그의 어머니였네.」

「그래서 그녀는 그들 사이에 그 애정의 장벽을 세웠던 건가요?」

「그런 셈이지. 또 리처드 커닝엄은 옛날에 비너스의 언니였네. 빌리 와츠는 그녀의 개였지. 그때는 이들의 의식 진화 수준에 차이가 있었네. 스타니슬라스는 전생에서 이고르의 아들이었네. 그는 여러 전생에서 불과 관련된 삶을 살았지. 마녀 재판 때에 장작더미에 불을 붙이기도 했고, 고대 로마 시대에 네로 황제의 명령을 수행하기도 했으며, 알렉산드리아 도서관에 불이 났을 때도 현장에 있었네. 훨씬 더 먼 옛날에는 부싯돌을 부딪쳐서 불을 지필 수 있다는 사실을 발견한 사람들 중의 하나였지. 또 크리스 피터스는 자크의 전생이었던 원주민 이야기꾼을 죽이기 전에도 에스파냐 정복자로서 많은 잉카인들을 죽였네.」

구체 안에서 영혼들이 작은 별처럼 반짝이고 있다. 결국 만물은 저마다의 존재 이유가 있고, 무한한 시간 속에 뿌리를 박고 있으며, 눈에 보이지 않는 저마다의 논리를 지니고 있다. 이상한 행동, 공포증, 강박 관념 등은 전생을 고려하지 않고는 이해될 수 없다. 프로이트는 유아기의 경험을 분석하여 성인의 행동을 설명할 수 있다고 믿었지만, 한 인간을 진정으로 이해하기 위해서는 그가 가장 먼저 인간으로 환생한 때부터, 아니면 그보다 더 거슬러 올라가서 그가 최초로 동물이나 식물로 환생한 때부터 그의 삶을 검토해 보아야 하는 것인지도 모른다. 어떤 사람들이 고기를 좋아하는 것은 그들이 전생에 사바나의 맹수였기 때문인지도 모르고, 어떤 사람들이 일광욕을 좋아하는 것은 그들이 전생에 해바라기였기 때문인지도 모른다. 어쨌거나 모든 영혼은 저마다 아주 긴 역사를 가지고 있는 셈이다.

「그러면 라울과 프레디 같은 타나토노트들은요?」

「자네는 이미 다른 형태로 그들을 만난 적이 있네. 라울은 자네의 아버지였어. 그와 자네는 아주 오래전부터 나란히 길을 걸어왔네. 프레디는 여러 차례의 삶에서 자네의 어머니였네.」

나는 구체의 투명한 막 너머로 인류의 영혼을 물끄러미 바라본다.

「다시 한번 말하지만, 중요한 건 착함이 아니라 의식의 진화야. 우리의 적은 악의가 아니라 무지일세.」

제3부   **위에 있는 것**

151. 이고르, 스물두 살 반

나는 죽어 가고 있다. 멀리서 빛이 나를 끌어당긴다. 나는 내 육신에서 빠져나와 그 빛을 향해 힘차게 날아오른다. 그런데 갑자기 꼼짝을 못 하겠다. 더 이상 날아오를 수가 없다. 내 배에서 은빛 줄 하나가 나와 있는데, 누가 그것을 잡아당겨 나를 다시 끌어내리는 듯하다. 나는 다시 지상으로 돌아온다.

「됐어. 살아났어.」

그들은 마치 아기가 태어나기라도 한 것처럼 환호성을 지른다. 하지만 저기 하늘에 있던 빛은 참으로 아름다웠다.

사람들이 나를 침대에 눕힌 다음, 이불을 덮어 주고 이불깃을 여며 준다. 나는 잠이 든다. 나는 여전히 살아 있다.

잠에서 깨어나 보니, 커다란 초록색 눈이 인상적인 금발의 여자가 현기증이 날 정도로 상체가 노출된 옷을 입은 채 나를 내려다보고 있었다.

나는 그녀가 천사이고 내가 천국에 와 있는 게 아닐까 하고 생각했다. 그녀 쪽으로 몸을 움직이려니까 내 팔에 연결된 갖가지 줄들이 나를 제지했다. 그 순간 모든 환상이 사라지면서 배에 찌르는 듯한 고통이 느껴졌다.

그 아름다운 여자가 내게 말했다.

「일주일 동안 혼수상태에 있었어요. 다들 당신이 깨어나지 못할 거라고 생각했는데, 워낙 몸이 건강해서 버티어 낸 것 같아요. 길에서 깡패들에게 습격을 당한 것 같은데 피를 아주 많이 흘렸어요. 다행히 혈액형이 아주 흔한 거라서 수혈에 어려움이 없었지요.」

하얀 가운에 달린 명찰에 타티야나 멘델레예프라는 이름이 적혀 있었다. 그녀는 나를 담당한 의사였다. 그녀는 나의 저항력에 감탄했다면서 내가 의학의 법칙에 도전하는 사람이라고 말했다. 그러고는 나에게 아주 나쁜 소식을 하나 전해야겠다며 눈길을 낮추었다.

「힘내야 돼요. 암이에요.」

그게 나쁜 소식이란 말인가? 쳇! 이미 하늘 높은 곳에서 나를 끌어당기는 죽음의 빛도 보았고, 어머니와 기관총과 수류탄 파편과 체첸의 로켓탄에 맞서 살아남았으며, 표트르의 칼침을 맛본 나에게 그건 오히려 약과라는 생각이 들었다.

의사는 다정하게 내 손을 잡았다.

「당신의 암은 여느 암과는 달라요. 이런 암은 이제껏 알려지지 않았어요. 바로 배꼽 암이거든요.」

배꼽 암이든 새끼발가락 암이든 나에겐 차이가 없었다. 병으로 죽기는 매한가지니까. 내가 할 일은 하늘의 빛을 향한 다음번의 비행을 시작하기 전에 나에게 남아 있는 삶을 최선으로 활용하는 것뿐이었다.

아름다운 의사가 내 손을 쥔 채 다시 말했다.

「한 가지 부탁드릴 게 있어요. 제 실험 환자가 되어 주셨으면 좋겠어요. 이 병을 더 가까이에서 연구할 수 있게 말이에요. 부탁해요.」

타티야나의 설명에 따르면, 배꼽은 탯줄을 끊은 자리로서 죽어 있는 거나 다름없는 부위인데, 이 자리에 암이 생긴다는 것은 도저히 이유를 설명할 수 없는 특별한 경우이다.

그녀는 나에 관한 정신 분석이 필요하다고 생각했는지, 수첩과 볼펜을 꺼내더니 이것저것 물어보기 시작했다. 나는 그동안 살아온 삶에 대해서 있는 그대로 이야기했다. 나를 죽이고 싶어 했던 어머니, 어느 가정에서 나를 입양하러 오기로 되어 있던 바로 그날 고아원에서 있었던 칼부림, 소년원, 정신 병원, 체첸 전쟁…….

타티야나는 내 얘기가 마음에 들었는지 내 손을 더욱 꼭 쥐었다.

「그런 삶을 통해서 아주 독특한 생존 능력을 키워 왔군요.」

하지만 그녀의 진정한 관심사는 나의 삶이 아니라 나의 암이었다. 이 기상천외한 배꼽 암에 대해서 그녀는 이미 〈멘델레예프 증후군〉이라는 이름을 지어 놓았다며 나의 허락을 구했다. 그녀는 나를 〈인간 기니피그〉로 만들고 싶어 했다. 내가 제대로 이해한 거라면, 〈인간 기니피그〉란 직업적인 환자인 듯했다. 보건부 장관이 내 의식주를 해결해 주고 치료비와 잡비를 마련해 주는 대신, 나는 의료진, 특히 타티야나가 나를 자유롭게 연구에 활용하도록 해주어야 한다는 것이었다. 이를테면 그녀와 함께 세계 곳곳에서 열리는 학술 대회에 참석한다거나, 그녀가 병의 경과를 계속 관찰할 수 있도록 모든 검사에 응하는 것 등이 내가 할 일이었다. 타티야나는 그런 일들을 해주는 대가로 나에게 정기적인 보수를 주겠다고 제안하면서, 내 연금의 네 배나 되는 액수를 불렀다.

그녀는 그 커다란 초록색 눈에 간청하는 듯한 기색을 담고 나를 바라보았다.

우리가 참 별난 세상에 살고 있구나 하는 생각이 든다. 전쟁 영웅일 때는 사람들에게 모욕만 당했는데, 암에 걸렸다고 이렇게 극진한 대접을 받고 있으니 말이다.

「어때요, 받아들이시겠어요?」

나는 대답 대신 그녀의 손에 입을 맞추었다.

152. 백과사전

역설적인 간청

에릭슨은 일곱 살 때 아버지가 송아지 한 마리를 외양간에 들어가게 하려고 애쓰는 것을 보았다. 아버지는 고삐를 힘껏 잡아당기고 있었지만, 송아지는 앞발을 들고 버티면서 들어가기를 거부하였다. 어린 에릭슨은 깔깔깔 웃으면서 아버지를 놀렸다. 아버지가 말했다. 〈어디 네가 한번 해봐라. 얼마나 잘하는지 보자.〉

그러자 에릭슨은 한 가지 묘안을 떠올렸다. 고삐를 잡아당기는 대신에 송아지 뒤에 가서 꼬리를 잡아당기자는 게 그것이었다.

아닌 게 아니라 에릭슨이 꼬리를 잡아당기자 송아지는 즉시 앞으로 달려 나가 외양간 안으로 들어갔다.

40년 후, 에릭슨은 환자들이 건강을 회복하도록 이끌기 위해 완곡한 간청의 한 방식인 〈에릭슨 최면〉과 역설적인 간청을 생각해 냈다.

이런 방법의 유용성을 우리는 일상생활에서도 확인할 수 있다. 예컨대, 아이가 방을 어지럽히면 부모는 아이에게 방을 정돈하라고 부탁한다. 그러나 아이들은 말을 듣지 않기가 십상이다. 그런데 거꾸로 부모가 장난감과 옷가지를 더 꺼내다가 아무 데나 던지면서 방 안을 더욱 어지럽게 만들면, 보다 못한 아이가 이렇게 말할 것이다. 〈아빠, 그만해요. 더 이상 견딜 수가 없어요. 정리 정돈을 해야 돼요.〉

반대 방향으로 잡아당기는 것이 때로는 옳은 방향으로 잡아당기는 것보다 더 효과적인 것으로 나타난다. 그것이 의식의 분발을 야기하기 때문이다.

인류의 역사를 보더라도 역설적인 간청은 의식적으로든 무의식적으로든 끊임없이 사용되어 왔다. 인류는 두 차례의 세계 대전을 겪고 수백만 명의 목숨을 잃은 뒤에야 국제 연맹과 국제 연합을 생각해 냈고, 독재자들의 폭력을 겪고 나서야 인권 선언을 만들어 냈다. 또 체르노빌 사태를 겪은 뒤에야 안전 관리를 소홀히 한 원자로가 얼마나 위험한지를 깨닫게 되었다.

에드몽 웰스, 『상대적이며 절대적인 지식의 백과사전』 제4권

153. 자크, 스물두 살 반

마침내 그날이 왔다. 소설 『쥐』의 인쇄가 끝난 것이다. 내일이면 사람들은 서점에서 내 소설을 만나게 될 것이다.

나는 내 책을 손으로 쓰다듬기도 하고 냄새를 맡아 보기도 한다. 바로 이것을 위해 그토록 오랫동안 분투해 왔다고 생각하니 새삼 가슴이 뭉클해진다. 내 책이 여기 이렇게 세상에 나왔다. 여러 해 동안의 임신 기간을 거쳐 태어난 아기처럼.

처음의 환희가 지나가고 나자, 격심한 불안이 밀려온다. 책이 내 안에 있을 때는 나를 가득 채우고 있는 듯했는데, 이제 나는 텅 비어 있다. 나는 내가 지상에 온 목적을 실현했다. 모든 게 끝났다. 어쩔 수 없이 내리막길을 걷기 전에, 성공이

절정에 달한 순간에 떠나야 한다.

　내 삶은 더 이상 의미가 없다. 이젠 죽어야 한다. 지금 죽어야 내 삶이 순전한 행복으로만 남게 될 것이다. 그래, 자살을 하자. 그런데 그걸 어떻게 하는 거지? 언제나 그랬듯이 나는 실제적인 문제에 부딪히자 자신감이 없어진다.

　권총 한 방이면 쉽게 끝날 것 같은데, 그걸 어떻게 구하지? 강물에 뛰어들어서 익사하고 싶은 생각은 없다. 물이 너무 차가울 것 같기 때문이다. 건물 꼭대기에서 뛰어내리는 것은 엄두가 나지 않는다. 현기증이 날 것 같기 때문이다. 그럼 약을 먹을까? 무슨 약을 먹지? 설령 약을 먹더라도 나는 운이 좋아서 다 토해 낼 게 분명하다. 그렇다면, 지하철이 남아 있다. 하지만 나는 열차 밑으로 뛰어들 용기가 없다.

　어디에서 읽은 적이 있는데, 다섯 건의 자살 기도 중에서 네 건은 실패로 끝난다고 한다. 입안에 총구를 집어넣고 방아쇠를 당긴 사람들은 아래턱만 떨어져 나가는 바람에 얼굴이 흉해지는 것으로 끝났다고 하고, 7층에서 뛰어내린 사람들은 척추가 부러지는 바람에 휠체어 신세를 지는 불구자가 되었다고 한다. 그런가 하면, 약을 먹은 사람들은 소화기가 상하여 늘 속이 쓰리고 아픈 불치병을 얻기만 했다고 한다.

　나는 목을 매어 죽기로 결정한다. 이 방법이 가장 나를 두렵게 하면서도 왠지 마음이 끌린다. 그렇게 죽는 것이 나에겐 가장 잘 어울릴 거라는 느낌이 드는 것이다.

　내 고양이는 주인이 죽으려 하는데도 전혀 동요하는 기색을 보이지 않는다. 나는 녀석을 이웃집 여자에게 맡긴 다음, 문에 빗장을 지르고 커튼을 내린다. 그러고 나서 화장실에 들어가 전등에 넥타이 하나를 매단다.

나는 이제껏 살아오는 동안 화장실 안에서 가장 편안한 기분을 느끼곤 했다. 그러니 화장실에서 죽는 것이 당연하다는 생각이 든다. 나는 등받이 없는 의자에 올라가 하나 둘 셋을 센 다음 의자를 쓰러뜨린다. 아, 내가 공중에 매달려 있다.

매듭이 더욱 세게 조여 든다. 숨이 막힌다. 죽는다는 게 편하고 즐거울 거라고는 생각하지 않았지만, 그래도 이렇게 불편하게 매달려서 죽음을 기다리는 것은 짜증 나는 일임을 확인하지 않을 수 없다.

화장실 오른쪽 벽 상단 모퉁이에 오래전부터 숨어 있던 거미 한 마리가 내 몸에 기어오른다. 거미는 전등에 매달린 내 몸이 새로운 돌출물이라고 생각했는지 신이 나서 돌아다닌다. 거미가 내 귀와 천장의 장식 널 끄트머리 사이에 거미줄을 치기 시작한다. 녀석이 귓불 옆을 지나갈 때마다 간질간질한 느낌이 든다.

생각했던 것보다 시간이 오래 걸린다. 단번에 펄쩍 뛰었다가 떨어지면서 목뼈에 갑작스러운 충격을 줄 걸 그랬나보다.

공기가 희박해지는 느낌이 든다. 머리가 지끈거린다. 목을 짓누르는 압력에서 벗어나겠다고 기침을 해보지만 소용이 없다. 정말이지 목이 너무 세게 졸린다. 나는 나의 삶을 다시 생각한다. 소설, 쥐, 고양이, 구앙돌린, 마르틴, 반 리스베트 선생님, 출판사 사장 샤르보니에…… 그런대로 괜찮은 한 편의 영화였다.

그 모든 사건이 내가 실제로 경험했던 것일까? 내가 진정으로 치열하게 살았다고 말할 수 있을까? 어쩌면 다른 여자들을 더 사랑해 보고 다른 책들을 써보고 다른 고양이들을 쓰다듬어 보아야 하는 것이 아닐까? 거미가 귓속으로 들어와 윙윙거리는 소리를 만들어 내자 새삼스럽게 그런 생각이 더해진다.

나의 선천적인 우유부단함이 다시 말썽을 부리고 있는 것이다. 하지만 나는 전혀 죽고 싶은 마음이 없다. 나는 몸을 뒤틀며 매듭을 풀어 보려고 한다. 돌이키기에는 너무 늦은 게 아닌가 싶었는데, 예전에 내가 어설픈 솜씨로 전등을 달아 놓았던 게 나를 살렸다. 전등의 나사가 빠지면서 나는 화장실 바닥으로 떨어졌다. 전등도 뒤따라 떨어지며 내 머리통 한 귀퉁이를 강타했다.

아야! 혹이 하나 부풀어 올랐다.

이렇게 해서 나는 여전히 살아 있다. 이 경험은 나로 하여금 자살에 대해 결정적으로 면역을 갖게 했다. 우선 자살은 대단히 아프다. 다음으로, 자살은 가장 심한 배은망덕이다. 스스로 목숨을 끊는 것은 생명이라는 선물을 받아들일 능력이 없음을 스스로 인정하는 것이다.

게다가 내 책에 대해서도 책임을 져야 한다는 생각이 든다. 책이 출간되었으면, 이제는 그것을 옹호하고 소개하고 설명해야 하는 것이다.

나의 첫 인터뷰에서 기자는 나를 쥐 전문가로 취급하고 내가 쥐에 관한 연구를 대중화하기 위해 책을 쓴 것으로 간주했다. 어쩌다가 라디오나 텔레비전 방송에 초대를 받아서 나가 보면, 나의 대화 상대들은 책 뒤표지의 소개만 겨우 읽고 나온 경우가 대부분이다. 그들은 소설의 줄거리를 요약해 달라고 요구하고, 표지의 그림이 좋지 않다고 비난한다. 마치 그 그림을 내가 선택하기라도 한 것처럼……. 내 책에 대해서 사실대로 말하는 기사들이 더러 있기는 한데, 그 기사들은 문학란이 아니라 〈동물〉란이나 〈과학〉란에 실린다. 어떤 기자는 서슴없이 내가 미국의 늙은 과학자라고 쓰기도 했다.

집단생활을 하는 동물의 행동을 통해 인간에 대해서 이야기하는 것이 내 본래 의도였는데, 그것을 알아주는 기자가 한 사람도 없다. 화가 난다. 아주 드물게 사람들이 나에게 발언권을 주긴 하지만, 그들의 질문은 내 생각을 밝힐 수 있는 기회를 허용하지 않는다. 그들의 질문은 대개 이런 식이다. 〈쥐의 평균 수명이 어떻게 되죠?〉〈한 번에 새끼를 몇 마리 낳지요?〉〈쥐를 효과적으로 퇴치하는 방법이 뭐죠?〉

나는 적어도 한 번쯤은 철학자, 사회학자, 정치가 들과 기존의 역할 분담 체계에 대해서, 착취자-피착취자-독립자-피학대자의 관계에서 벗어나는 일의 어려움에 대해서 토론을 하고 싶었다. 하지만 어떤 라디오 방송에서 토론을 하랍시고 자리를 마련해 주기는 했는데, 나의 유일한 토론 상대자로 나온 사람은 〈쥐약〉 전문가였다. 그는 쥐를 퇴치하기 위해 인간이 사용하는 모든 화학 약품을 나열했다.

내 책에 대한 논의를 불러일으키기는 어려울 것으로 보인다. 이제 내가 바랄 것은 입에서 입으로 전해지는 소문의 기적뿐이다. 나는 이 책에 대해서 더 이상 아무것도 할 수 없다. 내 임무는 끝났다. 마음을 비워야 한다. 어떻게 비우지? 텔레비전을 보자.

크리스 피터스의 모습이 달라져 보인다. 머리 색깔이 바뀌었다. 아마 염색을 한 모양이다. 그가 갖가지 소식을 알려 준다. 아칸소주의 초등학생 한 무리가 학교 운동장에서 다른 아이들을 경기관총으로 사살했다. 이 사고로 31명의 사망자와 54명의 부상자가 발생했다. 이런 현상을 설명하는 용어가 하나 있다. 〈아모크〉[3]가 바로 그것이다. 어떤 사람들은 죽기 전에 되도록 많은 동족을 죽이고 싶어 한다.

뉴스를 보고 있으면 언제나 내 불행을 잊게 된다. 다른 사람들의 불행에 비하면 내 것은 약과라는 생각이 드는 것이다. 뉴스는 또한 새로운 이야기를 위한 아이디어를 제공해 주기도 한다.

크리스 피터스는 매일같이 벌어지는 크고 작은 참사와 재난을 계속 읊어 댄다.

정자은행에 소동이 있었다. 많은 여자들이 한스 구스타프손이라는 동일한 정자 제공자를 선택하는 바람에, 금발에 파란 눈인 이 건장하고 잘생긴 남자는 조만간 적어도 50만 명이나 되는 아이들의 아버지가 될 거라고 한다. 한스는 그저 학비를 마련하기 위해 정자를 제공했던 것뿐인데 자기 정자가 그토록 인기가 있는지는 몰랐다면서, 이제부터는 자기 자신을 위해 정자들을 아껴 두겠다고 말했다.

로스앤젤레스에 약한 지진이 발생했다. 지진학자들은 이 지진이 지하 핵실험의 확산에서 기인한 것일 수도 있다고 판단했다.

의학계 소식 러시아에서 배꼽 암이라는 특이한 질병이 발견되었다.

기상 소식 지속적인 맑은 날씨.

증권 소식 다우존스 지수 하락.

영토를 확장하거나 권력을 얻기 위해 싸우는 이 모든 사람

---

3 amok. 흥분 상태에서 살인을 저지르는 일종의 정신 착란.

들의 이야기는 내 소설의 쥐들을 생각나게 한다. 나는 책상 위에 놓인 내 책을 흘긋 쳐다본다. 『쥐』. 책이 마치 살아 있는 것처럼 느껴진다. 이제 내 소설은 나 없이 혼자 살아가야 한다.

154. 비너스, 스물두 살 반

크리스 피터스의 습격을 받은 뒤에 나는 리처드에게 집에 더 자주 있어 달라고 부탁했다. 그럼으로써 나는 한 남자랑 한집에서 함께 산다는 것이 무엇인지를 깨닫게 되었다. 이제까지 잘도 감춰 왔던 리처드의 온갖 결점들이 속속들이 드러난 것이다.

나는 남자들이 일반적으로 이기적이라는 것을 알고 있었고, 배우들은 특히 자기만 아는 사람들일 거라고 생각했었다. 그렇지만 배우들이 모델들보다 훨씬 더 이기적인 사람들인 줄은 몰랐다.

리처드는 마약을 한다. 아침부터 빵과 커피에 곁들여 코카인을 흡입한다. 그는 그것 없이는 살 수 없는 사람이다. 영화 촬영 때문에 그는 갈수록 그것을 더 많이 사용한다. 그것을 흡입하면 연기가 더 잘된다는 것이 그의 주장이다. 어쨌거나 그의 마약 중독은 우리 가계에 심각한 부담이 되고 있다.

그가 영화 얘기를 할 때면, 나는 부러움을 느끼며 이야기를 듣는다. 영화 촬영장은 내가 일하는 사진 스튜디오보다 한결 매력적일 것 같다. 그는 감독들과 일하면서 겪은 놀라운 이야기들을 들려주기도 한다. 어떤 감독은 카메라의 위치를 놓고 촬영 감독과 의견이 안 맞아 주먹다짐을 벌인 적도 있다고 한다.

대중은 언제나 영화배우들이 우리 모델들보다 똑똑할 거라고 생각한다. 시나리오 작가들이 그들로 하여금 멋진 대사를 말할 수 있게 해주기 때문이다. 나도 영화 대사 같은 멋있는 말을 하고 싶지만, 인터뷰를 할 때마다 내 능력에 한계가 있음을 깨닫게 된다. 공부를 열심히 했더라면 머리에 든 게 좀 많아졌을 텐데, 그러지 않은 게 후회가 된다. 누가 나에게 질문을 할 때면, 한쪽 구석에서 내가 대답해야 할 말을 불러주는 안경 쓴 시나리오 작가라도 하나 있었으면 좋겠다는 생각이 든다.

그런데 알고 보면 배우들도 머릿속에 든 게 없기는 마찬가지다. 리처드의 경우를 보더라도, 영화에서는 그럴싸한 말들을 줄줄 읊어 대지만 일상생활에서는 아는 것도 별로 없고 말재간도 없어 보인다. 그는 파리의 노트르담 성당이 파리에 실제로 있는 성당이 아니라 순전히 월트 디즈니 영화사에서 만들어 낸 것인 줄로 알고 있는 사람이다. 리처드는 포르투갈이나 덴마크가 어디에 붙어 있는지 모른다. 그런 것에는 아예 관심도 없다. 그는 고향인 켄터키주를 떠나 할리우드에서 잡부 노릇을 하다가 일약 스타가 된 사람이다. 농부의 아들이 졸지에 전 세계 멋쟁이 여자들의 총아가 되었으니, 이건 정말이지 영화에나 나올 법한 기적이다.

우리끼리 있을 때의 대화는 늘 이런 식이다. 〈하루 잘 보냈어?〉 〈일은 잘돼 가?〉 〈날씨 좋지?〉

리처드는 자기의 성적인 매력을 유지하는 일에 끊임없이 신경을 쓴다. 나는 우리가 섹스를 하는 동안 그가 침대 머리

맡 탁자에 놓인 거울을 계속 들여다보고 있음을 알고 깜짝 놀랐다. 그는 오르가슴에 올랐을 때 자기 표정이 어떠한지를 확인하고 싶어 했다. 다음 영화의 시나리오에 나오는 대단히 뜨겁고 노골적인 장면에 대비해서 자기 턱을 어떤 각도에서 보여 주어야 좋을지를 연구하고 있다는 거였다.

나는 리처드를 그리 좋아하지 않는다. 하지만 영화계에 진출하기 위한 발판으로 그를 이용할 생각이다. 나도 세월이 흐르고 있다는 것쯤은 알고 있다. 그래서 어제 나는 드디어, 다음 영화에 나를 출연시키도록 하기 위하여 그에게 싸움을 걸었다. 그는 영화배우는 아무나 하는 게 아니라는 주장으로 내 바람을 묵살하려고 했다. 나는 재능도 없이 몸과 얼굴만으로 영화계에 진출한 여배우들의 명단을 길게 늘어놓음으로써 그의 주장에 반박했다. 그리고 그것만으로는 그를 설득할 수 없을 것 같아서, 접시를 몇 개 깬 다음 그를 꼼짝 못 하게 할 사진들을 꺼냈다. 그가 미소년들과 함께 있는 모습을 찍은 그 사진들은 〈비너스에게 좋은 일을 하고 싶어 하는 어떤 여자 친구〉가 익명으로 우편을 통해 보내 온 것들이다. 사진을 보낸 사람이 누구인지는 짐작할 수 없지만, 아마도 질투심에 사로잡힌 어떤 단역 배우가 아닌가 싶다…….

「이런 사진들을 이용하면 나는 이혼을 얻어 낼 수 있을 뿐만 아니라, 당신 돈을 다 빼앗을 수도 있고 많은 여자들의 우상이라는 당신 명성을 땅에 떨어뜨릴 수도 있어요.」

리처드는 결국 자기 제작자들을 설득해서 그의 다음 영화인 「여우 특공대」에 나를 출연시키기로 했다. 내가 맡은 역할은 체첸에서 싸우는 러시아의 여자 특공대원이다. 리처드는 주인공인 특공대의 상사 역을 맡았다. 내가 연기하게 될 그 특공대원은 대단히 전투 능력이 뛰어난 부하들 중의 하나로서 화염 방사기의 왕이라는 별명을 지니고 있다.

다행히 시나리오 작가는 내 입에 착착 달라붙는 훌륭한 대사를 만들어 주었다. 그 대사를 바탕으로 마침내 내가 유머 감각을 발휘할 기회가 온 것이다. 내가 늘 갖고 싶어 했지만 어떤 외과 의사도 뇌 속에 이식할 수 없었던 그 유머 감각을 말이다.

「여우 특공대」의 촬영은 러시아에서 있을 예정이다. 영화의 사실성을 높이고 단역 배우들에게 줄 사례금을 절약하기 위해서라고 한다.

촬영을 앞두고 지금 나는 약간 긴장해 있다. 나는 위대한 스타가 되고 싶다. 검은 엘리자베스 테일러가 되고 싶다.

155. 백과사전

영국의 수학자 튜링

앨런 튜링은 아주 기구한 삶을 산 사람이다. 그는 1912년에 런던에서 태어났다. 학교 성적이 좋지 않은 고독한 아이였던 그는 유독 수학에 깊은 관심을 갖고 그것을 거의 형이상학적인 수준으로 끌고 갔다. 스무 살에 그는 자기가 구상한 컴퓨터들을 스케치하였다. 그것들은 주로 컴퓨터를 사람처럼 나타낸 것으로서 각각의 계산기가 인체의 한 기관에 해당되게 구상한 것들이었다.

제2차 세계 대전이 발발했을 때, 그는 자동 계산기 하나를 발명하여 연합군으로 하여금 나치의 〈에니그마〉라는 기계를 통해 암호화된 메시지들을 해독할 수 있게 해주었다. 그의 발명 덕분에 연합군은 독일군의 폭격이 예상되는 장소를 알 수 있었고, 그럼으로써 많은 사람들이 목숨을 건졌다.

미국에서 요한 폰 노이만이 생리적인 컴퓨터의 개념을 고안했을 때, 튜링은 〈인공 지능〉의 개념을 구상했다. 1950년에 그는 훗날 중요한 참고 문헌이 될 논문 「기계는 생각할 수 있는가?」를 집필하였다. 그는 기계에 인간의 정신을 부여하겠다는 엄청난 야망을 가지고 있었다. 살아 있는 존재를 관찰하면 생각하는 기계의 실마리를 발견하게 되리라는 것이 그의 생각이었다.

튜링은 당시로서는 새로운 개념인 〈사고의 성징(性徵)〉을 컴퓨터에 도입하기도 하였다. 그는 남성적인 정신과 여성적인 정신을 구별하는 데에 목적을 둔 테스트를 개발하였다. 그의 주장에 따르면, 여성적인 정신은 전략의 부재라는 특징을 지니고 있다. 그의 여성 혐오는 그의 곁에 남자 친구들만 있게 했을 뿐만 아니라, 그를 망각의 늪에 빠뜨린 원인이 되기도 했다.

그는 인류의 미래와 관련하여 환상적인 꿈 하나를 품고 있었다. 단위 생식, 즉 수정이 필요 없는 생식이 바로 그것이다.

1951년에 그는 동성애 혐의로 한 법원에서 유죄 판결을 받았다. 그는 감옥과 화학적 거세 중에서 하나를 선택해야 했다. 그는 후자를 선택하여 여성 호르몬을 주입하는 요법을 받았다. 그 결과 그는 힘이 약해지고 가슴이 약간 나오게 되었다.

1954년 6월 7일에 튜링은 시안화물에 담갔다 꺼낸 사과를 먹고 스스로 목숨을 끊었다. 그렇게 죽겠다는 생각은 만화 영화 「백설 공주」에서 비롯된 것으로 보인다. 그가 남긴 메모에는 이런 설명이 들어 있었다. 사회가 자기에게 여자로 변하도록 강요했으므로, 가장 순수한 여자가 할 수 있을 법한 방식으로 죽는 것을 선택했노라고.

에드몽 웰스, 『상대적이며 절대적인 지식의 백과사전』 제4권

156. 이웃 은하를 향하여

우리 천사의 일이 무지를 상대로 싸우는 것이라면, 내가 다른 은하를 탐사하러 떠나는 것을 자제할 이유는 없어 보인다. 나는 세 동료의 출발이 임박했음을 알고, 서둘러 그들이 있는 곳으로 간다.

에드몽 웰스에게 밉보이더라도 할 수 없다. 내 의뢰인들이 잘못되어서 내가 수호천사로서 실패한다 해도 할 수 없다. 어떤 결과가 빚어지든 내 책임으로 받아들이겠다. 무지한 채로 남아 있지 않기 위해 대가를 치러야 한다면 기꺼이 치르겠다.

라울과 프레디와 매릴린 먼로와 나는 다시 마름모 대형으로 결집한다. 우리가 갈 곳에 대해서 새삼스레 논의할 필요가 없다. 이번엔 우리 모두 분명히 알고 있다. 우리가 진정한 대탐험의 장정에 오르고 있다는 것을. 우리는 다른 은하를 찾아간다. 인간들의 영혼이 처음으로 자기들이 태어난 은하를 벗어나게 될 것이다.

크리스토퍼 콜럼버스와 마젤란과 마르코 폴로는 이제 탐험가 축에도 들지 못한다. 그들이 해낸 일은 우리의 대장정에 비하면 소풍에 지나지 않는다. 벌써부터 마음이 설렌다. 내가 여행을 하는 동안 내 의뢰인들은 나와 연락할 수 없으리라는 것을 안다. 안됐지만 어쩔 수 없는 일이다.

「부모들이 바캉스를 떠나면, 아이들은 저희들이 알아서 지내는 수밖에 없는 거야. 자, 새로운 모험을 향해서 출발!」

라울의 신호에 따라 우리는 천국을 떠나 우주 공간으로 돌진해 간다. 무수한 별을 지나쳐 우리는 우리은하의 가장자리에 다다른다. 거기에서 프레디는 우리보고 잠시 눈길을 돌려 우리은하를 바라보라고 권한다. 마치 최초의 우주 비행사들이 처음으로 우주 공간에서 지구를 바라보았던 것처럼 말이다.

환상적이다.

우리은하는 팔이 다섯 갈래로 뻗은 거대한 소용돌이 모양을 이루어 스스로 돌고 있다. 중앙의 구부(球部)가 핵을 덮고 있고 그 핵에는 배꼽처럼 천국이 자리를 잡고 있다. 그 주위로 별과 성간 물질이 먼지처럼 퍼져 있다. 페르세우스자리가 있는 가장 바깥쪽의 팔은 둥글게 감긴 듯한 모습이고, 백조자리가 있는 가장 안쪽의 팔은 핵을 거의 스칠 듯하다. 직경이 10만 광년이고 두께가 5천 광년이니 정말 크긴 크다.

프레디가 우리에게 소용돌이의 가장 긴 팔 가까이에 있는 작은 별 하나를 가리킨다. 중앙의 구부에서 멀리 떨어져 있는 그 작은 점이 바로 태양이다. 저토록 작은 빛 아래에서 내 의뢰인들이 아등바등하며 살고 있다고 생각하니 그들의 모든 문제가 너무나 하찮게 느껴진다.

우리는 가장 가까운 은하인 안드로메다 쪽으로 방향을 잡고, 다시 마름모 대형을 이루어 이내 빛의 속도로 나아간다. 주위의 광자들이 정지해 있는 것처럼 보이다가 우리 뒤로 밀려난다. 우리는 빛보다 열 배는 더 빠르게 비행하지 않으면 안 된다.

이 비행은 볼 것도 즐길 것도 별로 없는 지루한 여행이다. 가도 가도 허공뿐이다. 예전의 위대한 탐험가들은 모두 망망대해에서 이런 기분을 경험했을 것이다. 가도 가도 물뿐이고 수평선에는 아무것도 보이지 않는 그 항해 기간이 그들에게는 한없이 길게 느껴졌으리라. 허공, 또 허공. 지구의 시간으로 수년 동안을 날아가야 할 허공이 우리 앞에 펼쳐져 있다. 하지만 우리가 스스로에게 부과한 사명과 우주 공간의 광활함을 생각하면 달리 선택의 여지가 없다.

문득 우리가 돌아가는 길을 찾을 수 있을까 하는 생각이 든다. 그건 나중에 생각하자. 일단 바보 같은 짓을 시작했으면 끝까지 가야 한다. 내 의뢰인들에 대해서는……. 그저 스스로 알아서 잘 지내기를 바랄 뿐이다.

157. 이고르, 스물세 살

〈직업적인 환자〉의 삶이 시작되었다. 그런대로 유쾌한 삶이다. 나는 타티야나 멘델레예프 박사와 함께 국내외 병원들의 순회에 들어갔다. 모두가 나의 배꼽 암에 관심을 보였다. 사람들은 흔히 〈이것 때문에 아프세요?〉라고 물었다. 처음에 나는 아프지 않다고 대답했지만, 그렇게 말하면 질문자들이 실망한다는 것을 이내 깨달았다. 아프지 않은 환자에게 어떻게 관심을 가질 수 있겠는가? 그래서 나는 대답을 바꾸었다. 〈예, 너무 아파서 잠을 못 자겠어요〉라든가, 〈네, 이게 몸의 한복판에 있어서 그런지, 온몸으로 통증이 퍼져 나가요〉, 〈어떤 병도 이보다 더 아플 순 없을 겁니다〉 하는 식으로.

그런데 흥미로운 현상이 나타났다. 내가 아프다고 대답한 뒤로 정말 아픔을 느끼기 시작했다는 것이다. 내 몸조차도 내가 환자 역할을 잘하도록 도와주기로 결정한 모양이다. 하지만 전투에서 그토록 자주 부상을 당했던 나 같은 사람에게 이까짓 배꼽 암은 그저 가소로운 생채기에 지나지 않는다.

타티야나는 나에게 교육을 시키고 싶다고 말했다. 그녀는 두꺼운 책도 재미있게 읽을 수 있다는 것을 나에게 가르쳐 주었다. 그녀가 최근에 준 책이 특히 재미있었다. 그것은 『쥐』라는 프랑스 소설의 번역판이었다. 그 책은 지배와 피지배 관계에서 벗어나고 싶어 하는 쥐 한 마리가 협동과 상호성과 용서에 바탕을 둔 새로운 집단생활 방식을 만들어 낸다는 아주 특이한 이야기를 담고 있다. 주인공 쥐는 왕을 죽인 자를 찾아내기 위해 수사를 벌인 끝에, 모든 지배적인 쥐들이 단결하여 왕을 죽이고 왕의 뇌를 나누어 먹었다는 사실을 알아낸다. 이 소설에는 이따금 쥐들끼리 전투를 벌이는 장면도 나오는데, 그런 대목을 읽을 때마다 내가 체첸 병사들과 싸우던 때의 일이 생각나곤 했다.

어느 날 타티야나가 내 방에 불쑥 들어왔다. 그녀는 사람은 혼자 살 수 없고 누구에게나 약간의 사랑은 필요하다고 말했다. 그러더니 나의 턱을 잡고는 내가 무슨 영문인지 깨달을 새도 없이 깊은 입맞춤을 했다. 그녀의 입술에선 버찌 냄새가 났고 그녀의 살결은 비단 같았다. 그토록 부드러운 살결은 일찍이 경험해 본 적이 없었다.

타티야나는 나와 함께 살고 싶다고 말했다. 그러면서 그녀는 이렇게 덧붙였다.

「하지만 나와 살려면 한 가지 알아야 할 것이 있어요. 나는 집 안에서 기르는 녹색 식물 같은 사람이에요. 나에게 말을 많이 해줘야 돼요.」

우리는 섹스를 했다.

처음 할 때는 너무나 감격스럽고 기뻐서 나는 몸을 부들부들 떨었다. 두 번째에는 다시 태어난 듯한 기분이 들었다. 세 번째에는 내가 세상에 태어난 뒤로 나에게 일어났던 나쁜 일들을 모두 잊었다.

우리는 함께 영화를 보러 갔다. 비너스 셰리든이 나오는 「여우 특공대」라는 영화였다. 비너스는 스타니슬라스의 역할을 거의 완벽하게 연기하고 있었다. 다만 그녀는 화염 방사기를 사용할 때마다 안전장치 올리는 것을 잊곤 했다. 그때마다 나는 웃음을 터뜨렸다. 다른 관객들은 내가 왜 웃는지 잘 몰랐을 것이다. 서방 사람들은 정말 우리가 그따위로 전쟁을 한다고 생각하는 것일까?

영화를 본 다음에 우리는 고급 레스토랑에 가서 보드카를 곁들여 훈제생선과 캐비아를 마음껏 먹었다. 보건부 장관이 우리에게 한턱 낸 셈이다.

우리는 섹스를 자주 한다. 타티야나는 그것을 무척 좋아한다. 우리는 서로 이야기도 많이 나눈다. 한번은 그녀가 한국 출신의 최면 요법 전문가 나탈리 김을 만났던 이야기를 들려주었다. 나탈리 김은 그녀에게 퇴행 최면을 제안했다. 그 제안에 응함으로써 그녀는 자기가 전생에 아망딘 발뤼스라는 프랑스의 간호사로서 저승을 탐사하려는 사람들의 실험에 동참했었다는 사실을 알아냈다. 그 얘기를 듣고 나는 이렇게 대답했다.

「내가 생각하기에, 나는 이미 전생에서 당신을 만나 사랑한 적이 있는 것 같아요.」

그 말끝에 우리는 진한 입맞춤을 나누었다.

타티야나와 섹스를 할 때면 그녀의 안에 녹아 들어가 다시 태아가 되고 싶은 생각이 든다. 나는 그녀를 단지 여자로 선택한 것이 아니라 어머니로 선택한 것이기도 하다. 나는 그녀의 몸 안으로 완전히 들어가고 싶다. 그래서 그녀가 나를 아홉 달 동안 배고 있다가 세상에 내보내서 젖을 물리고 기저귀를 갈아 주고 숟가락으로 음식을 먹여 주고 글을 가르쳐 주었으면 좋겠다.

인생이 참으로 아름답다. 나는 더 이상 포커를 치지 않는다. 이제는 카지노의 건전하지 못한 무리와 어울리고 싶은 생각이 없다. 그토록 많은 고통을 겪은 끝에, 비로소 내게 약간의 휴식과 행복이 찾아왔다.

바실리는 이따금 우리를 보러 와서 함께 식사를 하곤 한다. 그는 자기 일이 갈수록 재미있어진다고 말했다. 그의 컴퓨터 프로그램들에 죽음에 대한 공포를 불어넣은 뒤로, 그것들이 새로운 능력을 갖게 되었다고 한다. 예컨대, 그 프로그램들을 인터넷에 연결하면 스스로를 복제하려고 한다는 것이다.

「그것들이 영생을 추구하고 있는 셈이지.」

바실리는 천재다. 그가 컴퓨터에 관해서 이야기하는 것을 듣고 있으면, 꼭 살아 있는 동물에 관한 이야기를 듣고 있는 것 같다. 그는 자기가 개발한 포커 프로그램의 최신 버전을 나에게 가져 왔다. 그 프로그램은 자기 패를 속일 줄도 알고 공포의 신호를 보낼 줄도 안다고 했다.

「정말 지는 것을 두려워하는 거야?」

「지면 질수록 죽음에 가까이 다가간다는 것을 믿도록 프로그래밍되어 있어. 이 프로그램은 스스로를 복제하는 신세대 프로그램의 열두 번째 판이야. 여러 프로그램들이 저희끼리 게임을 해서 저희의 능력을 시험하지. 그 과정에서 강자는 스스로를 복제하고 약자는 사라져. 나는 더 이상 개입하지 않아. 저희끼리 약자를 도태시킴으로써 갈수록 성능이 우수해지고, 그럴수록 불안과 공포는 더욱 커지지.」

「이 프로그램들의 세계에서는 불안이 진화의 한 요소인 셈인가?」

「어쩌면 우리 세계에서도 그럴지 모르지. 자기 삶에 만족하는 사람은 삶을 변화시킬 필요를 느끼지 않는 법이거든.」

나는 그의 포커 프로그램과 다시 게임을 해보았다. 이번엔 컴퓨터가 나를 이겼다. 다시 시도해 보았지만 역시 내가 졌다. 오기가 나서 또 해보려고 하는데, 프로그램에 갑자기 이상이 생겼다.

「이유를 알 수 없는 고장이야. 이게 내 프로그램의 가장 큰 문제지. 때로는 누가, 혹은 무엇이 우리의 발견을 방해하고 있다는 생각이 들어.」

그는 컴퓨터 대신 자기랑 하자고 권했다. 하지만 나는 사람들과는 더 이상 포커를 치지 않겠다고 타티야나에게 약속한 바가 있어서, 그 권유에 응하지 않았다. 그때, 그녀가 불쑥 나타나더니 나를 꺼안고 등을 쓰다듬어 준다. 타티야나는 나쁜 일만 있었던 나의 삶에 나타난 뜻밖의 좋은 선물이다.

나는 뜻밖의 좋은 선물이 또 하나 나타나게 해달라고 소원을 빈다.

158. 백과사전

전기(傳記)의 중요성

인생에서 중요한 건 무엇을 성취했느냐가 아니라 전기 작가들이 무엇을 어떻게 이야기하느냐이다. 아메리카 대륙의 발견이라는 역사적인 사건을 예로 들어 보자. 그것은 크리스토퍼 콜럼버스가 한 일이 아니라 (만일 그가 한 일이라면 대륙의 이름은 아메리카가 아니라 콜롬비아가 되었을 것이다), 아메리고 베스푸치가 한 일이다.

크리스토퍼 콜럼버스는 생시에 실패자로 간주되었다. 새로운 대륙에 닿을 목적으로 대양을 건넜지만 대륙을 발견하지 못했다. 물론 쿠바와 산토도밍고와 카리브해의 다른 섬들에 상륙하기는 했지만, 더 북쪽으로 올라가 대륙을 찾아볼 생각은 하지 않았다.

그가 앵무새와 토마토와 옥수수와 초콜릿을 가지고 에스파냐에 돌아올 때마다 왕이 물었다. 〈그래, 인도를 발견했소?〉 그때마다 그는 〈곧 발견하게 될 겁니다〉 하고 대답했다. 기다리다 지친 왕은 마침내 그에 대한 신뢰를 거두었고, 그는 공금 횡령 혐의로 기소되어 감옥에 갇히는 신세가 되었다.

그런데 우리는 콜럼버스의 삶에 대해서는 자세히 아는데 어떻게 해서 베스푸치의 생애에 대해서는 전혀 모르는 걸까? 왜 학교에서는 아메리고 베스푸치가 아메리카 대륙을 발견했다고 가르치지 않는 걸까? 그 이유는 간단하다. 베스푸치에게는 전기 작가가 없었는데 콜럼버스에게는 한 사람의 전기 작가가 있었던 것이다. 콜럼버스의 전기 작가란 바로 그의 아들이다. 그 아들은 자기 아버지가 대륙을 발견하는 일에서 핵심적인 역할을 했으므로 마땅히 인정을 받아야 한다고 생각하고, 아버지의 삶에 관한 책을 쓰는 일에 매달렸다.

미래의 세대들은 실제적인 위업을 무시한다. 중요한 것은 그 위업을 이야기하는 전기 작가의 재능이다. 아메리고 베스푸치에게는 아마 아들이 없었을 것이다. 있었다 하더라도 그 아들은 아버지의 위업을 영원히 후세에 전하는 일에 관심이 없었을 것이다.

그 밖의 많은 사건들이 그것들을 역사적인 것으로 만들고자 했던 한 사람 또는 여러 사람의 의지에 의해 살아남았다. 플라톤이 없었다면 누가 소크라테스를 알겠으며, 사도들이 없었다면 우리가 어떻게 예수의 생애를 제대로 알았겠는가? 또 미슐레가 프랑스인들에게 프로이센의 침입자들을 몰아낼 의지를 고취시키기 위해 잔 다르크를 재발굴하지 않았다면 오늘날 누가 그녀를 기억하겠으며, 루이 14세가 정통성을 확보하기 위해 앙리 4세를 널리 알리지 않았다면 누가 오늘날처럼 그를 기리겠는가?

현세의 위인들에게 이르노니, 그대들이 무엇을 성취하는가는 그리 중요하지 않다. 그대들이 역사에 길이 남는 유일한 방법은 좋은 전기 작가를 찾아내는 것이다.

에드몽 웰스, 『상대적이며 절대적인 지식의 백과사전』 제4권

159. 비너스, 스물세 살

영화 촬영은 지루하다. 몇 시간 동안 발을 동동 구르며 기다린 다음에야 〈다들 조용히 하고, 스탠바이, 액션〉 하는 소리가 들리면서 모든 게 돌아가기 시작한다. 나는 촬영장에 나올 때마다 의자 하나를 챙겨서 오는 게 버릇이 되었다. 의자 가져오는 것을 잊은 사람들은 아주 오랜 시간 동안 서서 기다리지 않으면 안 된다. 영화는 인내를 배우는 일이다.

나는 영화가, 이렇게 의자나 찾아다니고 기다리고 하는 일인 줄 예전엔 미처 몰랐다.

드디어 내가 연기할 차례가 되었다 싶으면, 늘 무슨 일이 생겨서 촬영을 어렵게 만든다. 멀리서 느닷없이 비행기 소음이 들려오는가 하면, 카메라 렌즈에 실밥이 붙어 있기도 하고, 뜻하지 않게 비가 쏟아지기도 한다.

또 내가 연기에 몰입해서 재능 있는 배우의 면모를 과시할라치면, 다른 사람들이 제대로 받쳐 주질 않아서 산통이 깨지곤 한다. 내 상대역인 리처드가 대사를 까먹어서 김이 빠지는 경우도 있고, 조감독이 필름을 놓고 와서 그 장면을 끝까지 찍을 수 없는 경우도 있다. 한마디로 꽤나 짜증 나게 하는 사람들이다.

주위에선 모두가 소리를 질러 댄다. 감독은 배우들에게 말을 할 때 늘 윽박지른다. 말을 그런 식으로밖에는 못 하는 사람 같다. 그는 나에게도 말끝마다 이런 식으로 비난을 퍼붓는다. 〈야, 그것밖에 못 해? 더 또박또박 말해야지.〉〈카메라 쪽으로 등 돌리지 말랬잖아.〉〈손 까불지 마. 손도 들어가는 거야.〉〈표정이 그게 뭐야? 누가 화난 표정 지으랬어?〉

아! 저 감독이란 인간······.

이제껏 누구도 나에게 그토록 무례하게 군 적이 없었다. 모델 생활을 오래 했지만, 아무리 히스테리가 심한 디자이너도 감히 나를 이런 식으로 대접하지는 않았다. 이것이 나의 두 번째 영화지만, 내가 정말 영화에 맞는 사람인지 벌써부터 회의가 든다.

리처드는 심기가 아주 불편하다. 그가 예전에 영화 촬영을 할 때마다 여자들을 꼬셨듯이, 내가 남자들에게 추파를 던지기 때문에 못내 신경이 쓰이는 것이다. 이런 일 때문에 우리는 자주 싸운다. 누가 말했던가? 결혼이란 3개월 동안 서로 사랑하다가 3년 동안 서로 싸우고 30년 동안 서로 참고 사는 거라고. 우리는 〈3개월 동안 서로 사랑하는 것〉도 없이 〈3년 동안 서로 싸우는 것〉부터 시작했다. 그리고 나는 〈30년 동안 서로 참고 사는 것〉을 시작할 마음이 없다.

나는 작은 그림들을 그리며 여가를 보낸다. 그 그림들은 한결같이 서로 손을 잡고 있는 두 인물을 표현하고 있다. 나는 내가 줄곧 똑같은 것을 그리는 까닭이 무엇인지 모른다. 혹시 이상적인 부부에 대한 내 꿈이 이런 식으로 표현되고 있는 것은 아닐까?

나는 거울에 비친 내 모습을 보며 생각한다. 나는 내가 원하던 것을 다 가졌다. 따라서 나는 행복해야 한다. 그런데 왜 나는 행복하다고 느끼지 못하는 걸까?

편두통이 다시 나를 괴롭힌다. 내가 아주 어렸을 때부터 이 편두통은 나를 떠난 적이 없다. 이 병 때문에 나의 사생활과 사회 활동과 생의 환희에 자꾸 그늘이 드리워지곤 한다. 마치 나는 결코 혼자일 수 없다는 것을 일깨워 주려는 듯이, 내 머릿속에 있는 그 작은 동물이 내 머리통의 안쪽을 계속 할퀴어 대고 있다. 정말 고약하다. 어떤 의사도 아직 이 편두통의 원인을 밝혀 내지 못했다.

이제 나의 소원은 더 이상 편두통에 시달리지 않게 해달라는 것이다.

160. 자크, 스물세 살

드디어 출판사에서 전화가 왔다. 내 책의 판매는 그리 신통치 않다. 출판사에서 기대했던 부수의 반도 팔리지 않았다고 한다. 해마다 프랑스에서 출간되는 책이 4만 종이 넘고 소설만 해도 9천 종에 달한다니, 어떤 책에 특히 독자들의 관심을 많이 쏠리게 하는 것은 결코 쉬운 일이 아니다. 내 책이 잘 팔리려면, 파리에 쥐 떼가 침입하거나 동양의 간지(干

支)로 쥐띠 해가 되어야만 할지도 모른다. 게다가 나에게는 추천자나 후원자가 없다. 어떤 유명 인사도 내 책에 심취하지 않았다.

「소설에 나오는 그 〈협동, 상호성, 용서〉라는 거 말이오, 그거 어디에서 온 거요?」

「꿈에서요.」

「그래요? 내가 보기엔 그거 별로 좋은 생각이 아닌 것 같아요. 평론하는 친구하고 이야기를 했는데, 그 친구 말이 그것이 훈계 같은 느낌을 주어서 독자들의 기분을 상하게 한다는 거예요. 쥐가 용서를 설교하는 식이 됨으로써, 작가가 쥐들의 진짜 행동에 대해 동물 행동학적 연구를 그렇게 많이 했는데도 그 모든 연구의 신빙성을 떨어뜨린다는 거지요. 쥐란 용서를 모르는 동물 아닙니까?」

「난 만일 쥐들이 더 많은 의식을 갖게 된다면 어떻게 진화할 수 있을지를 상상해 본 겁니다. 아무튼, 그런 얘기를 하는 거 보니까 판매가 되게 부진한가 보죠?」

「음…… 그래요, 프랑스에선 실패했어요. 그런데 이건 전혀 예상하지 못한 일인데, 『쥐』가 러시아에선 대성공이에요. 거기에선 한 달 만에 벌써 30만 부가 나갔다는군요.」

이건 정말 뜻밖의 희소식이다.

「그 이유가 뭐라고 생각하세요?」

「글쎄요, 다른 이유가 있겠습니까? 비율로 봐서 러시아 사람들이 프랑스 사람들보다 책을 더 많이 읽는가 보죠.」

내가 원하던 대로 많은 독자가 생겼다. 하지만 그들은 내 언어를 사용하는 독자들이 아니다. 확실히 선지자는 자기 고향에서는 인정받지 못하는 모양이다. 하지만 다음번에 기도를 할 때는, 프랑스에서 많이 팔리게 해달라고 할 생각이다.

러시아에서 내 책이 많이 팔린 덕분에 샤르보니에는 또 다른 책을 출간하는 데 동의했다.

「그런데 뭐 새로 구상하고 있는 거 있어요?」

「음…… 예. 천국의 발견에 관한 거예요.」

내가 뭐에 씌었는지 말이 저절로 튀어나왔다.

「왜 그걸 생각했죠?」

「역시 꿈 때문이에요. 꿈에서 우주 공간에 있는 천국을 찾아 날아가는 사람들을 보았어요. 괜찮은 이야기가 되겠다 싶어요.」

출판사 사장은 동의하지 않았다. 천국에 관해서 비종교적인 방식으로 이야기할 수 있으려면 독자들이 더 성숙해야 한다는 것이었다. 천국을 언급하는 책들은 모두 신앙을 고취시키기 위해 쓴 것이며, 그 주제는 신성한 것이라는 얘기였다.

「내가 재미있겠다고 생각하는 것이 바로 그 주제를 신성 불가침의 영역에서 벗어나게 하는 겁니다. 죽음과 천국에 관해 말할 수 있는 권리를 종교에만 부여할 필요는 없다고 봐요.」

샤르보니에는 전화기를 붙든 채 한참 생각하다가 내 뜻을 받아들이기로 마음을 정했다.

그로부터 며칠 후에 어떤 서점 앞을 지나가는데, 먼지가 뽀얗게 쌓인 진열창에서 어떤 할인 판매 도서의 표지가 눈길을 끌었다. 『타나토노트』라는 책이었다. 표지에는 검은 바탕에 파란 소용돌이가 있고 미카엘 팽송이라는 이름이 적혀 있다. 그 사람 역시 천국에 관해 이야기하고 있지만, 제목에 무리가 있어서 독자들에게 거리감을 주었을 듯하다. 〈타나토노트〉라는 신조어가 어려운 느낌을 주기도 하거니와, 그 뜻을 이해하는 독자들에게조차 죽음이란 꺼림칙한 것이기 때문이다. 죽음에 관한 책을 누가 사고 싶어 하겠는가?

하지만 나는 그것을 사서 읽었다. 줄거리와 결합되어 소설 전체를 관통하는 수수께끼, 즉 〈하나의 원과 그것의 중심점을 펜을 떼지 않고 그리는 방법은 무엇인가?〉의 답을 찾는 것이 재미있다. 해답의 실마리는 종이의 한 귀퉁이를 접는 데 있다(말하자면 차원을 바꾸라는 것이다). 그런 다음, 접힌 귀퉁이의 가장자리와 표면이 만나는 경계선에 점을 찍되, 표면과 이면에 걸쳐서 커다란 점을 찍는다. 그 점에서 출발하여 접힌 귀퉁이 위에 반원을 그려 나가다가 귀퉁이의 가장자리와 표면이 만나는 경계선에서 멈춘다. 그러고 나서 접힌 부분은 펴고 표면에 이미 나타나 있는 점을 중심점으로 삼아 그 둘레에 원을 그리면 되는 것이다. 나는 한참 머리를 쥐어짠 끝에 표지의 그림이 바로 그 해답이라는 것을 깨달았다.

나는 새 작품의 구상에 들어갔다. 전화도 끊고, 음악으로는 드보르자크의 「신세계 교향곡」을 선택했다. 그런 다음 내 생각이 자유롭게 흐르도록 내버려둔다.

천국을 만들어 내기가 쉽지 않다. 많은 신화에 천국에 관한 이야기가 나오지만, 그곳의 모습이 어떠한지에 대해서는 분명한 언급이 없다. 누가 보기에도 그럴듯한 천국을 어떻게 그려 낼 수 있을까? 하나의 행성으로 설정할까? 그건 너무 안일하다. 정육면체로 설정할까? 그건 너무 기하학적이다. 소행성들이 모여 있는 곳이라고 해볼까? 그건 너무 산만하다.

그때, 내 고양이가 또다시 해결책을 제시해 준다. 모나리자 2세는 욕조의 수도꼭지를 가지고 장난을 치고 있다. 수도 꼭지에서 물이 흘러나오기 시작하자 내 습관을 잘 아는 모나 리자 2세는 거품 목욕용 물비누가 들어 있는 용기를 욕조에 쓰러뜨린다. 하지만 배수구를 마개로 막지 않았기 때문에 거 품이 생기는 족족 욕조 밑바닥으로 사라진다.

문득 영혼들이 어쩌면 그 비누 거품과 비슷할 거라는 생각 이 든다. 비누 거품이 욕조 바닥의 소용돌이에 빨려 들어가 는 것처럼, 영혼들이 천국의 소용돌이에 빨려 들어가는 모습 이 떠오른다. 소용돌이에 휩쓸려 배수관으로 들어간 거품들 은 다른 세계에서 다시 모습을 나타낼 것이다. 그 세계는 너 무나 복잡해서 거품들은 그것을 상상할 수 없다. 한낱 거품 에 지나지 않는 자가 어떻게 자기가 어디에서 와서 어디로 가는지를 알 수 있겠는가? 한낱 거품에 지나지 않는 자가 어 떻게 욕조와 사람들과 배수관과 도시와 나라와 지구를 상상 할 수 있겠는가? 거품은 기껏해야 욕조의 미지근한 물을 느 끼다가 겁에 질린 채 배수구로 빨려 들어간 다음 미지의 먼 곳으로 보내질 뿐이다.

나는 모나리자 2세가 제시한 것을 바탕으로, 뒤집어진 원 뿔 모양의 천국과 모든 것을 자기의 가장 깊숙한 곳으로 빨 아들이는 소용돌이를 생각해 냈다.

161. 마침내

우리가 앞만 바라보며 곧장 날아가는 게 벌써 몇 달째인지 모르겠다. 마치 대양에서 헤엄을 치고 있는 기분이다. 다행 히 우리는 배가 고프지도 목이 마르지도 졸리지도 않다. 도

중에 프레디는 우리를 즐겁게 해줄 양으로 우스갯소리를 했다. 이야깃거리가 떨어졌는지 벌써 몇 번 들은 얘기를 또 되풀이한다. 그래도 우리는 처음 듣는 얘기인 것처럼 그냥 들어준다.

우리는 오랫동안 우주 공간을 날았다. 그러던 어느 날…….

「은하가 보인다!」

옛날에 배에서 망보던 사람들이 그랬던 것처럼 라울이 그렇게 환호성을 질렀다.

멀리서 빛이 보인다. 그것은 별이 아니라 안드로메다은하다. 이 은하는 소용돌이 형태가 아니라 렌즈 모양으로 되어 있다. 우리는 안드로메다은하를 이렇게 가까이에서 본 최초의 지구인, 아니 최초의 우리은하 영혼일 것이다.

안드로메다는 우리은하보다 더 어리기 때문에 별들이 우리은하의 별들보다 한결 노랗다.

「드디어 다 왔어요.」

매릴린 먼로가 무언가를 발견하고 은하의 중심을 가리킨다. 거기에도 블랙홀이 있다. 블랙홀이 중심축 구실을 하고 그 주위로 별들이 돌고 있는 것, 이것이 모든 은하에 공통되는 법칙이 아닐까?

우리는 그 블랙홀 쪽으로 급강하한다. 항성과 행성과 운석들이 우리 곁을 스쳐 지나가 그 구멍 속으로 빨려 들어간다. 그 모습을 바라보고 있는데, 갑자기 영혼 하나가 나타난다. 놀라움을 가라앉히고 따라가 보려 했지만, 그 영혼은 너무나 빨리 날아가 버린다.

우리는 방금 우리가 본 것이 무엇을 뜻하는지를 이해하기 위해 잠시 비행을 멈춘다. 그건 하나의 영혼이었다. 그렇다면 여기에도 지능을 가진 생명이 있다는 뜻이다. 우리가 오긴 제대로 온 모양이다…….

「우리가 본 게 신일까 아니면 외계의 영혼일까?」

라울이 그렇게 물었다. 그는 신들의 나라를 찾아냈다고 확신하는 듯하다.

다른 영혼들이 지나간다. 그들을 불러 세우려고 여러 차례 시도했지만, 다들 그냥 휙휙 지나가 버린다. 만일 저들이 죽은 사람들의 영혼이라면, 우리은하의 영혼들에 비해 너무나 빨리 나는 셈이다. 우리는 심판을 받기 위해 저토록 서둘러 날아가는 영혼을 본 적이 없다.

「젠장, 젠장, 또 젠장!」

라울은 조바심을 내며 그렇게 되뇌었다.

그때 누군가가 마침내 우리에게 신호를 보냈다.

「당신들 누구세요?」

상대도 우리처럼 천사다. 하지만 빛을 내는 게 우리와 다르다. 우리는 파르스름한 빛은 내는데, 그의 빛은 불그스름하다.

「지구의 천사들입니다.」

그 외계 천사의 모습은 평범하다. 시골 간이역의 역장 같은 느낌을 주는 여윈 모습의 천사다. 그도 우리만큼이나 어리둥절해하는 것 같다.

「지구에서 왔다고요? 왜 거기를 지구라고 부르지요?」

「그곳의 표면을 이루는 물질 때문에 그렇게 부르는 것입니다. 표면이 흙이나 모래 같은 것으로 되어 있거든요.」

「음…… 그런데 지구가 어디에 있지요?」

「에…… 저기요.」

매릴린 먼로가 우리가 날아온 쪽을 가리키며 대답했다.

다행히 우리는 생각을 통해 의사소통을 하기 때문에, 통역이 필요 없다.

「나는 미카엘 팽송이라고 합니다.」

「내 이름은 조즈예요. 그냥 조즈죠.」

「만나서 반갑습니다.」

우리는 우리가 다른 은하에서 왔음을 설명한다. 조즈는 정보를 더디게 소화한다. 처음에는 우리 이야기가 믿어지지 않는다는 듯한 태도를 보이더니, 우리가 온 이유를 설명하자 비로소 우리를 신뢰하기 시작하는 눈치다.

「하긴 나도 내 의뢰인들의 전생을 검토하다가 사이사이에 공백이 있는 것을 발견하고, 사람들이 우리 행성이 아닌 다른 곳에서 환생하기도 하나 보다 하고 생각한 적이 있어요. 하지만 그들이 다른 은하로 갈 거라고는 생각하지 못했지요.」

그는 자기네 은하의 이름이 511이라고 말했다. 그들이 우리와 마찬가지로 숫자를 사용하고 있다는 사실이 흥미롭다. 우리 머리 위로 영혼들이 빠르게 지나간다. 조즈는 그들이 심판을 받기 위해 천국으로 가는 영혼들이라고 설명했다.

「저 영혼들이 어디에서 오는 거죠?」

「내가 알기로, 이 은하에서 지능을 가진 생명이 사는 행성은 하나밖에 없어요. 여기에서는 그 행성을 물질이 아니라 색깔로 이름을 붙여서 〈빨간 행성〉이라고도 하고 〈적구(赤球)〉라고도 하지요.」

우리는 알고 싶은 게 많아서 그에게 질문을 퍼부어 댄다. 그는 마음씨 좋은 관광 안내원처럼 상냥하게 대답을 해준다.

159

「적구인들은 빵과 밥, 고기, 채소, 과일 등을 먹고, 도시라
는 공간에 건물을 짓고 모여 살아요.」

듣고 보니, 빨간 행성은 지구와 똑같다. 그렇다면 그곳의
주민들도 지구인과 아주 똑같은 모습일까?

문득 예전에 인간들이 외계인들에 관해서 상상했던 것들
이 생각난다. 인간의 문학과 영화는 외계인들을 자기네보다
더 작거나 더 큰 존재, 팔이나 머리가 더 많고 촉수나 날개가
달린 존재로 묘사하기 일쑤였고, 인간과 비슷한 존재로 생각
하는 경우는 아주 드물었다.

우리가 그 행성을 한번 가보고 싶다고 말했더니, 조즈는
잠시 머뭇거리다가 자기가 안내를 하겠다며 선선히 나선다.

우리는 이제 낯선 행성 하나를 마주하고 있다. 적구는 지
구보다 더 커 보인다. 외부에서 보니까 적구는 두꺼운 대기
로 둘러싸여 있고, 우리 태양보다 더 큰 태양의 둘레를 넓은
타원을 그리며 돌고 있다. 지구가 우리 태양에서 떨어져 있
는 거리보다 더 멀리 태양에서 떨어져 있지만, 이곳의 태양
이 더 뜨겁기 때문에 적구의 기후는 지구의 기후만큼이나 온
난한 편이다.

적구는 지구인들이 살 수 있는 행성이다. 거기에 다가갈
수록 풍광이 마음에 든다. 단단한 표면은 진홍색이고 하늘은
마치 낙조가 드리운 것처럼 연한 보랏빛이다. 대양은 청록색
인데, 그 빛깔은 단지 하늘빛의 반사에 기인한 것이 아니라
해저의 빛깔에 의한 것이기도 하다. 아무튼 빛깔이 참 곱다.

적구에는 네 대륙이 있고, 각 대륙의 기후와 지형은 저마
다 다르다. 산악 지형으로 이루어진 대륙이 있는가 하면, 숲
으로 덮인 고원들로 이루어진 대륙이 있고, 평야의 대륙과

사막의 대륙도 있다.

　대륙 주민들의 생활 풍습은 각 대륙의 기후적 특성에 바탕을 두고 있으며, 대륙 주민들을 지칭하는 말은 각기 하나의 계절과 연결되어 있다.

　조즈는 자기네 행성의 네 겨레에 대해서 설명을 한다. 먼저 산악이 많은 대륙에 사는 겨레는 겨울사람들이라고 부르는데, 이들은 고도의 과학 기술을 보유하고 있고 추위 때문에 지하에 도시를 건설했다. 이들은 자녀를 아주 적게 낳기 때문에 인구의 대다수가 40세 이상이다. 이들은 민주적 제도를 채택하고 있고 모든 시민들이 전산망을 통해 투표에 참여한다. 이들의 약점은 영농 후계자의 부재와 인구 증가율의 격심한 하락이며, 강점은 인간 대신 일하는 로봇을 포함한 첨단 기술의 발달이다. 겨울사람들은 스포츠를 좋아하지 않으며 개방적이지 않다. 이들은 주로 집에 틀어박혀 케이블 방송을 보며 지낸다. 의술의 진보에 힘입어 이들은 머지않아 모두가 1백 살 넘게 살게 되리라고 확신한다. 이들의 표어: 〈미래는 가장 똑똑한 자들의 것이다.〉

　고원으로 이루어진 대륙의 주민들은 가을사람들이라고 불린다. 이들은 고원 위에 숲으로 둘러싸인 거대한 도시들을 건설했다. 이들은 자기들 나름의 과학 기술을 보유하고 있고 무기와 로봇 등을 생산할 수 있는 능력을 갖추고 있다. 하지만 겨울사람들만큼 복잡하고 정교한 과학 기술을 발전시킨 것은 아니다. 가을사람들은 겨울사람들의 첨단 기술을 필요로 할 뿐만 아니라, 봄사람들의 채소와 과일, 여름사람들의 고기도 필요로 한다. 그런 것들이 부족하지 않게 하기 위해서, 이들은 무역 제도와 외교술을 생각해 냈다. 이들의 표어:

〈우리는 모두의 친구다.〉 이들은 겨울사람들에게 공업에 필요한 원자재를 공급함으로써 도움을 주고, 겨울사람들에게 식량이 부족할 때는 자기들이 무역을 통해 비축한 식량을 풀어 도와준다. 또한 이들은 여름사람들과 봄사람들에게서 농축산물을 공급받는 대신 기술 향상과 원자재 개발에 도움을 준다. 이들의 정치 제도는 대의 민주주의와 총리의 빈번한 교체를 특징으로 하는 공화제이다.

봄사람들은 평원에 작은 도시들을 건설하여 살아간다. 농업이 이들의 주요 산업이며 특히 곡물을 많이 생산한다. 인구 성장률은 높지도 낮지도 않으며, 과학 기술의 수준도 중간 정도이고, 정치 제도는 군주제이다. 그들에겐 강점도 없고 약점도 없다. 봄사람들은 모든 일에 있어서 보통 수준이다. 여름사람들과 긴밀하게 결합되어 있는 이들은 언젠가는 여름사람들과 함께 겨울사람들과 가을사람들을 침략하여 그들의 과학 기술을 가로채게 되리라고 생각한다. 그렇게 되면 자기들이 모든 점에서 우위에 서게 되리라는 것이다. 이들의 표어: 〈중용이 최선이다.〉

여름사람들은 사막의 커다란 오아시스 주위에 건설된 작은 마을에 산다. 이들의 과학 기술은 매우 낮은 수준이다. 이들은 자녀를 많이 낳는다. 정치 제도는 모두가 왕의 명령에 복종하는 독재 체제다. 이들의 강점은 커다란 여우원숭이들을 대대적으로 사육하고 있다는 것이다. 여름사람들은 봄사람들의 곡물로 이 여우원숭이들을 사육하여 털을 깎거나 고기를 얻는다. 인구 성장률이 지나치게 높을 때면, 이들의 왕은 생존을 위한 새로운 영토를 정복하기 위해 다른 대륙으로 원정대를 보낸다. 이 원정은 종종 집단적인 자살 행위로 여겨지지만, 그래도 여름사람들은 그 덕분에 다른 세 대륙에 자기들의 기반을 확보하고 〈해방구〉들을 설치하였다. 그 해방구들은 다른 대륙의 영토를 잠식하면서 서서히 확장되고 있다. 원정은 혹서기에 이루어진다. 그래야 더위에 강한 자기들이 유리하기 때문이다. 희생은 이들 문화의 핵심적인 가치로 여겨진다. 여름사람들은 누구나 왕의 영광을 위해 자기를 바칠 수 있어야 한다. 이들의 표어: 〈이승에서 겪은 고통, 천국 가서 보상받자.〉

가을사람들과 봄사람들의 중립을 지키려는 의지에도 불구하고, 네 대륙은 잠재적이든 현실적이든 늘 갈등상태에 있다. 여름사람들과 겨울사람들은 공식적으로 교전 중이며, 가을사람들과 봄사람들은 이쪽저쪽을 번갈아 편드는 역할을 맡고 있다. 승자를 결정하는 것은 대개 기후 조건이다.

적구의 타원 궤도가 지구의 궤도보다 넓기 때문에 적구의 계절은 지구의 계절보다 길다. 지구에서는 한 계절이 가는 데에 3개월이 걸리지만, 적구에서는 50년이 걸린다. 적구의 1년은 365일이 아니라 7만 3천 일인 것이다.

각 겨레는 저마다 자기들에게 유리한 계절에 자기들의 우위를 결정적으로 확보하려고 한다. 그래서 저마다 자기네 계절이 오면 시간을 멎게 하고 계절을 붙잡아 둘 수 있으면 좋겠다고 생각한다. 하지만 세월은 가차 없이 흐르고, 일시적으로 지도력을 행사하던 자들은 다음 사람들에게 자리를 넘겨주어야 한다.

조즈는 적구로 계속 내려가서 네 대륙의 수도들을 구경하자고 권한다. 겨울사람들의 수도는 어떤 산마루에 건설되어 있다. 지면에는 도시의 형체가 거의 드러나 있지 않다. 사람들이 건물과 도로를 지하에 건설해 놓았기 때문이다. 이곳 여자들 사이에서는 블라우스와 재킷에 구멍을 내어 가슴을 노출하는 것과 미니스커트를 입는 것이 유행이다. 전체적으로 지구에서 크레타섬의 미노스 시대에 유행했던 복장과 아주 비슷하다. 겨울사람들의 교통수단은 지하철이다. 이 지하철은 도시의 모든 구역을 하나로 연결해 주고 있다.

가을사람들은 돌이 많은 고원에 수도를 건설했다. 이 도시에는 고층 빌딩이 즐비하고 도로마다 교통 체증이 심하다. 이곳에선 자동차가 주요한 교통수단이다. 유행하는 복장은 탄력성 있는 소재로 만들어진 몸에 착 달라붙는 옷들이다. 사람들이 달리기와 같은 스포츠를 많이 하기 때문인 것 같다.

봄사람들은 밭으로 둘러싸인 우묵한 땅에 수도를 세웠다. 주위의 밭들에서는 연보랏빛 꽃들이 재배되고 있다. 봄사람들의 집은 시멘트로 지은 반구형 건물이다. 여기저기에 장이 크게 서고 주민들이 붐빈다. 여자들은 통이 큰 치마를 즐겨 입는다. 그 치마에는 호주머니가 많이 달려 있어서 시장에서 산 물건들을 넣고 다니기에 편하다. 이 도시에는 공원이 많다. 도로에는 교통량이 많은 편인데, 주된 교통수단은 맥과 비슷하게 생긴 네발짐승이 끄는 수레다.

여름사람들의 수도는 오아시스 한복판에 있다. 으리으리한 왕궁이 우뚝 솟아 있고 그 앞에 왕비와 왕족들의 저택이 늘어서 있다. 그 주위에 막사처럼 획일적으로 생긴 건물들이 모여 있다. 군대와 경찰과 비밀 정보기관 들이 사용하는 건물들이다. 그 건물들 옆으로 감옥이 보인다. 감옥에는 죄수들이 넘쳐 난다. 일반 주민들이 사는 집들은 변두리로 갈수

164

록 허름해진다.

「여름사람들의 왕이 전쟁에 내보내기 위해 징집하는 〈결사 자원자〉들은 주로 여기에 사는 가난한 사람들 속에서 나와요. 왕은 이들의 가난이 겨울사람들의 거만함 때문에 생긴 거라고 설득하지요. 그래서 여름사람들은 산악 대륙 사람들에 대한 증오 속에서 하나로 결집되어 살아요.」

여름사람들의 수도에서는 모두가 걸어 다닌다. 남자든 여자든 군복을 입는 것이 유행이다. 여자들은 얼굴에 복잡한 무늬를 그려 넣는다.

도시 구경을 마칠 즈음에 프레디가 난데없는 질문을 하였다.

「여기에도 유대인 같은 사람들이 있나요?」

「유대인요?」

조즈는 그 말을 모른다. 프레디는 유대인 같다는 게 어떤 뜻으로 한 말인지 그럭저럭 설명해 낸다. 조즈는 흥미롭다는 표정을 지으며 이렇게 대답한다.

「떠돌아다니는 부족이 하나 있긴 해요. 아주 오래된 문화를 가진 부족인데 네 대륙에 흩어져 살지요.」

「그 부족을 뭐라고 부르지요?」

「상대주의자들이라고 해요. 그들의 종교가 〈상대주의〉거든요. 그들의 주장에 따르면, 진리는 하나가 아니라 여러 개이며 시대와 장소에 따라서 변하는 거죠. 그런 주장은 다른 사람들의 신경을 거스르기가 십상이지요. 네 진영 모두 자기네가 유일한 진리를 쥐고 있다고 확신하고 있기 때문에 상대주의자들이 혼란을 야기한다고 생각하지요. 그래서 자기 진영의 세력을 강화시키려 할 때마다 민족주의를 진작시키기 위해 그들에게 박해를 가합니다. 그러니까 상대주의자들이 박해를 받고 있다면 그건 언제나 진영 간의 대립을 예고하는 것이지요.」

프레디는 입을 다문 채 근심 어린 표정을 짓고 있다. 나는 그가 무슨 생각을 하고 있는지 안다. 그는 지구에든 외계에든 민족과 관련된 사회적 역할의 위계는 어디에나 있는 것이 아닌가 하고 생각하는 것이다.

조즈의 설명이 이어진다.

「상대주의자들은 박해를 받았어요. 완전히 사라질 위기를 여러 차례 겪었지요. 하지만 그때마다 생존자들이 변화하기 때문에 그들의 문화는 더욱 상대주의적인 것이 되었지요.」

라울에게 문득 어떤 직감이 떠오른 모양이다.

「어쩌면 유대인들이나 상대주의자들은 민물 여과 장치에 넣는 송어와 같을지도 모르겠군요.」

「송어라니?」

프레디가 놀란다.

「민물 여과 장치에 송어를 넣는 것은 이 물고기가 오염에 아주 민감하기 때문입니다. 만일 독성 물질이 있으면 송어가 제일 먼저 죽습니다. 일종의 경보기 노릇을 하는 거죠.」

「그게 유대인이나 상대주의자들과 무슨 관계가 있다는 거지?」

「유대인들은 지난날의 박해에 기인한 두려움 때문에 아주 예민합니다. 그래서 전체주의의 발흥에 다른 사람들보다 빠르게 반응하지요. 그러면 또 한 차례의 악순환이 시작됩니다. 독재자들은 유대인들이 가장 먼저 자기들의 정체를 간파

하기 때문에 그들을 먼저 없애 버리려고 하지요.」

매릴린 먼로가 라울의 말에 동을 단다.

「맞아요. 나치가 보기에 유대인들은 위험한 좌익 분자였고, 공산주의자들이 보기엔 거만한 자본가였으며, 아나키스트들이 보기엔 퇴폐한 부르주아였고, 부르주아들이 보기엔 반체제적인 아나키스트였지요. 명칭이야 어찌되었든 중앙 집권적이고 전제적인 권력이 들어설 때마다 그 권력은 먼저 유대인을 박해하는 일부터 시작했어요. 느부갓네살, 람세스 2세, 네로, 카스티야의 왕 이사벨 1세, 루이 9세, 러시아의 차르들, 히틀러, 스탈린 등 전제적인 지도자들은 직감적으로 알고 있었어요. 유대인들이 있는 곳에 자기들 의견을 주입하기 어려운 자들이 있다는 것을 말이에요. 5천 년 전에 생겨난 유대 사상은 카리스마적인 지도자의 숭배에 바탕을 둔 것이 아니라, 상징적인 이야기들을 모아 놓은 책에 토대를 두고 있기 때문에 그들을 복종시키기가 쉽지 않으리라는 것을 알고 있었던 것이지요.」

프레디가 조금 머뭇거리다가 이렇게 마무리를 짓는다.

「어찌 보면 그들이 살아남은 것은 바로 〈전체주의를 탐지하는 송어〉였기 때문인지도 몰라. 따지고 보면 그들은 자기네 문화를 온전하게 간직한 유일한 고대 민족이라고 볼 수도 있어. 이집트, 히타이트, 그리스, 로마, 몽골 등 전체주의적 실험을 하고 유대인을 박해했던 위대한 제국들은 다 사라졌거든. 유대인들의 문화는 그 나름의 역할이 있어. 한국 문화, 일본 문화, 중국 문화 등 오늘날까지 살아남은 다른 모든 문화에도 인류 전체를 위한 그 나름의 역할이 있듯이 말이야.」

조즈는 우리 이야기가 자못 흥미로운 모양이다. 프레디가 상대주의자들의 사원을 보고 싶다고 하자, 조즈가 한곳으로 우리를 데려간다. 상대주의자들의 사원은 대단히 간소하다는 점에서 프로테스탄트들의 사원을 연상시킨다.

사원 구경이 끝난 다음, 조즈는 우리를 여름사람들과 겨울사람들이 싸우는 전장으로 데려간다. 처음엔 겨울 군대의 전투 로봇들이 우세를 보이더니, 여름 군대의 어린 자살 공격자들이 적진 한복판에 뛰어들어 자폭을 하면서 로봇들도 산산이 부서졌다.

「현재로서는 기계가 아직 인간을 못 당하는군요.」

조즈의 그 말이 떨어지기 무섭게, 여름 군대의 젊은이들이 배낭에 폭발물을 짊어진 채 자동 사격 토치카의 보호를 받는 겨울 군대의 보루들을 향해 돌진해 간다.

그때, 분홍빛을 발하는 천사 하나가 조즈 쪽으로 날아온다. 조즈보다 더 불그스름한 빛을 내는 천사다. 아마도 조즈의 지도 천사인 듯하다.

「이런, 내 지도 천사예요.」

조즈가 말을 더듬는다. 아닌 게 아니라, 그 지도 천사는 불만스러운 기색을 보이고 있다.

「자네 여기서 뭐 하지? 자네 의뢰인들이 어리석은 짓거리를 하고 있어. 당장 돌아가서 그들을 돌보게!」

「저…… 실은…… 여기 이들은 다른 은하에서 온 천사들입니다. 그러니까 또 다른 천국이 있고 외계 생물이 있다는 얘깁니다! 그거 알고 계셨습니까?」

지도 천사는 조즈의 말에 전혀 놀라는 눈치가 아니다.

「조즈, 자네 이걸 알아야 해. 자네는 아직 그 정보를 알도록 허락되어 있지 않아. 자네와 자네 동료들에겐 그 정보가 비밀로 남아 있어야 해. 자네가 입을 다물어야 할 때 다물 줄 아는 천사이기를 바라네.」

만일 조즈의 지도 천사가 지구의 존재를 알고 있다면, 당연히 나의 지도 천사 에드몽 웰스도 적구가 존재한다는 것을 알고 있을 것이다.

라울이 묻는다.

「지도 천사님, 혹시 7의 존재가 아니신가요?」

지도 천사 우리에게 나무라는 듯한 눈길을 보낸다.

「자네들도 의뢰인들부터 아주 멀리 떨어져 있으니, 어서 돌아가게.」

「저희 의뢰인들은 자기들이 알아서 아주 잘 지내고 있습니다.」

「음…… 정말 그럴까? 적구 속담에 이런 게 있지. 〈국이 끓어 넘치는 건 냄비를 보고 있지 않을 때에 생기는 일이다.〉 내가 자네들을 책임지고 있지 않아서 뭐라고 충고할 건 없지만, 자네들이 조즈를 엉뚱한 길로 빗나가게 하는 건 묵과할 수 없네. 조즈, 내 말뜻을 알겠지? 이들의 〈지구〉에 내려가 보겠다는 생각은 아예 하지를 말게.」

조즈는 겸손하게 눈길을 낮추더니, 우리에게 알 듯 말 듯 한 작별의 신호를 보내고 지도 천사와 함께 멀어져 가다가, 뒤를 돌아보며 한마디 외친다.

「휴식 끝! 모두가 다시 일을 시작할 시간입니다.」

162. 백과사전

외계인

외계인에 관해서 언급한 서양의 가장 오래된 문헌은 기원전 4세기에 데모크리토스가 쓴 것이다. 그는 별들 사이에 있는 또 다른 지구에서 벌어진 지구의 탐험가들과 외계의 탐험가들 사이의 만남을 암시하고 있다. 기원전 3세기에 에피쿠로스는 인간과 비슷한 존재들이 사는 다른 세계가 존재하는 것은 당연하다고 쓴 바 있다.

훗날 그 글은 로마의 시인 티투스 루크레티우스 카루스에게 영감을 주어, 「데 레룸 나투라」, 즉 「사물의 본성에 관하여」라는 시를 통해 지구에서 아주 멀리 떨어진 곳에 외계인이 존재할 가능성을 언급한다.

그러나 그 문헌은 일반적인 무관심 속에서 망각의 늪에 묻혀 버렸다. 그 대신 아리스토텔레스의 뒤를 이은 아우구스티누스는 지구가 생물이 사는 유일한 행성이며 생물이 사는 다른 행성은 존재할 수 없다고 단언했다. 하느님이 그것을 원하셨기 때문이라는 것이다.

그 의견과 맥락을 같이하여, 1277년에 교황 요한 21세는 생물이 사는 다른 세계가 존재할 가능성을 언급하는 자에 대한 사형을 허용하였다.

그리하여 외계인이 더 이상 금기의 주제가 되지 않기 위해서는 4백 년을 기다려야 했다. 예컨대 이탈리아의 철학자 조르다노 브루노는 코페르니쿠스의 지동설을 지지한 것 외에 세계의 복수성을 주장했다는 이유로 1600년에 화형을 당했다.

외계인에 관한 이야기는 17세기의 프랑스 작가 시라노 드 베르주라크의 『다른 세계 : 달에 있는 국가와 제국들』(사후 1657년에 출간됨)이라는 소설에 이르러 새로운 전기를 맞는다. 그의 뒤를 이어 퐁트넬은 1686년에 『세계의 복수성에 관한 대화』를 썼고, 볼테르는 1752년에 시리우스의 주민으로서 이 별 저 별을 여행하다가 지구에 내려온 위대한 우주 여행가의 이야기 『미크로메가스』를 썼다.

영국 작가 허버트 조지 웰스는 1898년에 발표한 『우주 전쟁』을 통해 외계인들에게 문어처럼 생긴 흉측한 괴물의 모습을 부여함으로써 그들을 의인주의에서 벗어나게 했다. 1900년에 미국의 천문학자 퍼시벌 로웰은 화성에 지능을 가진 생명이 존재한다는 증거인 관개 수로망을 보았다고 주장했다. 그 무렵부터 외계인이라는 말의 몽환적인 측면이 사라졌다. 그러다가 스티븐 스필버그의 「E. T.」에 이르러 외계인은 마침내 친구의 동의어가 되었다.

에드몽 웰스, 『상대적이며 절대적인 지식의 백과사전』 제4권

163. 자크, 스물다섯 살

빨간 행성.

나는 어린 시절 우주선을 타고 빨간 행성으로 여행하는 꿈을 꾸었다. 그 행성에는 어떤 신이 살고 있다. 그 신은 늘 실험을 하면서 산다. 세계들을 만들어서 투명한 용기 안에 넣고 그것들이 어떻게 발전해 가는지를 관찰한다. 그는 시험관에서 키우던 작은 원형 동물들을 가는 핀셋으로 조심스럽게 꺼내어 자기가 만든 세계 속에 넣는다. 그것들이 적응을 못하자, 신은 그것들을 회수하려고 한다. 하지만 결함이 있는 원형 동물들이 번식을 해버리는 바람에 직접 회수하는 것이 어려워지자, 신은 서둘러 바이러스 같은 천적을 만들어 내어 자기의 망친 피조물들을 없애 버린다. 그런 다음 신은 그것들을 대체하는 새로운 생물을 만들어 낸다. 신은 그렇게 자주 실수를 한다. 그런데 그 실수를 완전히 지워 버리지 못하기 때문에 자꾸자꾸 종을 추가해서 그 살아 있는 혼돈에 약

간의 질서를 부여하려고 애쓴다.

나는 땀을 흘리며 꿈에서 깨어났다. 내 옆에는 기슬렌이 있다. 기슬렌은 나의 새 동반자이다. 내가 그녀를 선택한 이유는 그녀가 낙오자도 아니고 심리적으로 허약해 보이지도 않으며 그녀의 부모가 우리의 삶에 간섭하지도 않기 때문이다. 세월이 흐르면서 깨달은 바이지만, 그런 장점을 가진 여자는 결코 흔치 않다.

하지만 좀 더 솔직하게 말하면, 내가 기슬렌을 선택한 이유는 그녀가 나를 선택했기 때문이다. 기슬렌은 소아과 의사다. 그녀는 심성이 부드럽고 따뜻하며, 남의 말에 귀를 기울일 줄 알고 아이들과 이야기를 나눌 줄 안다. 나는 아이나 다름없다. 사실 나이 스물다섯 살에 아직도 성(城)과 괴물과 매력적인 공주와 외계인과 우주 공간 속의 신에 관심을 갖는 것은 정상이 아니다.

기슬렌은 매력적인 공주처럼 보인다. 그녀는 갈색 머리인데 아주 키가 작다. 나이가 스물다섯 살인데도 아직 〈아동용품〉 매장에서 옷을 고른다.

그녀는 유아의 잠재 능력을 개발하기 위한 새로운 방법들에 정통하다. 또 주말마다 부적응아들을 돕는 어떤 단체에 나가 일을 한다. 그 때문에 늘 지쳐서 돌아오지만, 그녀는 자기가 아니면 그 일을 할 사람이 없다고 말한다.

내가 조금 투정을 부리면, 그녀는 내 머리, 특히 정수리 부분을 쓰다듬으면서 〈자기도 부적응아야〉라고 말한다. 그녀의 말에 따르면, 사람들 안에는 아이와 어른과 부모가 공존하고 있다. 두 사람이 만나 짝을 이룰 때는 각자 상대방에 비추어 자기의 역할을 선택하게 된다. 일반적으로 한 사람이 부모 역할을 하면 한 사람은 아이 역할을 한다. 하지만 이상적인 것은 두 사람 다 어른으로서 대등한 관계를 이루고 싶어 하는 경우이다.

우리는 그 이상적인 커플이 되려고 애썼지만 뜻대로 되지 않았다. 나는 여전히 아이 역할을 하고 있다. 나는 아이 역할을 할 때 가장 편안한 기분을 느끼고 내 정신이 가장 크게 열리는 기분이 든다. 아이는 고정된 생각을 갖지 않고 무엇에든 경이감을 느낀다. 게다가 어머니처럼 따뜻하게 누가 날 보살펴 주는 것을 좋아한다.

기슬렌은 내가 아직도 역할 연기 놀이를 한다는 것을 알고 놀라워했다. 나는 그런 놀이가 내 소설의 인물들을 구상하는 데에 도움을 주고, 그들을 위한 최선의 인생 경로를 찾는 데에 도움을 준다고 설명했다.

내 책상 위에는 글쓰기에 도움을 주는 온갖 메모들이 쌓여 있다. 전투 지도가 있는가 하면, 주인공들의 얼굴을 그려 놓은 것(나는 종종 실제로 존재하는 배우들을 모델로 선택하여 그들의 생김새를 면밀하게 관찰한다)이 있고, 무대나 소도구들을 시각화하기 위해 내가 점토로 빚어 만든 작은 형상들도 있다. 기슬렌은 내 책상을 보면서 이렇게 말한 적이 있다.

「소설을 쓰는 데에 이런 잡동사니들이 필요한 줄은 몰랐어. 자기 서재는 꼭 실험실 같아. 이 대성당 설계도와 점토 덩어리도 이야기를 만드는 데에 꼭 필요한 거야?」

그녀는 나를 미친 사람 같다고 놀리면서 까치발을 세우고 나에게 입을 맞추었다.

기슬렌과 함께 있으면 마음이 편안하다. 하지만 우리에겐 관계를 지속시킬 만한 요소가 부족하다. 우리는 벌써부터 권태를 느끼기 시작한다. 아이처럼 행동하는 어른과 함께 사는 것의 신선함이 사라지고 나자, 기슬렌은 내가 자기에 비해서 너무 편하게 살고 있다고 생각하기 시작했다.

그녀는 아이들을 돌보기 위해 동분서주한다. 그 아이들은 이미 정신적으로 너무나 큰 상처를 입은 터라 그녀에게 상냥하게 굴지 않는다. 그 아이들은 끊임없이 투정을 부리고 떼를 쓴다. 그중에는 부모에게 매를 맞은 아이도 있고 친족 성폭행 피해자, 간질병 환자, 천식 환자도 있다. 가진 거라고는 열의 하나밖에 없는 기슬렌이 아이들의 그 버거운 운명에 어떻게 맞서 싸울 수 있겠는가? 그녀는 힘에 부치는 일을 자기의 사명으로 정했다는 생각이 든다.

저녁에 집에 돌아오면 그녀는 그날 자기 품에서 죽은 환자의 이야기를 들려준다. 그녀가 괴로워하고 심란해하면 나는 어떻게 그녀를 위로해야 할지 모른다.

어느 날 그녀가 어떤 아이의 죽음을 슬퍼하며 밤새도록 우는 것을 보고, 나는 이렇게 말했다.

「자기 아무래도 일을 바꾸는 게 좋을 것 같은데.」

나는 그 말을 한 것을 두고두고 후회하게 될 것이다.

「사람들을 돕는 건 쉬운 일이야. 그들을 보거나 만지지 않고, 그들과 직접 이야기도 나누지 않는다면 말이야. 그건 쉽고 편한 일이지. 위험도 없고.」

「나보고 내 독자들을 하나하나 만나 이야기를 나누라는 거야?」

「자기는 그런 일은 하라고 해도 못 할 사람이야. 자기는 사람들로부터 도망치기 위해 이 일을 선택했어. 허구한 날 방

174

안에 틀어박혀서 컴퓨터만 들여다보고 있는 사람이 만나긴 누굴 만나? 출판사 사장? 몇 명 되지도 않는 자기 친구들? 그들은 내가 말하는 사람들이 아니야. 자기는 상상의 세계에 살고 있어. 그건 실제로 존재하지 않는 동화 같은 세계야. 하지만 언젠가는 현실 세계가 자기를 덮쳐 오게 될 거야. 내가 병든 사람들이나 우울증 환자나 불안에 빠져 있는 사람들과 씨름하고 있는 이 세계가 말이야. 자기 책들로는 이 현실 세계의 가난과 기아와 전쟁에 아무런 변화도 가져올 수 없어.」

「그야 모를 일이지. 내 책에는 새로운 생각들이 담겨 있고, 그 생각들은 사람들의 정신과 행동을 변화시키기 위해 마련된 것들이야.」

기슬렌이 냉소를 흘렸다.

「쥐들에 관한 그 같잖은 이야기 말이야? 그래, 그 결과가 뭐지? 사람들이 쥐에 대해서 연민을 느끼는 거? 자기 자식들도 제대로 돌보지 못하는 사람들이 쥐에 대해 연민을 가진들 세상이 뭐가 달라지지?」

그다음 주에 기슬렌은 내 곁을 떠났다. 그녀는 나와 관계를 지속하기에는 너무나 심성이 아름답고 돌볼 사람이 많은 여자였다. 그녀가 떠난 뒤로 나는 내 직업이 정말 세상 사람들에게 아무런 도움이 되지 않는 것인가에 대해 곰곰이 생각해 보고 있다.

어느 날 저녁 나는 내 마음을 추스르기 위해 무엇이든 해야겠다 싶어 영화를 보러 갔다. 「여우 특공대」라는 거였는데, 예전 같으면 내가 어떻게 해서든 보지 않으려고 했을 법한 영화였다.

그 영화에는 기슬렌이 관심을 갖는 사람들, 즉 가난한 사람들, 병자들, 서로 죽이는 사람들이 많이 나왔다. 만일 그게 현실이라면, 나는 현실보다 내 머릿속의 영화를 선택하겠다. 그래도 비너스 셰리든이라는 미국 배우의 연기는 볼만했다. 그녀는 마치 평생을 러시아의 특공대원으로 살았던 사람처럼 자연스럽게 연기했다. 리처드 커닝엄이라는 배우도 괜찮았다. 그 역시 자기 역할을 완벽하게 소화했다.

체첸에서 벌어진 일은 정말 끔찍하다. 하지만 그렇다고 해서 내가 무엇을 할 수 있단 말인가? 나의 러시아 독자들을 위해 〈제발 싸우지 말고 사랑을 하십시오〉라고 서문에 쓸까?

기슬렌이 내 머릿속에 심어 주고 간 말이 뒤늦게 효과를 나타내고 있다. 나는 더 이상 아무것도 쓸 수가 없다. 나는 세상 사람들이 고통을 받고 있는데 이상한 이야기들이나 쓰면서 즐거움을 얻는 타락한 인간이다. 그렇다면 〈세계의 의사들〉이라는 단체에 가서 봉사 활동을 할까? 아프리카에 달려가서 아이들에게 예방 주사를 놓아 줄까?

〈이게 다 무슨 소용이지?〉라고 되뇌는 병이 도지고 있다. 그 병에는 약이 없다. 그저 화장실에 틀어박혀 나를 돌아보는 것밖에는. 글을 쓴다는 건 나쁜 일일까? 세상의 가난하고 핍박받는 중생들을 돕지 않는 것은 나쁜 일일까? 독재자와 착취자에 맞서서 투쟁하지 않는 것은 나쁜 일일까?

결국 내가 할 수 있는 일을 할 수밖에 없다는 생각이 든다. 나는 어떤 자선 단체에 수표를 보내고 다시 글을 쓰기 시작했다. 나는 글쓰기를 너무나 좋아한다. 이 일에 마음 편하게 전념하기 위해서라면 내 재력이 허락하는 한 언제라도 돈을 낼 준비가 되어 있다.

출판사 사장이 전화를 했다.

「집에만 있지 말고 가끔씩 외출도 하는 게 좋지 않겠어요? 서점에 가서 사인회도 하고, 기자들 만나서 저녁 식사도 하고 그래요.」

「꼭 그래야 되나요?」

「빼놓을 수 없는 일이죠. 처음부터 그랬어야 했어요. 게다가 사람들 만나면 좋은 아이디어도 생겨서 글 쓰는 데 도움이 될 거예요. 한번 해봐요. 언론이나 서점과 관계를 맺는 것도 필요하지만, 동료 작가들을 만나거나 도서전에 자주 가는 것도 필요해요. 은둔자로 사는 건 스스로를 단명하게 만드는 겁니다.」

이제껏 샤르보니에는 나에게 늘 좋은 조언을 해준 사람이다. 하지만 사교 모임에 나가서 샴페인 잔을 손에 들고 문단의 최근 험담들을 들으면서 우스꽝스러운 자세로 서 있을 생각을 하니…….

좋다. 도서전의 사인회에는 나가겠다. 출세의 길을 도모할 생각은 없지만, 작가와 책에 관심이 많은 사람들을 만나보면 내가 왜 프랑스에서 더 많은 독자들을 얻지 못했는지를 더 잘 알게 될 것 같기는 하다.

모나리자 2세가 〈이제야, 좀 철이 드는군〉 하고 말하기라도 하는 것처럼 나를 지긋이 바라보고 있다.

나는 다시 혼자서 잠자리에 든다. 시트가 차다.

164. 이고르, 스물다섯 살

「이고르, 아주 좋은 소식이 있어요.」

뜻밖의 좋은 선물을 갖게 해달라고 빌었더니, 정말 좋은 일이 생겼나 보다. 나는 눈을 감는다. 타티야나가 나에게 입을 맞춘다.

「내가 맞혀 볼까요?」

「좋아요, 얘기해 봐요.」

「당신 아기 가졌지요?」

「아뇨. 그보다 더 좋은 소식이에요.」

그녀가 아주 환하게 웃으며 내게 기대어 온다.

「이고르, 내 친구, 내 사랑, 당신 다 나았어요.」

전기가 내 등골을 타고 한바탕 짜르르 흘렀다.

「농담이죠?」

나는 읽던 책을 내려놓고 그녀의 환한 얼굴을 망연히 바라보았다.

「여기 최근의 분석 결과가 있어요. 기대 이상이에요. 배꼽 암은 지속 기간이 제한되어 있는 모양이에요. 당신의 치유는 의학 연구에 새로운 길을 열었어요. 내 생각에는 삶의 조건을 개선한 게 당신에게 도움이 된 것 같아요. 그래요, 그게 주효했을 거예요. 배꼽 암은 대단히 정신, 신체 의학적인 특성을 지니고 있어요.」

허파가 타는 듯하다. 입안의 침이 마르고, 무릎이 서로 부딪친다. 타티야나는 나를 팔로 감싸서 꼭 안아 준다.

「내 사랑, 이제 다 나았어요. 다 나았다고요……. 정말 대단해요! 연구 팀 팀원들에게 알리러 갈게요. 당신이 정상적인 삶으로 돌아온 것을 축하하는 뜻으로 성대한 잔치를 열어야겠어요.」

그녀는 춤을 추듯이 몸을 흔들며 나갔다.

〈정상적인 삶〉이라고? 나는 그게 어떤 것인지 잘 안다. 여자들은 나를 좋아하지 않고, 집주인들은 내가 월급쟁이가 아니라고 셋방을 내주려 하지 않는다. 사장들은 나를 고용하고 싶어 하지 않는다. 왕년에 특공대원이었던 자들은 다 난폭하다고 생각하기 때문이다. 이제는 포커를 치기도 어렵게 되었다. 표트르라는 자가 나로 하여금 러시아의 좋은 카지노에는 일체 출입하지 못하도록 내 목에 현상금을 걸어 놓았기 때문이다.

병원은 나의 유일한 안식처였고 타티야나는 나의 유일한 보호자였는데, 이제는 병원과 타티야나도 나를 배척할 것이다. 누군가를 죽이고 감옥에라도 가야 할 판이다. 거기에 가야 나의 〈정상적인 삶〉을 다시 찾게 될 테니 말이다. 하지만 타티야나와 함께 살면서 나는 분노를 잊어버렸다. 그녀는 나로 하여금 조용함과 상냥함과 책과 활기찬 토론을 좋아하게 만들었다. 내가 다 나은 게 사실이라면, 그녀는 더 이상 나에게 말도 걸려고 하지 않을 것이다. 그녀는 내 배꼽 암보다 훨씬 더 특이한 병에 걸린 다른 환자를 찾을 것이다. 그리하여 귀 결핵이라든가 콧구멍 장애 같은 기상천외한 병에 걸린 환자를 만나면 나를 쫓아낼 것이다.

얼마 전부터 그녀는 알려지지 않은 세균에 감염된 어떤 환자 때문에 나를 피곤하게 한다. 그녀는 틀림없이 그 남자와 벌써 잤을 것이다.

나는 주먹으로 내 배를 쥐어박는다. 하지만 그 빌어먹을 암은 환자의 마음에 상관없이 언제나 제 멋대로만 한다는 것을 나는 알고 있다. 그 암은 도둑처럼 내 몸에 나타났다가, 내가 저를 받아들여 한창 아껴 주고 존중해 주고 있는 터에 올

179

때처럼 슬그머니 달아나 버렸다.

나는 다 나았다. 이런 변고가 있나! 누군가 병이 꼭 낫기를 바라는 다른 사람과 나의 치유를 교환할 수 있다면 얼마나 좋을까? 이봐요, 나의 천사님! 내 말 듣고 계시면, 내 소원 좀 들어줘요. 나는 낫고 싶지 않아요. 다시 병에 걸리고 싶어요. 이게 내 소원이에요.

나는 타일 바닥에 무릎을 꿇고 기다린다. 전에는 내 천사가 내 기도를 듣고 있다는 느낌이 들었는데, 이제는 더 이상 듣고 있는 것 같지 않다. 이고르 성인도 내가 건강을 회복했다고 나에게 관심을 갖지 않는 모양이다. 모든 게 와르르 무너지는 기분이다.

이제껏 다른 건 다 견뎌 왔지만, 이건 도저히 못 견디겠다. 이건 꽃병의 물을 넘치게 하는 마지막 물방울 같은 것이다.

복도에서 타티야나의 목소리가 들려온다. 자기의 모든 동료들에게 희소식을 전하느라고 정신이 없다.

「이고르가 다 나았어요. 이고르가 다 나았다고요.」

그녀는 내 마음도 모르는 채 숫제 노래를 하고 있다.

「나의 천사님. 나에게 다시 암이 생기게 해주세요. 작은 일이 생겼을 때는 나를 도와주시더니, 이렇게 큰일이 생겼는데 나를 버리시는 겁니까? 정말 무책임한 천사로군요.」

창문이 열려 있다. 나는 몸을 기울여 밖을 내다본다. 병원은 높다. 54층에서 떨어지면 모든 게 끝날 것이다.

생각하지 말고 행동에 옮기자. 깊이 생각하면 안 된다. 그러면 용기를 낼 수 없을 것이다. 나는 뛰어내린다. 나는 바위 덩어리처럼 빠르게 내려간다.

창문 너머로 일에 몰두해 있는 사람들이 보인다. 어떤 사람들은 내가 떨어지는 것을 보고, 입으로 O 모양을 만든다.

예전에 나는 〈빨라야 한다. 그렇지 않으면 죽는다〉고 외치며 살았던 적이 있다. 지금 나는 아주 빠르다. 그렇지만 나는 곧 죽을 것이다.

바닥이 전속력으로 다가온다. 아마도 내가 지금 큰 실수를 저지르고 있는 것 같다. 좀 더 생각했어야 했는지도 모른다.

바닥은 이제 10미터밖에 떨어져 있지 않다. 나는 눈을 감는다. 내 모든 뼈가 아스팔트에 부딪혀 으스러지는 불쾌한 순간이 아주 짧게 스치자마자 나는 고체에서 액체로 변했다. 이쯤 되면, 나는 더 이상 본래의 모습으로 돌아갈 수 없을 것이다. 너무 아프다. 통증을 느낀 시간은 실제로 1초 정도밖에 안 되겠지만, 나에게는 그것이 한 시간처럼 길게 느껴진다. 그러다가 모든 게 멎었다. 나는 생명이 나를 떠나고 있음을 느낀다.

165. 비너스, 스물다섯 살

리처드와 이혼을 했다. 그러고 나서 내 변호사 머리 베넷과 데이트를 했다. 유명한 변호사인 그는 일주일 만에 나의 삶 속에, 내 몸과 마음속에, 내 동산(動産)과 내 계약 속에 자리를 잡았다.

그와 함께 지내게 되자 커플의 삶이 일종의 지속적인 계약으로 변했다. 그는 동거든 결혼이든 둘이서 사는 삶은 아파트 임대차 계약처럼 정기적으로 갱신되는 계약 제도에 의해 관리되어야 한다고 말한다. 만기가 되면, 즉 3년마다 한 번씩, 파트너가 만족하지 않는 경우에는 계약 조건을 재검토하거나 계약을 폐기하고, 파트너가 만족하는 경우에는 〈묵시적인 갱신〉을 통해 다시 3년을 예정으로 삶을 시작해야 한다는 것이다.

그 주제에 관해서 머리는 많은 얘기를 했다. 그의 주장에 따르면, 〈전통적인〉 결혼은 어리석은 짓이다. 두 남녀가 종신 계약에 서명을 하지만, 그들은 애정과 고독에 대한 두려움에 눈이 멀어서 계약에 무슨 조항이 들어 있는지를 보지 못한다. 만일 두 사람이 스무 살에 서명을 한다면 그 계약은 조금도 수정되지 않고 약 70년 동안 유효하게 될 것이다. 그런데 사회와 관습과 사람은 변한다. 그래서 그 계약이 무효가 되는 순간이 어쩔 수 없이 오게 된다.

나는 법률에 관한 그 모든 이야기에 관심이 없다. 내가 아는 건 그저 머리가 기상천외한 체위로 섹스하는 것을 무척 좋아한다는 것이다. 그 사람 덕분에 나는 인도의 성전(性典) 『카마수트라』에도 나오지 않은 체위를 알게 되었다. 그는 매우 엉뚱한 장소에서 섹스를 하고 싶어 한다. 누구라도 지나가다가 볼 수 있는 그런 장소에서 말이다. 그에게는 위험이 최음제이다.

우리는 이따금 그의 〈패거리〉와 저녁 식사를 함께 한다. 주로 그의 옛날 애인들로 이루어진 그 패거리에 섞여 있으면, 내가 새 애인이라는 자리를 차지한 것에 대해서 그녀들이 나를 원망하고 있는 듯한 느낌이 든다. 머리는 우스갯소리로 늘 주위 사람들을 즐겁게 해준다.

「모든 변호사들이 그렇듯이 나는 죄 없는 의뢰인들을 싫어합니다. 죄 없는 의뢰인들을 변호해서 이기면 그는 그것을 당연하게 여기지요. 그리고 만일 지면 그는 개인적으로 변호사를 원망합니다. 그런데 죄가 있는 의뢰인을 변호해서 재판에 지면 그는 그것을 어쩔 수 없는 것으로 받아들이고 우리가 이기면 내 발에 입을 맞춥니다.」

모두가 박장대소를 한다. 나만 빼고.

처음에 머리와 나는 각기 우리 아파트 내에서 자기의 영역을 정하였다. 여기는 내 방이고, 저기는 내 서재야. 내 칫솔은 여기에다 놓고 당신 칫솔은 저기에다 놓는 거야 하는 식으로. 우리 옷장에서 눈에 잘 띄는 자리는 그의 웃옷과 스웨터와 셔츠 등이 차지하고 있다. 내 옷은 맨 꼭대기나 맨 아래에 놓여 있다. 그런 종류의 세세한 일에 처음부터 주의를 기울였어야 내가 손해를 보지 않는 건데 그랬다.

이제껏 많은 남자를 사귀어 보았지만 머리처럼 자기 영역에 집착하는 사람은 처음 본다. 자기 영역을 확장하기 위해서라면 그는 수단과 방법을 가리지 않는다. 그는 끊임없이 이런 질문들을 하면서 사는 사람 같다.

누가 리모컨을 잡고 텔레비전 프로그램을 선택하지?

아침에 누가 먼저 화장실과 욕실에 들어가지?

누가 화장실에서 다른 사람이 기다리는 것에 아랑곳하지 않고 신문을 읽지?

전화벨이 울릴 때 누가 먼저 수화기를 잡지?

누가 쓰레기통을 비우지?

일요일에는 어느 쪽 부모를 집으로 초대하지?

나는 배우라는 내 직업으로 도피할 수가 있으므로 그런 일상적인 영역 다툼에는 거의 신경을 쓰지 않는다.

하지만 그런 문제에 신경을 썼어야 했다. 그가 잠을 자면서 내 이불을 빼앗아 가는 바람에 내가 추워서 덜덜 떠는 일이 생기기 시작했을 때 즉시 반응을 보였어야 했다.

사랑이 모든 것을 정당화하는 것은 아니다. 예전에 나를 사랑했던 어떤 남자도 내가 이토록 고분고분하고 온순하리라고는 상상하지 못했을 것이다. 애초에 거실과 주방과 현관은 중립적인 지대로 선포되었다. 그런데 머리는 내가 좋아하는 실내 장식품들을 현관 복도에서 재빨리 치워 버리고 자기의 옛날 애인들과 바캉스 가서 찍은 사진들을 대신 갖다 놓았다. 냉장고에는 이제 정상적인 식품들이 밀려나고 그가 좋아하는 이상한 음식들이 들어차 있다. 그 음식들은 주로 몸을 날씬하게 만들어 주는 효과를 위해 약품처럼 만들어 파는 것들이다.

거실에는 커다란 안락의자 하나가 떡 버티고 있는데, 누구도 그의 허락을 받지 않고는 거기에 엉덩이를 붙일 수 없다.

그런 문제를 가지고 싸우는 게 귀찮아서 그가 하는 대로 내버려두었더니 내 영역이 터무니없이 줄어들었다. 나는 내 영역의 거의 대부분을 머리에게 넘겨주고 작은 서재에 틀어박혀 지낸다. 그랬더니 그는 내가 문을 잠그고 서재 안에 틀어박혀 있을 수 없도록 자물쇠를 없애라고 요구했다.

나는 완전히 손을 들어 버렸다. 하지만 머리가 영화 제작자들과 내 출연료를 놓고 노련하게 협상을 해주기 때문에 내가 전적으로 손해를 보고 있다고 생각하지는 않는다. 그런데 그가 나의 마지막 도피처인 작은 서재를 정돈하고 다시 장식하는 일에 참견하는 바람에 나는 그에게 우리의 계약을 갱신하지 않겠다는 뜻을 밝혔다. 머리는 그 말에 코웃음을 쳤다.

「내가 없으면 당신은 끝장이야. 우리 법률 회사가 법률적인 문제를 맡아 주지 않으면 제작자들이 당신을 생으로 삼켜 버리려고 할걸.」

나는 위험을 무릅쓰기로 했다. 그리고 그의 〈옛 애인 클럽〉에 가입하고 싶은 마음이 전혀 없었으므로 나는 그에게 다시는 나를 만나려 하지 말아 달라고 부탁했다. 그 말에 그는 불같이 화를 냈다.

「당신이 성공한 건 전적으로 내 덕이야. 내가 없었으면 절대로 재능 있는 배우라는 소리를 듣지 못했을 거야.」

그러면서 그는 우리가 함께 사는 동안 내가 벌어들인 것에 반을 달라고 요구했다. 나는 그 요구에 순순히 응했다. 사실 그는 내 삶을 그토록 힘겹게 만들고 내 영역을 조금씩 조금씩 잠식해서 나로 하여금 너무나 옹색하게 살고 있다는 느낌을 갖게 했다. 그리고 올해 내 수입이 많았던 것은 그가 협상을 잘해서라기보다 내가 되도록 많은 역할을 받아들였기 때문이다.

편두통이 다시 시작되었다. 예전보다 고통이 한결 심했다. 나는 매니저 빌리 와츠에게 해결책을 찾아보라고 부탁했다.

「방법은 두 가지밖에 없어. 첫째는 누구나 쉽게 생각할 수 있는 방법으로서, 편두통과 경련증 전문가인 프랑스의 유명한 의사 장브누아 뒤퓌를 만나러 파리에 가는 것이고, 둘째는 나의 새 영매를 찾아가 보는 거야.」

「이제 뤼디빈은 안 만나?」

「개별 상담으로 성공을 거둔 뒤에 그녀는 명상 센터를 만들었는데, 그것도 아주 잘돼서 급기야는 사이비 종교를 만들었어. 〈진실한 신앙의 수호자들〉이라는 종교지. 나쁜 사람들은 아닌데 회비가 너무 비싸고 거기에서 나가고 싶어 하는 사람들에게 제재를 가한다는 문제가 있지. 그것 때문에 정나미가 떨어져서 더 이상 그녀를 보러 가지 않아.」

「새 영매라는 사람은 누구야?」

「윌리스 파파도풀로스라는 사람이야. 예전에 은둔하는 수도사였다는데 어느 날 그에게 아주 이상한 일들이 생겼나 봐. 그 뒤로 특별한 능력을 갖게 되었대. 그는 천사들과 직접 얘기를 나눠. 그를 만나면 네 수호천사와 소통할 수 있게 해 줄 거야. 그러면 수호천사는 왜 네가 끊임없이 편두통에 시달리는지를 설명해 줄 거고.」

「자기 수호천사와 직접 이야기를 나누는 것이 가능하다고 생각해? 그건 천사의 일을 방해하는 것이 아닐까?」

166. 백과사전

호흡

여자와 남자는 세계를 똑같은 방식으로 지각하지 않는다. 남자들은 사건이 진행되는 양상을 단선적으로 지각한다. 그와 달리 여자들은 세계를 파동의 형태로 이해한다. 그 이유는 무엇일까? 그건 아마도 여자들이 달마다 경험하는 일과 관계가 있을 것이다. 즉 세워진 것은 무너질 수 있고 다시 세워질 수 있다는 것을 여자들은 매달 생리적으로 경험하기 때문에 세계를 끊임없는 파동으로 받아들인다. 달이 차면 이울듯이 무엇이든 커지면 작아지고 올라가면 내려온다는 그 근본적인 진리가 여자들의 몸에 새겨져 있는 것이다. 만물은 〈숨을 쉰다〉. 날숨 다음에 들숨이 이어지는 것을 두려워하면 안 된다. 자기 호흡을 억제하거나 정지시키려 하는 것은 세상에서 가장 어리석은 일일 것이다.

천문학 분야에서 최근에 이루어진 발견들은 다음과 같은 점을 우리에게 보여 준다. 즉, 빅뱅에서 나와 끊임없이 팽창하고 있는 것으로 지각되는 우리의 우주 역시 응집되어 빅 크런치가 될 수도 있다는 것이다. 물질이 최대로 응집되는 상태인 이 빅 크런치는 어쩌면 새로운 빅뱅으로 이어질지도 모른다. 그런 점에서 보면 우주 역시 〈숨을 쉬고〉 있는 것이다.

에드몽 웰스, 『상대적이며 절대적인 지식의 백과사전』 제4권

167. 귀환

우리는 천국으로 돌아가고 있다. 두 은하 사이의 거리가 너무 멀어서 조즈를 빠른 시일 내에 다시 만나기는 어려울 거라는 생각이 든다.

우리은하를 향해 계속 날아가면서, 우리는 우리가 발견한 것의 의미를 생각해 본다. 우리는 인간이 사는 또 다른 행성을 탐사했다. 하지만 우주에는 그런 행성들이 훨씬 더 많이 존재할 것임에 틀림없다. 내가 알기로는 우리은하와 조즈네 은하를 포함하는 은하단에만 해도 32만 6782개의 은하가 모여 있다. 설령 이 은하들이 모두 중심에 천국을 품고 있는 건 아니고 그중의 10퍼센트에만 천국이 있다 할지라도 우리와 대화를 할 수 있는 사람들이 사는 행성은 무려 3만 2천 개나 된다.

우리는 신들을 찾으려 했고 나탈리 김이 어디에서 왔는지를 알아내려고 했는데, 우리가 찾아낸 것은 그 두 가지 문제에 대한 답이 되지 않는다. 이제 우리는 영혼들이 한 천국에서 다른 천국으로 옮겨 가는 것인지, 만일 옮겨 간다면 그 이

유는 무엇인지를 알아내야 한다.

우리의 지리적 지평과 정신적 지평이 넓어진 느낌이다. 천사로 사는 삶이 단조로울 거라고 생각했는데, 내 삶에 아연 활기가 넘친다. 천사의 일에 생각이 미치자마자 내 의뢰인들에 대한 책임감이 다시 고개를 든다.

그동안 내 의뢰인들에게 무슨 큰일이 생기지 않았으면 좋으련만……

168. 이고르, 스물다섯 살

나는 내 육신에서 빠져나왔다. 내가 이미 경험했던 그 아름다운 빛이 하늘에 있었지만, 나는 그 빛을 향해 올라가지 않았다. 내 안에서 누가 이렇게 소리치는 듯했다. 〈너는 여기에 남아서 복수를 해야 해. 그래야만 올라갈 수 있을 거야.〉

이제 나는 떠돌이 영혼이다. 나는 하나의 심령체로 변했다. 나는 산 사람들 눈에 보이지 않고 손으로 만져지지도 않는다. 처음에 난 무엇을 어떻게 해야 할지 몰라 내 시체 곁에 한동안 머물러 있었다. 구급차가 한 대 도착했다. 한 응급 구조원이 죽처럼 뭉개진 내 시체를 보더니 뒤로 돌아서서 토악질을 했다. 하얀 제복을 입은 다른 사람들이 와서 아스팔트에 흩어진 살덩어리들을 한데 모은 다음, 내 시체를 비닐 주머니에 담아서 병원의 영안실로 가져갔다. 타티야나는 나의 죽음을 몹시 슬퍼하는 것 같았다. 그럼에도 그녀는 나를 부검했고, 암에 걸렸다가 나은 그 빌어먹을 배꼽을 모든 사람들에게 보여 주기 위해 포르말린병에 담아 갔다. 비탄에 젖은 과부 행세를 하는 데에는 다 그만한 이유가 있는 것이다.

자, 이제 나는 유령이다. 더 이상 죽음을 두려워할 이유가 없으므로, 나는 차분하게 사람과 사물을 관찰한다. 예전엔 죽음에 대한 공포가 영속적인 효과음처럼 나를 따라다녔기 때문에 진정으로 마음이 평온할 수가 없었다. 이젠 그런 두려움이 없다. 하지만 자꾸 아쉽고 후회스럽다.

내가 자살한 것은 결코 잘한 일이 아니다. 많은 사람들은 육체적으로 고통받는 것에 대해서 불평을 한다. 그들은 자기들이 얼마나 운이 좋은지를 모른다. 적어도 그들에겐 육신이 있다. 그들은 자기들의 고통 하나하나가 육체를 가지고 있다는 것의 증거라는 사실을 알아야 한다. 우리 떠돌이 영혼들은 더 이상 아무것도 느끼지 못한다.

아, 육신을 되찾을 수 있다면 좋겠다. 그러면 나는 내 몸에 어떤 상처가 나더라도 기뻐할 것이다. 나는 이따금 그 상처를 열어 그 밑에 피가 흐르고 있음을 확인하고 그 상처 때문에 내가 고통을 느끼고 있음을 확인할 것이다. 위궤양이든 아구창이든 모기에 물려 가려운 것이든 그저 고통을 느낄 수만 있다면 좋겠다.

스스로 목숨을 끊다니, 내가 얼마나 어리석은 짓을 했던가! 단지 몇 분간의 화를 이기지 못해, 나는 이렇게 몇 겹을 떠돌아야 할 가련한 넋이 되었다.

처음에 나는 나의 새로운 운명을 심각하게 받아들이지 않으려고 애썼다. 날아다니고 벽을 뚫고 드나드는 것은 기분 좋은 일이다. 나는 어디든지 들어갈 수 있다. 스코틀랜드에 가서 시트를 흔들어 관광객들에게 겁을 주는 유령 행세를 할 수도 있고, 산신령이 되어 시베리아의 샤먼들을 즐겁게 해줄 수도 있으며, 강신술 시범장에 가서 탁자를 돌릴 수도 있고,

교회에 가서 기적을 만들어 낼 수도 있다. 한번은 그저 물질에 대한 떠돌이 영혼의 능력이 어느 정도인지를 확인하기 위해 런던에 놀러 갔다 온 적도 있다.

떠돌이 영혼이라는 상태에는 또 다른 장점들이 있다. 나는 연주회를 공짜로, 그것도 2층 칸막이 좌석에 앉아서 관람할 수 있고, 싸움터 한복판에 들어갈 수도 있다. 원자 폭탄의 버섯구름 속에 있다 해도 나는 더 이상 두려울 게 없다.

나는 화산 분화구 속과 심연 속에 내려가서 논 적도 있다. 그런 식으로 얼마 동안은 잘 지냈는데, 그 뒤로는 싫증이 났다. 아무리 아름다운 여인의 욕실에 들어간들 더 이상 호르몬이 없는 넋에게 좋을 일이 뭐가 있겠는가……. 내가 떠돌이 영혼의 상태를 즐긴 것은 2주일뿐이었다. 사람들이 어릴 때 「투명 인간」이라는 영화를 보면서 한 번쯤 해보고 싶어 했던 온갖 장난들을 경험하는 데는 2주일이면 충분했다.

그 기간이 지나고 나자, 내 상태가 얼마나 비참한지 알 것 같았다. 우리는 늘 다른 떠돌이 영혼들과 어울려 지낸다. 자살자들의 넋은 대개 까다롭고 침울하며 샘이 많고 공격적이다. 이들은 대부분 자기들의 선택을 후회한다. 우리는 공동묘지와 지하실, 성당, 대성당, 죽은 사람들에게 바쳐진 기념물 등 우리가 보기에 〈재미있어〉 보이는 곳에서 주로 만난다.

우리는 우리의 지난 삶에 관해서 이야기를 나눈다. 나는 자기들을 죽이거나 배신한 자들을 괴롭히기 위해 배회하는 자들, 무고하게 사형당한 것에 대한 앙갚음으로 밤마다 판사들에게 들러붙는 영혼 등, 한마디로 말해 너무 분하고 억울해서 지상을 떠나지 못하는 많은 영혼들을 만났다. 하지만 우리 무리의 가장 많은 부분을 차지하는 것은 자살자들이다.

우리는 모두 정의와 복수를 갈망한다. 우리는 모두 천국에 올라가려 하기보다는 우리를 해친 자들에게 해를 끼치고 싶어 한다. 우리는 전사들이다. 전사란 모름지기 자기 자신이나 자기가 사랑하는 사람들에게 이익을 주려 하기보다는 적들에게 해를 끼칠 생각을 더 많이 한다.

이제 우리가 물질 속으로 돌아갈 수 있는 유일한 길은 육체를 훔치는 것이다. 이상적인 것은 어떤 영혼이 일시적으로 내팽개쳐 놓은 육체 속으로 들어가는 것이다. 그것은 어렵지만 가능한 일이다. 명상 수련을 하는 클럽에 가보면 언제나 육탈(肉脫)을 잘못해서 영혼과 육신을 잇는 은빛 줄을 너무 길게 늘이는 초보자들이 있다. 만일 그 줄이 끊어지면, 그들 속으로 그냥 들어가기만 하면 된다. 문제는 그런 클럽들 주위에서 배회하는 넋들이 많기 때문에 한 육신에서 영혼이 빠져나가기가 무섭게 그 육신을 차지하려면 치열한 선두 다툼을 벌여야 한다는 것이다.

우리가 노릴 수 있는 또 다른 육신은 마약 중독자들의 육신이다. 그들은 최소한의 규율이나 의례나 자기들을 보호해줄 동반자도 없이 아무 때나 아무렇게나 육체에서 벗어난다. 그런 육체에 들어가는 건 아주 쉬운 일이다. 다만 한 가지 문제가 있다. 일단 마약 중독자들의 육체에 들어가 보면 그다지 편안하지가 않고 이내 금단 증상이 오기 때문에 다시 나오게 된다는 것이다. 그렇게 한 유령이 빠져나오면 즉시 다른 유령이 들어간다. 이건 그야말로 뮤지컬의 의자 놀이를 방불케 한다. 의자가 너무 뜨거워서 오래 앉아 있을 수 없다는 점만 빼면 말이다.

우리는 교통사고를 당한 사람들의 육신을 노리기도 한다.

우리는 마치 짐승의 썩은 고기를 노리는 독수리처럼 그들 위를 빙빙 돌면서 영혼이 빠져나가기를 기다린다.

때로는 떠돌이 영혼이 사고를 당한 사람의 육신에 달라붙었는데, 불운하게도 그 육신이 몇 분 후에 병원에서 죽어 버리는 경우도 있다.

따라서 건전한 영혼이 일시적으로 방치했기 때문에 비어 있는 양호한 상태의 육신을 찾아내야 한다. 하지만 그건 쉬운 일이 아니다.

그런 육신을 만날 때까지는 이리저리 떠돌 수밖에 없다. 나의 서글픈 상황을 좀 잊어 볼 양으로, 우리 목소리를 감지하는 영매들을 두루 찾아다니기로 했다. 나는 먼저 유명한 영매 윌리스 파파도풀로스를 찾아갔다. 아, 그런데 저게 누구지? 비너스다. 내 젊은 시절의 우상이었던 비너스 셰리든이다. 그녀는 파파도풀로스를 매개로 자기 수호천사와 이야기를 나누고 싶어 한다. 잘됐다. 내려가 보자.

169. 자크, 스물다섯 살

출판사 사장의 압력에 못 이겨, 나는 사인회를 위해 파리 도서전에 갔다. 파리 도서전은 모든 작가들과 독자들이 만나는 대대적인 연례 축제로 자리를 잡았다.

통로에 많은 사람들이 붐비건만 내 쪽에는 손님이 거의 없다. 나는 천장만 멀거니 올려다보고 있다. 다음 책을 준비하기 위해 글이나 쓸걸 공연히 귀중한 시간을 낭비하고 있다는 느낌이 든다.

『쥐』이후에 나는 다른 책들을 썼다. 하나는 천국에 관한 것이고, 다른 하나는 지구의 중심을 탐사하는 이야기이며, 또 다른 하나는 뇌의 알려지지 않은 능력을 사용할 줄 아는 사람들에 관한 것이다. 그중 어느 것도 프랑스에서는 성공을 거두지 못했다. 그저 입에서 입으로 소문이 조금 퍼지고 포켓판으로 베스트셀러가 되었을 뿐이다. 그래도 출판사 사장은 여전히 낙관적이다. 러시아에서 나의 독자들이 뜨거운 갈채를 보내 주고 있기 때문이다.

한참을 기다렸더니, 아이들 몇 명이 다가온다. 그중의 한 녀석이 내게 묻는다.

「아저씨, 유명하세요?」

나는 아니라고 대답했지만, 녀석은 그래도 사인을 해달라고 종이를 내민다. 그러면서 옆에 있는 제 친구에게 이렇게 설명한다.

「이 아저씨는 유명하지 않대. 하지만 모르는 일이야. 이 아저씨가 언젠가는 유명한 작가가 될 수도 있어.」

구경꾼들은 나를 전시장의 판매원으로 알고 다른 작가들의 책을 요구한다. 어떤 사람은 나에게 화장실이 어디에 있느냐고 묻는다. 나는 애먼 카펫만 구둣발로 밟아 댄다. 안내원 하나가 동료 작가 오귀스트 메리냐크의 자리를 마련해 준다. 우리는 동갑이지만, 생김새와 차림새는 전혀 딴판이다. 트위드 재킷을 입고 비단 스카프를 두른 메리냐크는 텔레비전에서 보았을 때보다 한결 더 강한 인상을 준다. 그가 자리에 앉자마자 군중이 모여들고 그는 일필휘지로 사인을 하기 시작한다.

나는 〈나의 독자〉를 절망적인 심정으로 기다린다. 마치 낚싯바늘에 미끼 다는 것을 잊은 낚시꾼이 물고기가 물기를 기다리는 것처럼 말이다. 그동안에 그의 옆에 있는 동료는 고기 망태기를 가득 채워 가고 있다. 메리냐크는 자기 주위에 군중이 너무 많이 몰려들자, 더 이상 사람들의 인사에 답하느라 시간을 낭비하지 않기 위해 카세트 플레이어의 헤드폰을 끼고, 헌사 한마디 쓰는 일도 없이 기계적으로 사인을 해 나간다.

우연히 그렇게 된 것인지는 모르지만, 그의 독자들은 주로 젊은 여자들로 이루어져 있다. 어떤 여자들은 자기 전화번호가 적힌 명함을 그의 책상 위에 슬그머니 놓고 간다. 그 때마다 메리냐크는 그녀들에게 눈길을 준다. 한번 만나 볼 만한 여자들인지를 알아보려고 그러는 모양이다.

그러다가 그는 갑자기 손목에 피로가 오는 것을 느꼈는지, 안내원에게 신호를 보낸다. 오늘은 이 정도로 끝내겠다는 뜻이다. 그는 자리에서 일어나 의자를 책상 밑으로 밀어 넣는다. 이제껏 기다린 것이 헛수고가 된 것에 실망한 여자들이 나직하게 수군거린다. 그 수군거림을 뒤로하고 놀랍게도 그는 내 쪽으로 왔다.

「우리 걸으면서 얘기 좀 할까? 아까부터 자네랑 이야기를 나눠 보고 싶었네.」

오귀스트 메리냐크가 나를 자네라고 부른다!

「먼저 자네에게 감사해야겠어. 그다음엔 자네가 나에게 감사하게 될 거야.」

「왜 자네가 나에게 감사하지?」

나는 그에게 보조를 맞추면서 물었다.

「내가 천국에 관한 자네 책의 주된 아이디어를 슬쩍해서 내 다음 소설의 소재로 삼았거든. 게다가 이미 『나의 행복』

이라는 작품을 쓰기 위해 자네 소설 『쥐』의 구조를 차용한 적이 있네.」

「아니? 『나의 행복』이 내 『쥐』의 표절이란 말이야?」

「그렇다고 볼 수도 있지. 『쥐』의 플롯을 인간 세계로 옮겨 놓은 거니까. 자네 소설은 제목부터 문제가 있어. 쥐라는 말은 사람들을 다 도망가게 하지. 내 책에는 행복이라는 말이 들어가 있는데 말이야. 자네 책은 표지도 엉망이야. 하지만 그건 자네 잘못이 아니라 출판사 잘못이지. 내 출판사로 오는 게 어때? 자네 책을 더 잘 팔아 줄 텐데.」

「내 아이디어를 훔쳤다는 말을 그렇게 아무렇지도 않게 할 수 있는 거야?」

「훔쳤다기보다…… 자네 아이디어를 가져다가 거기에 문체를 보탰다고 봐야겠지. 자네 작품에서는 모든 게 너무 응집되어 있어. 아이디어가 그렇게 많이 들어 있으면 독자들이 소화할 수가 없지.」

「나 나름대로는 되도록 간명하고 담백하게 쓰려고 애썼네.」

메리냐크는 상냥하게 미소를 짓는다.

「현재의 유행은 그런 쪽으로 가고 있지 않아. 말하자면 나는 시대에 맞지 않는 소설을 시대의 취향에 맞게 다시 쓴 셈일세. 나의 차용을 도둑질로 볼 게 아니라 자네에 대한 경의로 받아들였으면 좋겠네.」

「난…… 난…….」

젊은 여자들에게 인기가 많은 그 젊은 작가는 나를 딱하다는 듯이 바라보다가, 진작 물었어야 할 것을 이제야 묻는다.

「내가 자네라고 불러서 불편한가? 내 영광이 자네 덕이라고는 생각하지 말게. 자네가 성공하지 못한 것은 자네가 성공할 운명이 아니었기 때문이야. 설령 자네가 말 한마디 다르지 않게 『나의 행복』을 썼다 해도 자네는 나만큼 인기를 얻지는 못했을 거야. 자네는 자네고 나는 나이기 때문이지.」

그러면서 그는 내 팔을 잡는다.

「이미 소리 소문 없이 독자를 얻은 것만으로도 자네는 기존의 관념을 뒤흔들고 있어. 자네는 과학자들의 신경을 거스르고 있네. 전문가도 아니면서 과학에 관한 이야기를 하기 때문이지. 또 자네는 신앙인들의 비위를 거스르고 있어. 어떤 종교의 신자도 아니면서 구도(求道)를 운위하기 때문이지. 마지막으로 자네는 문학 평론가들의 기분을 거스르고 있어. 그들로 하여금 자네 작품을 어떤 범주로 분류해야 할지 난감하게 하거든. 그건 심각한 결함이지.」

메리냐크는 걸음을 멈추고 나를 빤히 바라보며 말을 잇는다.

「자네를 마주하고 보니까, 늘 사람들의 신경을 거스르며 살았을 거라는 생각이 드네. 학교 선생님이든 친구들이든 자네 식구들이든 말이야……. 자네가 왜 사람들의 신경을 그토록 거스르는지 알아? 그건 자네가 세상을 변화시키고 싶어 한다는 것을 사람들이 느끼기 때문에 그런 거야.」

나 자신을 변호하고 싶은데, 말이 잘 나오지 않는다. 말들이 나오다 말고 목에 걸리는 듯한 느낌이다. 내가 늘 별 볼일 없다고 생각한 이 친구가 어떻게 나를 이토록 잘 알지?

「자크, 자네의 발상은 대단히 독창적이야. 자네 아이디어들을 널리 퍼뜨리고 싶다면, 그것들을 대중적으로 살려 낼 수 있는 능력을 가진 사람이 차용하는 것을 받아들여야 하네.」

숨이 막힐 듯 마음이 답답하다.

「자네는 내가 절대로 성공을 못 할 거라고 생각하나?」

그는 고개를 가로젓는다.

「그렇게 간단하게 말할 수 있는 문제는 아냐. 자네는 영예를 얻을 수 있을 거야. 하지만 그건 사후의 일이 될 가능성이 많네. 1백 년이나 2백 년쯤 후에, 자기의 독창성을 증명하고 싶어 하는 어떤 기자가 우연히 자네 책 중의 하나를 접하고 나서 생각하겠지. 〈이런, 시대를 잘못 타고났던 작가로군. 이자크 넴로드를 재발굴해서 유행을 시켜 볼까?〉 하고 말이야.」

메리냐크의 얼굴에 웃음기가 약간 스치고 지나갔지만, 전혀 악의가 있어 보이지는 않았다. 어찌 보면 진심으로 나를 안쓰럽게 여기는 것처럼 보이기도 했다. 그가 이야기를 계속했다.

「사실 부러워할 사람은 나지. 나는 망각의 늪으로 떨어질 테니까 말이야. 어때, 내 설명을 듣고 보니까, 나한테 고맙다는 말 한마디 정도는 할 만하지 않은가?」

나는 짤막하게 고맙다는 말을 우물거렸다. 내 입에서 그 말이 나온 것에 대해 나 자신이 놀랐다. 그날 저녁, 나는 다른 날보다 더 편한 마음으로 잠이 들었다. 확실히 적들에게서도 배울 게 많다.

170. 백과사전

놓아 버리기

놓아 버리기는 댄 밀먼이 말한 지혜에 이르는 세 가지 길, 즉 해학, 역설, 변화 중의 하나와 관계가 있다. 즉, 놓아 버리기는 〈버림으로써 얻는다〉는 뜻을 함축함으로써 역설의 개념과 통한다.

누구나 경험하는 것이지만, 어떤 것을 더 이상 원하지 않을 때 그것이 오는 경우가 있다. 인간의 체념은 천사들에겐 휴식이 된다. 천사들은 인간들이 더 이상 무언가를 간청하지 않을 때 비로소 편안하게 일할 수 있다.

놓아 버리기에는 많은 장점이 있다. 진짜 큰 행복은 자기의 기대 수준을 훨씬 뛰어넘는 일들이 벌어질 때 얻어진다. 우리 천사들은 늘 산타 클로스 같은 노릇을 한다. 전기 기차를 갖고 싶어 하는 사람들은 전기 기차를 받는다. 그러나 아무것도 요구하지 않는 사람들은 훨씬 더 좋은 것을 받을 수 있다. 더 이상 아무것도 요구하지 말라. 그러면 천사들이 당신을 만족시켜 줄 수 있을 것이다.

에드몽 웰스, 『상대적이며 절대적인 지식의 백과사전』 제4권

171. 귀환

돌아가는 데 몇 년이 걸리는 듯하다. 내 의뢰인들이 다시 걱정되기 시작한다. 비너스와 이고르와 자크가 또 무슨 짓을 했을까? 상상할 엄두가 나지 않는다. 나는 우리은하를 향해 우주 공간을 아주 빠르게 날아간다. 너무나 먼 길이다…….

172. 비너스, 스물다섯 살

내 수호천사와 이야기를 나눈다고? 내 생애에서 이보다 더 좋은 일을 소망했던 적이 없다. 미국에 있는 바로크 스타일의 그 아파트 안에는 어디에나 천사가 있다. 문에는 목탄으로 그린 천사 그림이 붙어 있고, 현관에는 천사의 작은 조각상들이 진열되어 있으며 벽과 천장에도 천사들이 그려져 있다. 천사들이 괴물과 싸우고 성인들이 로마의 경기장에서 처형되는 장면들이 그림에 담겨 있다.

한 번 상담하는 데 무려 현금으로 1천 달러가 들지만, 빌리 와츠는 이 파파도풀로스가 세계에서 가장 뛰어난 영매라고 장담했다. 어느 날 성 에드몽이라는 천사가 나타나 그에게 어떤 책을 받아쓰게 했다고 한다. 내 매니저에 따르면 그 책은 이상한 사전 같은 거라는데 파파도풀로스는 그것을 밝힐 수도 없고 밝히고 싶어 하지도 않는다고 한다. 그 후에 다른 천사들이 그의 집에 나타나 악마들과 싸움을 벌였다. 그리하여 파파도풀로스는 라울이라는 천사와 대화를 나누게 되었다. 하지만 성 에드몽과 성 라울의 메시지를 기록하느라고 오랜 세월을 보낸 뒤에도 그들이 끝내 다시 나타나지 않자, 파파도풀로스는 은거를 끝내고 속세로 내려왔다. 사람들을 자기들의 수호천사와 접촉하게 함으로써 천상 세계를 이해하도록 도와주기 위해서였다.

파파도풀로스는 유명한 저자이기도 하다. 그는 『우리의 친구 천사들에 관한 모든 것』, 『천사들은 우리들 속에 있다: 당신의 천사와 스스럼없이 이야기를 나누세요』 등과 같은 책을 출간했다. 특히 『성 라울과 나』는 유명한 베스트셀러였다. 나는 대기실에서 그 책을 뒤적거리고 있다. 옆에 있는 진열창 안에는 성 라울이 그에게 나타났을 때의 모습을 담은 티셔츠들이 전시되어 있다. 손님들에게 하나씩 나누어 주는 일종의 판촉물인 셈이다. 성 라울이 페루의 사악한 귀신들을 물리치는 모습을 그린 포스터들도 있다. 성 라울은 페루의 명물이 된 모양이다.

이윽고 접수하는 여자가 나더러 들어가라고 한다. 거실 안으로 들어가 보니 벽에 구름이 그려져 있다. 천국을 연상시키려는 의도가 담긴 듯하다. 거실 한가운데 육중한 탁자가 놓여 있다. 여자들이 한 열 명쯤 되고 남자는 파파도풀로스 하나뿐이다. 그는 흰색의 긴 옷을 입고 영감을 받은 사람 같은 표정을 짓고 있다.

여자들은 대개 나이가 많고 보석으로 잔뜩 치장한 모습이다. 아마 할 일이 없어서 천사들하고 이야기를 나누며 하루하루를 보내는 여자들인가 보다. 나는 되돌아갈까 하고 잠시 머뭇거린다. 하지만 돈을 이미 치렀고 호기심도 없지 않아서 빈자리에 가서 앉는다. 파파도풀로스는 라틴어로 된 주문을 외기 시작한다. 〈미스테리움〉, 〈에테르눔〉, 〈돌로리스〉[4] 같은 말들이 귀에 들어온다.

주문이 끝나자 그는 우리에게 서로 손을 잡고 기도의 사슬을 만들라고 명령하고 기도를 시작한다.

「오, 성 라울이시여, 여전히 제 기도를 들어주고 계시다면 여기에 내려오셔서 이들의 고통을 들어주소서.」

그는 눈을 감고 중얼거리면서 의식을 계속 진행하더니 이제 우리가 천사들과 이야기 나눌 수 있음을 알린다. 최신 유

4 각각 신비, 영원히, 고통이라는 뜻이다.

행에 맞춰 옷을 입은 키가 크고 깡마른 여자가 가장 먼저 발언권을 얻었다. 그녀는 자기 옷 가게의 품목을 다양하게 하기 위해 다른 가게를 매입해도 되느냐고 물어본다. 파파도풀로스는 여러 차례 입을 바르르 떨다가 말한다.

「그거 사야 돼. 훨씬 더 부자가 될 거야.」

이건 그리 대단한 게 못 된다. 부자들은 언제나 더 부유해지기 마련이므로 그들에게 성공을 예언하는 건 틀릴 염려가 별로 없다. 그런 말을 해주고 1천 달러를 벌다니, 나도 기회가 닿으면 이런 일이나 하고 싶다.

더욱이 나는 노련한 배우라서 저 수염 기른 노인네보다 영매의 연기를 더 능숙하게 할 수 있을 것이다.

173. 유령, 이고르

틀림없는 비너스 셰리든이다. 영매가 유행하다 보니 이런 일이 다 있다. 인류의 80퍼센트가 점성술사, 카드 점쟁이, 주술사, 사제, 점술가, 영매 등을 규칙적으로 찾아다닌다고 한다. 아마 미래가 불안하고 세상이 복잡하기 때문일 것이다. 이런 일이 많아지면 우리 떠돌이 영혼들이 산 사람에게 영향을 미칠 수 있는 기회도 많아진다. 나는 내 젊은 날의 우상이었던 비너스에게 언어 장벽의 방해를 받지 않고 직접 말을 할 수 있을 것이다.

하지만 아직 그녀 차례가 아니다. 늙은 여자 하나가 파파도풀로스에게 자기네 집을 팔아도 되느냐고 물어본다. 남편이 술 취한 운전자의 차에 치여 죽었는데 생전에 그 집을 좋아해서 팔아도 되는지 모르겠다는 것이다. 음…….

비너스는 파파도풀로스의 능력을 신통치 않게 여기고 있는 듯하다. 그녀에게 빨리 흥미를 북돋워 주어야겠다. 나는 노파가 말한 망자를 찾으러 간다. 다행히 그는 하늘에 올라가지 않고 자기를 치어 죽인 운전사를 괴롭히려고 남아 있다. 그에게 자기 미망인의 질문을 전해 주자 그가 대답한다.

「아냐, 팔면 안 돼. 지하실에 거금을 감춰 놨거든. 로코코 스타일의 모조 서랍장 뒤에 말이야. 그걸 밀면 하마 조각상이 나오는데 그 안에 돈이 들었다고.」

나는 전속력으로 돌아와 그 정보를 영매에게 귀띔한다. 효과가 괜찮다. 대답의 상세함에 모두가 놀란다. 미망인은 너무 놀라서 말을 더듬는다.

「아닌 게 아니라 지하실에 로코코 스타일의 서랍장과 하마 조각상이 있어요. 그걸 어떻게 아셨죠?」

하지만 비너스는 여전히 의심을 떨치지 못하고 있다. 그 노파가 영매와 한패라고 생각하는 것이다. 오히려 잘됐다. 저렇게 의심을 하고 있다가 자기와 관계된 것을 맞추는 것을 보면 충격이 더욱 클 것이다.

마침 비너스의 차례가 되었다. 그녀는 자기의 만성적인 편두통에서 벗어나려면 어떻게 해야 하는지를 묻는다. 나는 재빨리 그녀의 머리통을 통과하면서 무엇이 문제인가를 알아본다. 오빠에 대한 기억이 그녀의 무의식에서 떠나지 않는 것이다.

누군가 그녀의 오빠에 대해서 말해 줄 사람이 필요하다. 그 문제에 관해 나보다 잘 아는 떠돌이 영혼들과 상의를 해야겠다. 권총으로 자살한 어떤 영혼이 한 의사의 이름을 알려 준다. 그 의사는 오랫동안 편두통으로 고생하다가 쌍둥이 형제의 비밀을 알아냈다고 한다. 그의 이름은 레이먼드 루이스이다. 나는 서둘러 파파도풀로스의 거실로 돌아와 그가 할 말을 일러준다.

「비너스, 누가 있어……. 모든 걸 설명해 줄 수 있는 사람이 있어. 그 사람이 당신을 돌봐 주고 당신 병을 낫게 해줄 거야. 그도…… 당신과 똑같은 문제를 겪다가…… 해결을 했지. 그 사람의 이름은…… 루이스야.」

비너스는 심드렁한 표정을 짓는다.

「루이스라는 성을 쓰는 사람들은 수천 명이나 되는데요.」

「이 루이스는…… 산부인과 의사야.」

「산부인과 의사인 루이스도 틀림없이 굉장히 많을 텐데요. 무슨 루이스죠?」

「잠깐만, 르…… 르…… 라몬 루이스야.」

이런, 내 운수가 이 모양이다. 하필이면 가는귀먹은 영매를 만날 게 뭐람. 나는 거의 부르짖다시피 악을 쓴다.

「라몬이 아니고, 레이먼드, 레이먼드!」

「라몬이 아니고…… 에드먼드.」

말도 안 돼! 완전히 귓구멍이 막혔군!

「레이먼드라니까. 흔한 이름은 아니지만 그게 그 사람 이름이야.」

파파도풀로스는 눈을 감고 정신을 집중한다.

「레…… 레…… 레이먼드. 흔한 이름은 아니지만 그게 그 사람 이름이야.」

「그래서요?」

비너스는 점점 조바심을 내며 물었다.

서둘러야 한다. 그렇지 않으면 그녀가 당장이라도 일어나서 문을 쾅 닫고 나가 버릴지도 모른다. 나는 파파도풀로스에게 다시 귀띔을 한다.

「레이먼드 루이스는 당신과 똑같은 상황에 놓여 있어. 태어나기 전에 쌍둥이 형제를 잃었어. 그 상실이 그에게 편두통을 가져왔지. 당신들 둘이 결합하면 서로의 결핍을 메워 줄 수 있을 거야.」

파파도풀로스는 내 말을 그럭저럭 옮겨서 정보의 핵심은 전달되었다. 비너스는 아연하여 꼼짝도 하지 않는다.

파파도풀로스는 나의 개입에 아주 큰 충격을 받은 듯하다. 오래전에 그는 천사들로부터도 이토록 분명한 메시지를 받았을 것이다. 그는 너무나 놀란 나머지 조금 겁을 먹고 있다. 저렇게 프로 근성이 부족해서야······.

천사들은 인간들을 〈의뢰인〉이라고 부르는 모양이다. 우리 유령들은 〈고깃덩어리〉라는 별명을 사용한다. 나는 고깃덩어리에 영향을 미치는 것이 즐겁다.

174. 백과사전

7년 주기의 순환

인생은 7년 주기로 변화한다. 각 주기는 하나의 위기로 끝나 더 높은 단계로 넘어간다.

0세에서 7세까지: 어머니와 강하게 결합. 세계에 대한 수평적 이해. 감각 형성. 어머니 냄새, 모유, 어머니의 목소리, 어머니의 온기, 어머니의 입맞춤이 중요한 준거가 된다. 이 시기는 일반적으로 모성애라는 고치의 균열과 나머지 세계에 대한 다소 주눅 든 발견으로 끝난다.

7세에서 14세까지: 아버지와 강하게 결합. 세계에 대한 수직적 이해.

인격 형성. 이 시기에는 아버지가 새로운 파트너가 되어 가정이라는 고치 밖에 있는 세계를 발견하도록 도와준다. 아버지는 새로운 준거로 인정되어 존경의 대상이 된다.

14세에서 21세까지: 사회에 대한 반항. 물질에 대한 이해. 지력 형성. 사춘기의 위기. 이 시기에 젊은이들은 세상을 변화시키고 기존 질서를 파괴하고 싶어 한다. 그들은 반항적인 모든 것, 이를테면 격렬한 음악, 낭만적인 태도, 독립에 대한 욕구, 소외된 청소년 집단과의 결합, 아나키스트적 가치의 수용, 낡은 가치에 대한 철저한 경멸 등에 이끌린다. 이 시기는 가정이라는 고치로부터 벗어나는 것으로 끝난다.

21세에서 28세까지: 사회에 편입. 반항 다음의 안정화. 세계를 파괴하는 데에 이르지 못한 젊은이들은 앞선 세대보다 더 잘해 보겠다는 의지를 가지고 세계에 통합된다. 그들은 부모의 직업보다 더 좋은 직업을 찾고, 부모의 삶보다 더 좋은 삶을 추구하며 부모보다 더 행복한 커플을 이루고자 한다. 이 시기에 대부분의 사람들은 하나의 파트너를 골라 가정을 꾸린다. 자기 자신의 고치를 짓는 것이다. 이 시기는 대개 결혼으로 끝이 난다.

에드몽 웰스, 『상대적이며 절대적인 지식의 백과사전』 제4권

175. 자크, 스물여섯 살

오늘은 내 생일이다. 나는 화장실에 틀어박혀 내 삶을 돌아보고 내가 지금 어디에 와 있는지를 가늠해 본다. 스물여섯 살의 나는 이룬 것이 하나도 없다. 나는 가정을 꾸리지 못했다. 아내도 자식도 없이 독립적으로 그러나 고독하게 살고 있다. 내가 제일 좋아하는 일을 하고 있기는 하나 성공했다고는 말할 수 없다.

모나리자 2세는 콜레스테롤 과다로 죽었다. 나는 녀석을 모나리자 1세 옆에 묻어 주었다.

　모나리자 3세는 선배들보다 훨씬 더 뚱뚱하다. 녀석은 내 몸에 기대어 웅크려 있는 것을 좋아한다. 그런 자세로 우리는 함께 텔레비전을 본다. 이번 주 문학 프로그램의 주제는 〈새로운 문학〉이고 초대 손님은 또 메리냐크이다.

　그는 이따금 실존적인 불안을 느껴 스스로에게 질문을 던진다고 털어놓았다. 나는 그가 너스레를 떨고 있다고 생각한다. 메리냐크는 스스로에게 질문을 던질 사람이 아니다. 그는 이미 모든 답을 찾아냈다. 모나리자 3세가 내 귀에 대고 뭔가를 속삭인다. 그것은 〈야옹〉 소리와 비슷하지만 나는 녀석이 배가 고프다고 나에게 알려 주는 것임을 알고 있다.

　「이봐, 모나리자 3세. 벌써 통조림을 세 개나 해치웠잖아. 그건 간과 염통으로 만든 특별한 먹이란 말이야!」

　「야옹.」

　「이젠 다 떨어졌어. 그리고 비가 오잖아!」

　「야옹.」

　「식료품 가게도 다 문을 닫았을 거야! 네가 나가서 찾아볼래?」

　나는 녀석을 속이고 있는 것이다. 고양이들하고 살면 자꾸 이렇게 위선을 부리게 된다. 나에게는 함께 살 사람이 필요하다. 문제는 나 자신에게 있다는 생각이 든다. 나는 까다로운 여자들을 설득해서 언제나 막다른 골목에 이르곤 했다. 하지만 원래 그렇게 타고난 나를 어떻게 바꿀 수 있단 말인가? 모나리자 3세가 계속 야옹거리는 통에, 텔레비전을 끄고 파자마 위에 외투를 걸친 다음 고양이 먹이 통조림을 사러 나간다. 이웃 사람들이 나에게 인사를 한다. 그들은 내 책을 읽어 본 적이 없지만 내가 SF 소설가로 알려짐에 따라 나에게 인사를 건네는 사람이 많아졌다.

인근의 슈퍼마켓은 벌써 문을 닫았다. 그리고 단골 식료품 가게에는 간과 염통으로 만든 고양이 먹이는 떨어지고 카레소스를 친 참치와 연어 통조림밖에 없다. 나는 모나리자 3세를 잘 안다. 간과 염통으로 만든 먹이를 제외하고 녀석이 먹을 수 있는 것은 〈캐비아로 속을 채운 만새기〉 통조림밖에 없다. 가게에 그것이 있긴 하지만 너무 비싸다.

빈손으로 돌아갈 엄두가 나지 않는다. 〈캐비아로 속을 채운 만새기〉 통조림이 나를 비웃고 있다. 좋아. 오늘은 내 생일이고 녀석과 머리를 맞대고 생일을 보내야 할 판이니 같이 잔치 한번 벌이지 뭐. 내가 먹을 것으로는 스파게티를 산다. 디저트로는 뭘 사지? 플로팅아일랜드로 하자. 내가 판매대에 마지막 하나 남아 있는 플로팅아일랜드를 잡으려고 하는데 어떤 손 하나가 나와 동시에 그것을 잡는다. 나는 무의식적으로 그 사람보다 더욱 세게 잡아당긴다. 내가 이겼다. 나는 나의 적수가 누구였는지 보기 위해서 몸을 돌린다. 한 여자가 눈을 휘둥그렇게 뜨고 나를 바라본다.

「혹시 자크 넴로드 씨 아니세요?」

내가 그렇다고 하자 그녀가 다시 묻는다.

「작가 자크 넴로드 씨 맞죠?」

우리는 서로 바라본다. 그녀는 환한 미소를 지으며 나에게 손을 내민다.

「나탈리 김이에요. 선생님 책들을 다 읽었어요.」

나는 나도 모르게 뒤로 물러서다가 어떤 단단한 것에 부딪

207

힌다. 높이 쌓여 있던 완두콩 통조림들이 와르르 내게로 쏟아져 내린다.

176. 비너스, 스물여섯 살

그를 어떻게든 찾아내야 한다. 레이먼드 루이스라는 이름의 산부인과 의사는 로스앤젤레스 전화국에도 없고, 뉴욕 전화국에도 없다. 나는 전국 전화번호 안내 서비스에 도움을 청한다. 대답은 이내 날아왔다. 콜로라도주의 덴버에 레이먼드 루이스라는 산부인과 의사가 있다.

비행기를 타고 날아가 다시 택시를 탔더니 어떤 부유한 동네에 있는 호화 주택 앞에 나를 내려 준다. 나는 서둘러 초인종을 누른다. 그가 있어야 할 텐데.

발자국 소리가 들리고 두꺼운 안경을 끼고 머리가 벗겨진 자그마한 남자가 문을 열어 준다. 나를 이미 영화에서 보았는지 그는 얼떨떨한 표정으로 나를 바라보며 그대로 서 있다.

「말씀드릴 게 있는데요. 들어가도 될까요?」

그의 얼굴엔 깜짝 놀란 기색이 역력하다. 그가 안경을 벗고 손수건으로 이마의 땀을 닦는다. 안경을 벗으면서 드러난 그의 눈매는 놀라우리만치 부드럽다.

「루이스 박사님. 누가 말하기를 박사님이 제가 태어난 뒤로 지속되고 있는 어떤 문제를 해결해 주실 수 있을 거라고 했어요. 이 세상에서 저를 도와주실 수 있는 분은 박사님밖에 없다더군요.」

그는 뒤로 물러서면서 나를 들어오게 한다. 거실에 들어서자 그는 나보고 소파에 앉으라고 권한 다음, 위스키 한 병을 꺼내더니 나한테는 권하지도 않고 혼자서 두 잔을 털어 넣는다. 내가 뭐라고 말할 새도 없이 그는 내가 자기 일생일대의 여인이라고 고백한다. 나를 텔레비전에서 처음 본 뒤로 자기가 여생을 함께해야 할 사람은 다른 누구도 아닌 바로 나라고 생각했다는 것이다. 그는 밤마다 나를 생각하고 있고 그의 침실은 내 포스터로 도배가 되어 있다고 한다. 이런, 트럭 운전사를 위한 달력은 가지고 있지 않아야 할 텐데.

그는 갑자기 의심스러운 생각이 들었는지 내가 진짜 비너스 셰리든인지 아니면 그냥 닮은 사람인지를 묻는다. 그러더니 창문으로 달려가서 길에 숨겨진 카메라가 없는지를 확인한다. 혹시 자기가 〈깜짝 카메라〉에 나오고 있는 게 아닌가 의심이 들었던 모양이다. 그는 위스키 두 잔을 더 마시고 나서야 마음을 놓는다.

「이런 순간이 오리라고는 꿈에도 생각하지 못했어요. 가장 터무니없는 환상 속에서도 나는 그저 사인 하나를 받기 위해 군중으로 둘러싸인 당신에게 다가가는 걸 상상하는 게 고작이었어요.」

나에게 그토록 정중한 관심을 가지고 있다니 가슴이 뭉클하다. 그는 마치 어떤 환영을 보는 것처럼 나를 바라본다. 내가 묻고 싶은 것을 물어보려면 그가 마음을 추스를 때까지 조금 기다려야 될 것 같다.

「제가 어떻게 여기까지 오게 되었는지 그 사정을 말씀드리면 믿기가 어려우실 거예요. 하지만 솔직히 말씀 드릴게요. 진실만이 모든 걸 설명해 줄 테니까요. 어떤 영매의 중개로 제 수호천사와 얘기를 할 수 있게 되었는데, 수호천사가 말하기를 박사님이 저랑 똑같은 문제를 가지고 있고 그것을 해결할 수 있는 유일한 분이라고 했어요. 그래서 박사님을 만나려고 1천 2백 킬로미터를 달려왔어요.」

루이스 박사는 위스키에 힘입어 마음을 조금 가라앉힌 듯하다. 하지만 그는 말을 더듬는다.

「당신의…… 수호천사가…… 날 만나라고 권했다고요!」

그 순간 나는 내 행동이 어리석었음을 깨달았다. 한심한 비너스, 넌 망했어. 돌팔이 영매의 헛소리를 곧이듣고 대뜸 여기까지 오다니. 하지만 너로서도 어쩔 수 없었다는 것을 알아. 너는 편두통을 견딜 수 없었어. 이제껏 아무도 해결책을 제시해 주지 않았잖아.

「천사라고요?」

루이스 박사가 진지한 어조로 되뇐다.

「물론 천사의 존재를 믿지 않으시겠지요?」

「그 문제에 대해 한 번도 생각해 본 적이 없습니다. 하지만 누가 당신을 보냈는가는 중요하지 않습니다. 아무튼 그 사람 덕분에 제가 이렇게 꿈같은 시간을 경험하고 있다는 것이 중요하죠.」

그가 다시 꿈에 빠져 들기 전에 본론으로 들어가는 것이 낫겠다.

「저는 아파요. 저를 낫게 해주실 수 있나요?」

그의 표정에 다시금 진지함이 배어난다. 자기가 나의 팬이기에 앞서 한 사람의 의사라는 것에 생각이 미친 모양이다.

「저는 일반의가 아니라 산부인과 의사입니다. 하지만 당신을 돕기 위해서 최선을 다하겠습니다. 당신의 문제가 뭐죠?」

그가 여전히 나에게 술잔을 줄 생각을 하지 않아서 나는 내 손으로 직접 위스키를 따라 한 모금 마셨다.

「편두통이에요.」

「편두통요?」

그는 나를 뚫어지게 바라보다가 갑자기 환하게 웃는다. 마치 어떤 계시를 받고, 내가 자기 집에 온 이유가 너무나 당연하다는 깨달음을 얻기라도 한 것처럼. 우리는 밤새도록 이야기를 나누었다.

내가 그랬듯이 레이먼드 루이스는 아주 어렸을 때부터 지독한 편두통에 시달려 왔다. 너무 고통스러워서 머리를 벽에 대고 찧을 정도였다. 직감적으로 그랬는지 아니면 그의 수호천사가 그렇게 하도록 시킨 것이었는지 모르지만 의학을 공부했고 산부인과를 전문 분야로 선택했다.

그는 산부인과 의사가 되자 쌍둥이에 깊은 관심을 가졌다. 그의 말에 따르면, 두 개의 난자가 동시에 수정되는 경우가 종종 있다. 하지만 두 개의 수정란이 끝까지 가는 경우는 드물다. 일반적으로 3개월이 지나면 여자의 몸이 둘 중에서 하나만을 선택한다. 어느 날 레이먼드는 어떤 산모의 배에서 두 아기를 꺼냈다. 하나는 살아 있는 아이였고 하나는 죽은 아이였다. 그때부터 그는 거의 알려지지 않은 어떤 현상에 관심을 가졌다. 일부 쌍둥이들에게 나타나는 기(氣)를 빼앗고 빼앗기는 현상이 그것이었다. 나는 그런 얘기를 어디선가 들은 듯했지만 그가 이야기를 계속 하도록 내버려둔다.

「일반적으로 쌍둥이는 둘 다 모체에 직접 연결되어 있고, 둘 사이에는 아무런 관계가 없습니다. 그런데 이따금 두 아기를 직접 연결하는 작은 파생 혈관이 나타나는 경우가 있습니다. 그렇게 되면 쌍둥이는 서로 소통을 합니다. 하지만 그것으로 끝나는 게 아니라 영양액을 서로 교환하게 되죠. 그런 연결 덕분에 두 아이 사이에는 보통의 쌍둥이 사이에 나타나는 것보다 훨씬 강력한 연대 관계가 형성됩니다. 하지만 임신 6개월에서 7개월쯤 되면 그 관계는 두 태아 중 하나를 죽음으로 이끌게 됩니다. 다시 말하면 두 태아 중에 하나가 다른 태아의 모든 영양액을 빨아들이기 시작한다는 것입니다.」

나는 귀담아듣고 있다. 레이먼드는 내가 막연히 느끼고 있던 어떤 실재적인 일을 언급하고 있다.

「한쪽이 다른 쪽의 〈피〉를 빨아들이는 셈이죠. 그래서 우리는 이런 경우를 수혈 관계 쌍둥이라고 부릅니다. 살아남은 태아는 죽은 태아의 모든 영역을 받아들여서 보통의 아기들보다 훨씬 건강하게 태어납니다. 어머니에게 한번 물어보십시오. 의사가 당신을 분만할 때 당신 옆에서 죽은 태아를 발견했는지 말입니다.」

그래도 이해가 되지 않는 것이 있다.

「그게 편두통과 무슨 관계가 있죠?」

「한쪽 머리만 아프다는 뜻의 편두통이라는 말에 정보가 담겨 있습니다. 당신의 고통을 일으키는 건 당신과 하나를 이루었던 다른 반쪽에 대한 기억입니다.」

177. 백과사전

7년 주기의 순환(계속)

처음 네 주기가 자신의 고치를 짓는 것으로 마무리됨으로써 인간은 7년 주기의 두 번째 순환에 들어간다.

28세에서 35세까지: 가정의 공고화. 결혼과 주택과 자동차에 이어 자녀들이 생기고, 가정 내에 재산이 축적된다. 그런데 만일 처음 네 주기의 삶에 문제가 있었다면, 이 가정은 무너질 수 있다. 예컨대, 만일 첫 번째 주기에서 어머니의 애정을 적절하게 경험하지 못했을 때는, 어머니가 아내와 갈등을 일으킬 수 있다. 만일 두 번째 주기에서 아버지와의 관계에 문제가 있었다면, 아버지가 부부의 삶에 부정적인 영향을 미칠 수 있다. 또, 만일 세 번째 주기에서 사회에 대한 반항이 제대로 해결되지 않았을 때는 직장에서 갈등이 생길 가능성이 있다. 35세라는 나이는 종종 제대로 성숙하지 못한 고치가 깨져 버리는 나이이다. 고치가 깨지면 이혼이나 실직, 우울증, 정신·신체 의학적 질병이 나타난다.

35세에서 42세까지: 만일 첫 번째 고치가 깨졌다면, 모든 것을 원점에서 다시 시작해야 한다. 위기는 지나가고, 이제 새로운 고치를 지어야 하는 것이다. 먼저 어머니와 여성에 대한 태도, 아버지와 남성에 대한 태도를 재검토해야 한다. 이혼한 사람들은 이 시기에 애인을 발견한다. 그들은 이제 결혼에서가 아니라 자기의 파트너에게서 자기가 정확하게 무엇을 기대하는지를 파악하려고 노력한다. 또한 이 시기에는 사회에 대한 태도도 재검토해야 한다. 직장 생활에 실패한 사람들은 이제 안정성을 생각해서가 아니라 자기의 관심이나 그 직업이 허용하는 여가 시간을 생각해서 직업을 선택한다. 첫 번째 고치가 깨지고 나면, 사람들은 언제나 가능한 빨리 두 번째 고치를 지으려는 경향이 있다. 이

경우에 만일 첫 번째 고치를 깨지게 했던 요소들을 적절하게 제거한다면, 예전과 비슷한 고치가 아니라 한결 개선된 고치를 지을 수 있게 된다. 그러나 과거의 실패가 어디에서 기인한 것인지를 이해하지 못한다면, 결국은 똑같은 고치를 지어 똑같은 실패에 이르고 말 것이다.

42세에서 49세까지 : 사회의 정복. 더욱 건전하고 견실한 두 번째 고치를 짓고 나면, 사람들은 가정과 일과 자아실현이라는 측면에서 충만함을 경험할 수 있다. 이런 승리는 다음과 같은 두 가지 행동 중의 하나로 이어진다. 첫째는 물질적인 성공의 표시, 즉 더 많은 돈, 더 많은 안락함, 더 많은 자녀들, 더 많은 애인들, 더 많은 권력 등에 욕심을 내면서 자기의 고치를 끊임없이 확대하고 풍요롭게 만드는 것이다. 둘째는 새로운 정복지인 정신의 영역으로 뛰어듦으로써 자기 인격의 진정한 완성을 도모하기 시작하는 것이다. 이 시기는 정체성의 위기, 즉 다음과 같은 실존적인 질문들을 제기하는 것으로 끝난다. 나는 왜 여기에 있는가? 나는 왜 사는가? 내 삶에 의미를 부여하려면 나는 무엇을 해야 하는가?

49세에서 56세까지 : 정신적인 혁명. 사람들은 자기 고치를 짓는 데 성공하고 가정과 일을 통해 자아를 실현하게 되면 자연스럽게 마지막 모험인 정신 혁명을 시작한다. 완전한 지혜에 도달하려는 이 정신적인 탐색은 집단의 안일함이나 기존 사상의 편의성에 빠져 들지 않고 정직하게 수행된다면, 여생을 다 바쳐야 하는 기나긴 여정이 될 것이다.

주(註) 1 : 인생은 나선형으로 계속 발전해 간다. 사람들은 마치 윷판의 말들이 돌고 돌듯이 7년마다 똑같은 칸(즉, 어머니에 대한 태도, 아버지에 대한 태도, 사회에 대한 태도, 자기 가정을 꾸리는 일에 대한 태도 등)을 다시 거쳐 가면서 한 단계씩 올라간다.

주(註) 2 : 때때로 어떤 사람들은 일부러 실패를 해서 주기를 다시 시작하기도 한다. 그럼으로써 그들은 구도(求道)의 단계로 넘어가야 하는 때를 늦추거나 회피한다. 본격적으로 자기 자신과 대면해야 하는 것이 두렵기 때문이다.

에드몽 웰스, 『상대적이며 절대적인 지식의 백과사전』 제4권

178. 말썽

돌아오는 길에는 매릴린 먼로가 마름모 대형의 선두에서 날고 싶어 했다. 그녀가 우리에게 신호를 보낸다. 멀리에 수상쩍은 형체들이 보인다.

빌어먹을, 떠돌이 영혼들이다!

그들의 수가 불어난다. 떠돌이 영혼 수십 위(位)가 저기 한자리에 모여 있다.

「이런 이런, 저 환영 위원회는 전혀 마음에 들지 않는걸.」

프레디가 그렇게 말하자 매릴린 먼로가 제안한다.

「돌아갈까요?」

적군의 선두에는 역사적인 인물들이 더러 보인다. 중세 가톨릭의 이단인 카타리파를 공포에 떨게 했던 시몽 드 몽포르가 있고, 그 왼쪽에는 잔인한 종교 재판관 토르케마다, 알 카포네와 그의 부하들이 있다.

프레디는 대화를 시도하면서 그들이 원하는 게 무엇인지 묻는다. 그때, 그 무리의 선두에 내가 너무나 잘 아는 인물이 불쑥 나타난다. 이고르다. 〈나의〉 이고르다. 저 친구가 저기에서 뭘 하는 거지? 큰일 났다. 내가 없는 사이에 이고르가 죽은 것이다.

「이고르, 자네가 어떻게……?」

그가 냉정하게 나를 위아래로 훑어본다.

「당신이 바로 미카엘 팽송이오? 당신은 내 수호천사였는데 나를 구해 주지 못했어. 자, 당신 잘못으로 내가 어떻게 되었는지 보라고.」

「나는 자네를 살아남게 하느라고 무진 애를 썼어. 자네 소원을 들어주었고, 무수한 함정을 피하게 해주었어.」

「당신은 실패했어. 내가 여기에 있다는 게 바로 그 증거야.」

「자넨 내가 신호를 보냈는데도 알아차리지 못했어.」

「신호를 보내려면 똑바로 보냈어야지. 이제 알겠어. 당신은 탐험가의 헛된 야망을 채우려고 나를 내팽개쳤던 거야. 내가 괴로워하고 있는 동안 당신은 어디에 있었지? 내가 당신을 애타게 찾는 동안 당신은 어디에 있었지? 그래, 아주 멀리 떨어진 행성에 탐험을 하러 가셨다고? 난 당신이 원망스러워. 내가 얼마나 원망하고 있는지 당신은 모를 거야.」

낭패스럽다. 에드몽 웰스는 언젠가 이런 날이 올 거라고 나에게 경고한 바 있다.

「내 잘못을 인정하겠어. 하지만 자넨 용서하는 법을 배워야 돼.」

「용서 좋아하시네! 그건 당신이나 많이 하라고. 난 천사가 아니야.」

내가 이고르를 불쌍히 여겨 그토록 걱정을 많이 했는데, 이제 그는 나의 적이 되었다.

이고르는 떠돌이 영혼들이 이렇게 한자리에 모인 까닭을 설명한다.

「우리는 지상에서 끝도 없이 떠도는 데 지쳤어. 우리도 다른 행성에 가고 싶어. 가서 다르게 살고 싶다고.」

「여기에서 떠돌이 영혼이면, 다른 행성에서도 떠돌이 영혼이 되는 거야.」

「그건 가보면 알겠지. 나는 거기에는 뭔가 다른 게 있을 거라고 확신해.」

그 말을 받아 라울이 묻는다.

「그래서 어쩌겠다는 거야?」

「당신들을 타락한 천사로 만들어 버릴 거야. 우리 대열에는 이미 그런 천사들이 있어. 당신들은 우리 편이 되어서 우리를 그 신비로운 행성으로 기꺼이 안내하게 될 거야.

하지만 내가 알기로 타락한 천사란 지상의 여인과 사랑을 나눈 천사야.」

「타락한 천사가 되는 길은 그것 말고도 한 가지 더 있어.」

「이거 쉽지 않겠는데.」

매릴린 먼로가 다시 제안한다.

「돌아가는 게 어때요?」

「더 이상 선택의 여지가 없어. 우리가 달아나면 이들이 우리를 추격할 거야. 게다가 이들의 사기는 더 올라가겠지. 그러니 맞서 싸워야 해.」

그들이 다가온다. 시몽 드 몽포르는 전열을 정비하려고 떠돌이 영혼들에게 명령을 내린다. 저들은 저렇게 수가 많은데 왜 우리를 이렇게 두려워하는지 잘 모르겠다. 우리는 일당백으로 싸워야 할 판이다.

「자, 이제 여기가 아마겟돈이 될 것이다!」

토르케마다의 그 선언에 이어 이고르의 명령이 떨어진다.

「공격!」

179. 비너스, 스물여섯 살

레이먼드 루이스. 아직도 믿어지지 않는다. 하지만 나는 그를 보자마자 그가 나에게 딱 맞는 남자임을 깨달았다. 그는 착하고 부드럽고 똑똑하며 나를 무척이나 존중해 준다.

그와 함께 자식을 낳고 싶다.

이제 그것이 나의 소원이다.

180. 아마겟돈 전투

떠돌이 영혼들이 몰려온다. 우리는 전에 잉카의 떠돌이 영혼들과 싸웠을 때처럼 그들의 고통을 이해함으로써 그들을 진정시키려고 애쓴다. 하지만 이 영혼들은 우리의 연민을 느끼지 못하는 듯하다. 첫 번째 공격으로 우리가 얼마나 강한지를 가늠해 보고 나서 두 번째 공격을 위해 다시 결집한다.

「이번엔 연민만으로 안 되겠어. 우리에겐 더 강력한 무기가 필요해.」

라울이 그렇게 말하자 프레디는 상황을 검토하고 나서 소리친다.

「사랑이야! 사랑을 사용하자. 저들은 매 맞는 아이들처럼 사랑받는 데 익숙지 않아. 저들은 매를 맞고도 어리석은 짓을 계속하는 아이들과 같아. 매를 맞는 데 이골이 난 자들이지. 하지만 우리가 저들을 사랑하면 저들은 당황하게 될 거야.」

우리는 서로에게 바싹 다가들어, 우리의 손바닥이 환하게 빛난다. 빛은 우리의 오른손에서 나온다(왼손잡이인 매릴린을 제외하고). 우리는 우리의 모든 사랑으로 떠돌이 영혼들을 감화시킬 준비를 한다.

이고르가 다시 명령을 내린다.

「공격!」

그들이 밀집 대형으로 돌진해 온다. 우리는 사랑의 빛살을 내쏜다. 프레디 말마따나 떠돌이 영혼들이 당황하는 기색을 보이며 제자리에 멈춰 선다. 기습 효과가 완벽하다. 어떤 영혼들은 우리에게 와서 우리를 통과하여 천국으로 올라간다. 그들은 거기에서 심판을 받고 환생의 순환을 다시 시작할 것이다.

이고르는 후퇴를 명령한다. 영혼들은 다시 결집하여 그들 자신의 무기를 만들어 내기로 결정한다. 그들이 우리의 사랑에 맞서기 위해 증오를 무기로 내세운다.

뛰어난 전략가인 이고르는 과거의 전쟁 영웅이었던 영혼답게 가장 증오심이 강한 영혼들을 선두에 배치한다. 그들이 쏘아 대는 증오의 화살에 맞서 우리는 사랑의 빛을 내뿜는다. 그들은 온갖 원한, 지난 삶에서 겪은 고통의 기억을 한데 모아 초록색 빛살을 만들어 낸다. 그 빛살이 우리의 파란 빛살과 치열하게 맞부딪는다.

적들은 완강하다. 우리는 초록색 빛살을 피해 뒤로 물러선다. 이고르는 벌써 다음 공격을 준비하고 있다.

「다른 방어 무기가 있어야겠어. 그렇지 않으면 우리가 저들의 증오에 당하고 말 거야.」

프레디의 말에 이번에는 프레디가 아니라 내가 먼저 안을 낸다.

「유머가 무기가 될 거야. 사랑을 검으로 삼고 유머를 방패로 삼자고.」

유령들의 공격이 다시 시작된다. 우리는 내 신호에 따라 정신으로 유머의 방패를 만들어 왼손에 힘껏 그러쥔다(다만 매릴린 먼로만은 앞서 말한 이유로 오른손을 사용한다).

이번엔 그들의 증오가 우리에게 닿지 않는다. 오히려 가장 사나운 자들에 속하는 50여 떠돌이 영혼들이 우리의 사랑에 감화를 받아 천국의 소용돌이로 빨려 들어간다. 매릴린은 희망을 되찾고 우리의 새로운 구호가 될 이 말을 소리 높여 외친다.

「사랑을 검으로, 유머를 방패로.」

이고르가 후퇴를 명령하자, 영혼들은 즉시 그의 주위에 모여 우리의 유머에 대항할 무기를 찾아낸다. 조롱이 바로 그것이다.

이제 그들의 표어는 〈증오를 검으로, 조롱을 방패로〉이다.

「공격!」

이고르의 명령에 따라 그들이 다시 공격해 온다.

181. 백과사전

무기

〈사랑을 검으로, 유머를 방패로.〉

에드몽 웰스, 『상대적이며 절대적인 지식의 백과사전』 제4권

만일 우리가 이 전투에 져서 떠돌이 영혼들이 빨간 행성을 발견하게 된다면, 그들의 증오와 어두운 생각들이 바이러스처럼 우주에 퍼져 나갈 것이다. 빨간 행성을 정복하고 난 뒤에 그들은 다른 은하들을 차례로 찾아다니면서 모든 것을 오염시킬 것이기 때문이다.

이 전투에는 참으로 중요한 것이 걸려 있다. 조즈의 지도천사가 외계인들에 관한 정보를 유포하지 않기를 바랐던 이유를 알 것 같다. 아무리 비밀의 시대가 끝났다고는 하지만, 어떤 정보들은 대단히 신중하게 전달될 필요가 있는 것이다.

떠돌이 영혼들의 군대가 다가든다. 묵시록의 광경이다. 독일 작곡가 카를 오르프의 칸타타 「카르미나 부라나」가 내 귓전을 울리는 듯하다.

저들이 또 무슨 꿍꿍이를 꾸미는 거지? 그들은 전투에 돌입하려다 말고 멀찍이 멈춰 서더니 자기들의 팔을 총처럼 내밀어 우리를 겨냥한다.

「발사!」

이고르가 명령을 내린다.

우리는 가까스로 우리의 유머 방패 뒤로 숨는다. 우리가 사랑의 빛살을 쏘아 반격을 가하자 그들은 조롱의 장벽 뒤로 숨어 버린다.

절망에 빠진 넋들과 미치광이 넋들로 이루어진 또 다른 무리가 나타난다. 그들에게는 사랑도 유머도 통하지 않는다.

「돌격!」

이고르가 다시 부르짖는다.

광기로 강화된 증오가 물결처럼 밀려와 우리의 유머 방패에 부딪힌다. 넷이서 저토록 많은 영혼들에 맞선다는 건 어려운 일이다. 미치광이들이 우리를 조롱한다. 이고르는 조롱이 방어의 무기일 뿐만 아니라 공격에도 사용될 수 있음을 깨달은 모양이다. 우리는 방패를 가지고 거북 모양의 진을 친다. 그들의 조롱이 물수제비를 뜨듯 우리의 방패 위로 잠방거리며 지나간다.

어떤 영혼이 특별히 매릴린 먼로를 노리고 고약한 조롱을 보낸다. 다른 쪽에서 오는 공격을 막느라고 정신이 없던 매릴린이 그 공격에 약간 충격을 받았다. 매릴린은 자기가 배우로서 재능이 있었다고 확신하기 때문에 누가 자기 재능을 의심하는 소리를 하면 절대로 견디지 못한다. 프레디는 그녀의 사기를 올려 주려고 애쓴다. 우리는 사랑의 빛살이 더욱 강해지도록 저마다 자기의 전생에서 겪은 가장 아름다운 일을 생각한다. 나는 내 지난 삶의 여인 로즈와 나를 하나로 묶어 준 사랑에 대해서 생각한다.

「돌격!」

이고르의 외침이 다시 들려온다.

우리는 방패를 내리고 그들에게 사랑의 빛살을 빠르게 쏘아 댄다. 다시 우리에게 투항하는 자들이 생겨난다. 이제 그 영혼들을 빨아들이기만 하면 된다. 그들은 우리의 등 아래쪽으로 들어와서 척주를 타고 올라간 다음 정수리를 통해 다시 빠져나간다. 천국을 향한 발사대인 우리 심령체의 척주에, 구원해야 할 영혼들이 붐빈다. 하지만 그러는 동안에는 다른 영혼들의 공격으로부터 우리의 측면을 방어할 수 없어서 우리의 대형이 깨지고 말았다.

우리는 따로따로 흩어져서 치열한 육박전을 벌인다. 사랑한 방으로 공격을 하고 유머 한 방으로 방어를 하면서, 척주를 통해 계속 영혼들을 천국으로 보내야 한다.

「힘내.」

라울이 그렇게 나를 격려하면서, 내 등에 달라붙어 있던 타락한 천사 하나를 떼어 낸다. 떠돌이 영혼들보다 훨씬 강력한 이 타락한 천사가 내 지난 삶의 가장 고통스러운 기억으로 나의 안정을 흩뜨리고 있던 터였는데, 때마침 라울이 와준 것이다. 우리에게 무릎을 꿇은 영혼들이 우리의 등골을 타고 천국으로 올라갈 때, 우리가 조심해야 할 것이 하나 있다. 그들이 자기들의 고통을 우리에게 전달하면서 우리를 약하게 만든다는 것이다.

정면에 적의 원군이 출현했다. 떠돌이 영혼 수십 위가 다시 우리를 둘러싼다.

「사랑의 빛살을 더 강하게 쏘아야 할 텐데 어떻게 하지?」

「잠시 눈을 감아.」

프레디가 그렇게 말하면서 어떤 이미지들을 우리에게 보낸다. 강렬한 섬광처럼 우리에게 전해져 온 그것들은 인류가 이룩한 가장 아름다운 것들의 이미지다.

라스코 동굴의 벽화, 알렉산드리아 도서관, 바빌론 왕 세미라미스의 고가(高架) 정원, 로도스섬의 초대형 조각상, 이집트의 덴데라 유적지, 페루의 쿠스코주, 마야의 도시들, 구약 성서, 신약 성서, 피아노 건반의 원리, 앙코르의 사원들, 샤르트르 대성당, 요한 제바스티안 바흐의 「토카타」, 비발디의 「사계」, 피그미들의 다성 음악, 모차르트의 「레퀴엠」, 레오나르도 다빈치의 「모나리자」, 마요네즈, 선거권, 몰리에르의 연극, 윌리엄 셰익스피어의 연극, 발리섬의 타악기 연주단, 에펠 탑, 인도의 탄두리 요리, 일본의 초밥, 자유의 여신상, 간디의 비폭력 혁명, 아인슈타인의 상대성 이론, 민간 구호 단체〈세계의 의사들〉, 프랑스의 영화감독 멜리에스의 영화, 모차렐라치즈, 스탠리 큐브릭의 영화, 미니스커트의 유행, 로큰롤, 비틀스, 제너시스, 예스, 핑크 플로이드, 몬티 파이선의 개그, 영화「갈매기의 꿈」과 닐 다이아몬드의 영화 음악, 해리슨 포드가 주연한「스타 워스」의 첫 번째 3부작, 필립 K. 딕의 소설, 프랭크 허버트의 소설『듄』, 톨킨의『반지의 제왕』, 컴퓨터, 시드 마이어의 게임〈문명〉…… 수많은 이미지들이 쏟아져 나온다. 모두 인간의 재능과 우주에 대한 인간의 기여를 증명하는 것들이다.

「이해가 안 가는군요, 프레디. 인류를 이렇게 긍정적으로 평가하고 있으면서 왜 전에 인류는 구원받을 수 없다고 했죠?」

「인류에게 아무런 희망을 걸지 않는다 해도 인류가 성취한 것을 인정할 수는 있는 걸세.」

이고르는 자기 군대의 사기를 고쳐시키기 위해, 프레디가 사용한 방법을 거꾸로 이용한다. 즉, 그는 떠돌이 영혼들과 타락한 천사들에게 인류가 저지른 가장 추악한 사건들과 인류를 가장 고통스럽게 한 것들의 이미지를 보낸다. 원시 부족들의 전쟁, 노상강도의 노략질, 최초의 포환, 알렉산드리아 도서관의 화재, 흑인 노예들을 실은 배, 마피아, 부정부패를 일삼는 정부들, 포에니 전쟁, 불타는 카르타고, 생바르텔미 축일의 대학살, 베르됭의 참호, 아메리카 원주민 대학살, 아우슈비츠와 트레블링카와 마이다네크의 유대인 수용소,

마약 밀매자들, 파리 지하철의 테러, 물새들을 죽게 하는 바다의 기름띠, 현대 도시의 스모그, 시청자들을 멍청이 취급하는 텔레비전 프로그램, 페스트, 한센병, 콜레라, 에이즈, 그 밖의 새로운 질병들…….

이고르는 그들에게 자기들의 온갖 고통, 온갖 불행, 온갖 실패를 떠올리라고 부추긴다. 증오와 경멸을 가득 품은 그들이 사기가 충천하여 우리에게 몰려든다. 우리는 공격자들의 수에 압도되어 뒤로 물러난다. 그들의 조롱이 먹혀들기 시작하면서, 우리의 사랑의 빛살이 강렬함을 잃어 간다. 우리가 빨아들이는 떠돌이 영혼 하나하나가 우리의 동요를 부채질한다. 그러자 난데없이 이런 질문이 내 정신에 끼어든다. 〈대체 내가 지금 뭘 하고 있는 거지?〉

나는 지상에 있는 두 의뢰인 자크와 비너스에 대해 생각을 집중하려고 애쓴다. 그러나 벌써 그들의 운명에 대한 관심이 시들해지기 시작한다. 그들은 얼간이들이다. 그들의 기도는 무가치하고 그들의 소망은 한심스럽다. 에드몽이 강조한 것처럼, 〈그들은 자기들의 행복을 세우려 하기보다는 불행을 줄이려고 할 뿐이다〉.

나는 여전히 사랑의 빛살을 뿌려 대고 있다. 하지만 이런 걸 해서 뭐 하나 하는 생각이 자꾸 든다. 적들이 일제히 쏘아 대는 조롱의 화살을 피하려고 무진 애를 쓰는데도, 비너스는 까다로운 새침데기일 뿐이고 자크는 자폐증 환자일 뿐이라는 생각이 든다. 그런 인간들을 위해 내가 애를 써야 할 이유가 무엇이란 말인가?

적군이 마지막 공격을 가하기 위해 대열을 정비하고 있다. 수적으로 볼 때 20 대 1로 우리가 완전히 열세다.

「항복할까요?」

매릴린이 묻자 프레디가 대답한다.

「아냐. 하나라도 더 천국에 보내야 해. 저들이 얼마나 고통받고 있는지 자네도 느끼잖아?」

「프레디, 어서 농담 하나 해요!」

라울이 소리친다.

「에…… 프라이팬에서 익어 가고 있는 두 오믈렛의 이야기야. 한 오믈렛이 다른 오믈렛에게 말했어. 〈이봐요! 여기 너무 뜨겁다고 생각하지 않으세요?〉 그러자 그 다른 오믈렛이 소리치기 시작했어. 〈살려 줘요! 내 옆에 말하는 오믈렛이 있어요!〉」

우리는 마지못해 웃는다. 하지만 우리의 방패를 다시 강하게 만드는 데는 그것으로 충분하다. 프레디가 이야기를 계속한다.

「어떤 사람이 의사에게 진찰을 받으러 가서 말했어. 〈선생님, 저는 건망증이 너무 심해요.〉 〈언제부터 심해졌죠?〉 하고 의사가 물으니까 그 사람이 대답했어. 〈언제부터라뇨? 뭐가요?〉」

다행히도 프레디는 짤막한 농담들을 많이 알고 있다. 정말로 웃고 싶은 기분을 들게 하는 이야기들은 아니지만, 그래도 이 끔찍한 상황에서는 그 짤막한 두 농담이 너무나 엉뚱한 느낌을 주어서 우리는 그 덕분에 다시 자신감을 얻는다.

맞은편의 분위기는 웃음과는 너무 거리가 멀다. 이고르는 묵시록의 기사라도 되는 양, 마녀와 고문관의 영혼을 양옆에 거느리고 이리저리 바쁘게 돌아다니며 떠돌이 영혼들을 독려하고 있다. 그는 매릴린에게 케네디와 관련된 사건에 관한 모욕적인 조롱을 보낸다. 그 공격이 적중했다. 매릴린의 빛이 사그라진다. 매릴린은 타락한 천사로 변하여 적진에 가담하더니 이제는 초록색 빛으로 우리를 공격해 온다. 그녀는 우리의 약점을 잘 알기 때문에 우리에게 가장 큰 타격이 되는 곳을 집중적으로 노린다.

유대인 수용소의 이미지들이 프레디에게 쏟아진다. 그는 농담으로 반격을 가하려 하지만 이미 기력이 빠져 버렸다. 그의 사랑의 검은 쪼그라들고 유머의 방패는 물렁물렁해진다. 그도 굴복해서 매릴린에게로 간다.

나는 멕시코인들에게 포위되었던 알라모 요새의 마지막 병사들, 로마군들에게 포위되었던 마사다의 전사들, 터키군에 포위되었던 비잔티움의 병사들, 그리스군에게 포위되었던 트로이아의 병사들, 알레시아에서 율리우스 카이사르에게 포위되었던 베르킨게토릭스가 무엇을 느꼈을지 알 것 같다. 우리에겐 원군도, 마지막 기병도, 최후의 방책도 없을 것이다.

「버텨야 돼.」

라울이 쉰 듯한 목소리로 외친다. 하지만 그의 유머 방패에서 빛이 사위어 가고 있다.

「자네 뭐 우스갯소리 할 것 없어?」

183. 자크, 스물여섯 살

완두콩 통조림들이 떨어지면서 내 머리를 강타했다. 정신이 얼떨떨하다. 나는 다시 정신을 차리려고 애쓴다. 큰 혹이

하나 생길 모양이다. 이마에서 피가 난다. 식료품 가게 주인
이 나를 가게 뒷방으로 질질 끌고 가서 긴급 구조대에 전화
를 한다.

「가서 저 가련한 총각 좀 도와줘요.」

어떤 부인이 그렇게 말하자, 나탈리 김은 내가 이렇게 된
게 자기 잘못이라며 미안해서 어쩔 줄을 모른다. 나는 그녀
에게 아니라고 말하고 싶지만, 목이 잠겨서 더 이상 말이 나
오지 않는다.

184. 원군

이제 끝이다. 오른손에 든 사랑의 검은 녹슨 주머니칼처
럼 되어 버렸고, 왼손에 든 유머의 방패는 구멍 난 냅킨이나
다름없다.

매릴린과 프레디가 타락한 천사로 변한 것이 마음 아프다.
영계 탐사의 대모험 초기에 그랬듯이, 이젠 라울과 나밖에
없다. 우리는 서로 등을 맞댄 채 떠돌이 영혼의 무리에 맞서
있다.

이고르가 비웃음을 흘리고 있다. 그때 라울이 소리친다.

「너와 내가 하나 되어 바보들을 물리치자!」

우리의 옛날 구호를 들으니 다시 힘이 솟는다. 하지만 우
리가 얼마나 더 버틸 수 있을까? 매릴린의 조롱이 너무나 신
랄해 더 이상 싸울 의욕이 없다. 이고르가 증오의 검을 높이
들고 나에게 마지막 일격을 가하려 한다. 나도 적의 진영으
로 넘어갈 판이다. 내가 막 적진으로 움직이려 하는데, 갑자
기 멀리서 작은 빛이 하나 보인다. 빛은 점점 커지고 있다. 에

드몽 웰스다. 그가 열 명의 천사를 대동하고 우리를 도우러 나타난 것이다. 그와 함께 온 천사들은 다름 아닌 호르헤 루이스 보르헤스, 존 레넌, 슈테판 츠바이크, 앨프리드 히치콕, 마더 테레사, 루이스 캐럴, 버스터 키턴, 라블레, 카프카, 에른스트 루비치 등이다.

그들은 사랑의 포탄을 쏘고 유머의 기관총으로 일제 사격을 한다. 떠돌이 영혼들이 허둥지둥 물러난다. 그들의 조롱은 더 이상 나에게 미치지 않는다. 내 손에 온기가 되살아나고 내 손바닥에서 사랑의 빛살이 흐드러지게 쏟아져 나온다. 에드몽 웰스는 나에게 그의 『상대적이며 절대적인 지식의 백과사전』에 나오는 경구 하나를 상기시킨다. 〈단지 그들의 신경을 거스르기 위해서라도 네 원수를 사랑하라.〉 나는 이고르에게조차 연민을 느끼려고 노력한다.

이고르가 깜짝 놀라서 꼼짝하지 않는다.

내 연민이 통하는 모양이다. 떠돌이 영혼들이 후퇴한다. 매릴린과 프레디는 우리 진영으로 돌아온다.

에드몽 웰스는 떠돌이 영혼들을 아주 노련하게 빨아들인다. 멋지다! 나의 지도 천사가 이토록 싸움에 능한 줄은 미처 몰랐다. 이 아마겟돈의 전투가 끝나 가고 있다. 조금 있으면 가장 사나운 몇몇 유령만 우리 앞에 남게 될 것이다. 이고르는 여전히 그들의 선두에 있다. 그가 나에게 소리친다.

「당신은 나를 쓰러뜨리지 못해. 나는 인류에 대한 증오심으로 똘똘 뭉쳐 있어서 당신의 사랑에 굴복하지 않아.」

「두고 보면 알겠지.」

나는 그에게 그의 전생을 상기시킨다. 그때는 그가 최초의 타나토노트인 나의 친구 펠릭스 케르보스였음을. 하지만 그는 전생에서도 자기 어머니의 학대를 받은 바 있다. 생을 거듭하며 계속되는 그토록 많은 불행이 그의 분노를 격화시킨다.

「이고르에게는 증오가 너무 많이 쌓였어. 사랑으로는 더 이상 그를 구할 수 없어.」

라울이 한숨을 내쉰다. 그러나 나는 단념하지 않는다. 그때 문득 악착같이 버티고 있는 적들 속에서 한 유령이 내 눈길을 끈다. 바로 이고르의 어머니이다. 그녀는 간경화로 최근에 죽었는데 이고르의 아버지에 대한 증오 때문에 천상에 올라가지 않고 이렇게 떠돌이 영혼이 된 것이다. 나는 마침 잘됐다고 생각하며 이고르에게 어머니의 존재를 알려 준다. 그는 불같이 화를 내며 어머니 쪽으로 돌진한다. 두 영혼이 인정사정없는 육박전을 벌인다. 하지만 둘의 증오심이 엇비슷해서 승부는 쉽게 나지 않는다. 우리는 그들이 맞붙어 싸우는 틈을 타서 마지막 남은 떠돌이 영혼들을 천국으로 보낸다. 이제 남은 것은 이고르와 그의 어머니뿐이다. 그들은 지칠 대로 지쳐 있다.

「저 두 영혼은 지금까지 열세 번의 삶을 거쳐 오면서 저렇게 서로 싸우고 있네.」

에드몽 웰스가 나에게 알려 준다.

둘 중에 어느 누구도 상대를 제압할 수 없게 되자, 그들은 서로 이야기를 하기 시작한다. 우선 그들은 서로에게 비난을 퍼붓는다. 열세 번의 삶에 걸친 배은망덕과 배신, 비열한 짓, 악의 등으로 피차간에 빚이 너무나 많다. 그래도 이제 그들은 이야기를 나누고 있다. 두 영혼은 자식 대 어머니로서가 아니라 대등하게 마주보고 있다.

분노 다음에 피로가 오고 서로의 잘못에 대한 해명이 이어지다가, 두 영혼은 마침내 사과를 하기에 이른다.

「엄마!」

「이고르!」

그들은 서로를 꼭 껴안는다.

「미카엘. 이제 자네가 나서야 하네. 자네가 맡은 영혼 중 하나가 아닌가.」

나는 내 투명한 척주를 통해 그 모자를 빨아들여 정수리를 통해 내보낸다. 그들은 환한 빛을 내면서 천국으로 올라간다.

「자네 의뢰인 중에 처음으로 심판을 받을 영혼이 저기 올라가고 있네.」

「이고르를 변호하러 바로 올라가야 하나요?」

「아냐. 아직 시간은 충분해. 이고르는 먼저 일곱 천계를 통과해야 하고 줄을 서서 심판을 기다려야 하네. 그보다 더 급한 일이 자네를 기다리고 있네. 서두르게. 지상에 있는 자네 두 의뢰인에게 새로운 일이 벌어지고 있네.」

185. 백과사전

바보들의 결탁

1969년에 존 케네디 툴은 『바보들의 결탁』이라는 책을 썼다. 이 제목은 조너선 스위프트의 다음과 같은 말에서 착상된 것이다. 〈어떤 진정한 천재가 이 세상에 나타났음은 바보들이 단결해서 그에 맞서는 걸 보면 알 수 있다.〉

툴은 자기 소설을 출간해 줄 출판사를 찾다가 실패하자, 지치고 낙담하여 서른두 살에 자살을 선택했다. 그의 어머니는 아들의 시신 발치에서 그 원고를 발견했다. 어머니는 원고를 읽어 보고 나서 자기 아들이 인정을 받지 못한 것은 부당하다고 생각했다. 그리하여 어떤 출판사를 찾아가 사무실에서 농성을 벌였다. 그녀는 샌드위치만 먹어 가며 뚱뚱한 몸으로 사무실의 출입구를 막았다. 사장은 자기 사무실에 드나들 때마다 힘겹게 그녀를 넘어 다녀야 했다. 사장은 그 농성이 오래가지 않으리라고 확신했다. 하지만 툴의 어머니는 끈질기게 버텼다. 출판사 사장은 결국 두 손을 들고 그 원고를 읽어 보겠다고 약속했다. 그러면서 그는 원고가 좋지 않다고 판단되면 출간하지 않겠다고 미리 쐐기를 박았다.

그는 원고를 읽어 보고 대단히 훌륭하다고 생각해서 그것을 출간하였다. 그 해에 『바보들의 결탁』은 퓰리처상을 받았다.

이 이야기는 여기서 끝나지 않는다. 1년 후 이 출판사에서 존 케네디 툴의 새 소설 『네온의 성서』가 출간되었고, 나중에 그것을 토대로 영화가 만들어진다. 그다음 해에는 세 번째 소설이 출간된다.

자기의 유일한 소설을 출간해 줄 출판사를 찾지 못해서 자살한 사람이 어떻게 계속 소설을 낼 수 있었던 것일까? 그 사정은 이러하다. 그 출판인은 존 케네디 툴이 살아 있을 때 그를 발견하지 못한 것이 너무나 아쉬웠던 나머지, 툴의 책상 서랍을 뒤져 거기에 있던 모든 것을 출간하였다. 단편소설은 물론이고 학창 시절의 작문까지도.

에드몽 웰스, 『상대적이며 절대적인 지식의 백과사전』 제4권

186. 한순간

천국에 돌아왔다. 자크가 최근에 나탈리 김을 만났다. 내 의뢰인이 라울의 의뢰인을 만난 것이다! 우연의 일치다. 신

의 의지에서 나온 우연도 있지만 인생의 우여곡절에 기인한 진짜 우연도 있는 법이다. 라울과 나는 그 후의 진행 과정을 지켜보기 위해서 각자의 구체를 손에 들고 마주 앉았다. 구체들이 환하게 빛난다. 라울이 말했다.

「아. 이 인간들! 나를 가장 난처하게 하는 것은 짝을 찾으려는 이들의 욕구야. 인간들은 자기들이 누구인지도 모르면서 서둘러 커플이 되려고 하지. 대개는 고독이 두려워서 그러는 거야. 젊은이들이 스무 살에 결혼하는 것은 2층까지만 지어진 두 건물이 함께 높아지기로 결정하는 것과 같아. 그들은 언제나 사이가 좋을 거라고 확신하지. 그래서 자기들이 지붕에 도달할 때까지 둘 사이에 언제나 다리가 놓여 있을 거라고 생각해. 그런데 성공할 가능성은 대단히 적어. 그래서 이혼이 늘어나는 거야. 사람들은 의식이 진화해 가는 단계에 따라 각각 다른 파트너가 필요하다고 생각해. 사실 하나의 커플이 이루어지려면 네 가지 요소가 필요하지. 한 남자와 그가 지니고 있는 여성성, 그리고 한 여자와 그녀가 지니고 있는 남성성이 바로 그거야. 완전한 두 존재는 자기에게 없는 것을 상대에게서 구하지 않아. 그런 사람들은 어떤 이상적인 여자나 이상적인 남자에 대한 환상을 품지 않지. 자기들 안에서 이미 이상적인 여자나 이상적인 남자를 찾아냈기 때문이야.」

「자네 이제 에드몽 웰스를 닮아 가는 거야? 말하는 품을 보아하니 조만간 백과사전 하나 쓰겠는걸.」

내가 그렇게 농담을 했지만, 라울은 짐짓 못 들은 척하고 말을 잇는다.

「두 사람 사이에 지금 무슨 일이 벌어지고 있지?」

「이야기를 나누고 있어.」

「자크는 어때?」

「그리 좋지 않아. 머리에 붕대를 감고 있어.」

187. 자크, 스물여섯 살

나는 머리에 붕대를 감고 있다. 하지만 벌써 한결 나아졌다. 나탈리 김의 말소리가 멀리서 들린다.

「선생님 책에서 비만증 걸린 고양이가 온종일 텔레비전을 보면서 지낸다는 이야기를 읽었을 때 얼마나 많이 웃었는지 몰라요…… 그런 것들을 다 어떻게 생각해 내시는 거죠?」

나는 조그만 외발 탁자 너머로 그녀를 바라본다. 그녀에게서 눈을 뗄 수가 없다. 가슴이 두근거린다. 무슨 말을 하고 싶은데 말이 나오지 않는다. 하는 수 없다. 머리에 붕대를 감고 있다는 게 핑계가 되겠지. 나는 그녀의 말에 귀를 기울인다. 시간이 정지된 느낌이다. 그녀를 이미 알고 있었던 듯한 느낌이 든다.

「오래전부터 도서전에서 뵐 수 있기를 바랐는데, 거기에 자주 오시지 않나 봐요. 그렇죠?」

「저…… 저는…….」

「천국과 저승에 대한 관심은 어디에서 온 거죠?」

나탈리는 생각에 잠긴 표정으로 녹차를 몇 모금 마신다.

「어떤 인터뷰에서 꿈을 많이 활용한다고 말씀하신 것을 읽은 적이 있어요. 그런데 이런 말씀드리면 어떻게 생각하실지 모르지만, 선생님의 꿈이 제 꿈과 비슷해요. 최근에 내신 책을 읽었는데, 천국을 제가 상상하던 것과 똑같이 빛의 소용돌이로 묘사한 것을 보고 놀랐어요.」

「저…… 저는…….」

그녀는 내가 무슨 말을 하려는지 다 안다는 듯 기다란 검은 머리칼을 흔든다.

마침내 나의 말문이 트이면서 우리는 오랫동안 이야기를 나눈다. 이야기를 하다 보니 서로의 삶이 비슷하다는 생각이 든다. 나탈리가 사귄 남자들은 모두 그녀를 실망시켰다고 한다. 그래서 혼자 사는 것을 선택했다는 것이다.

「오래전부터 선생님을 알고 있었다는 느낌이 들어요.」

「저도 제가 잘 아는 사람을 긴 여행 끝에 다시 만나고 있는 듯한 기분이 들어요.」

우리는 그와 같은 공통의 직감을 너무나 일찍 표현한 것이 쑥스러워서 눈길을 낮춘다. 1초 1초가 갑자기 길어진 듯하다. 마치 슬로 모션 화면을 보는 것처럼 모든 것이 느리게 진행된다.

「사실은 9월 18일 오늘이 제 생일입니다. 이렇게 이야기를 나눌 수 있게 되어 기쁩니다. 생일 선물로 이보다 더 좋은 것은 없을 것 같군요. 우리 좀 걸을까요?」

모나리자 3세가 먹이를 기다리고 있을 것이다. 하지만, 고양이 때문에 이 귀한 시간을 망칠 수는 없다.

우리는 몇 시간 동안 걸으면서 계속 이야기를 나눈다.

그녀는 자기의 일에 관해서 이야기를 한다. 그녀는 최면 치료사라고 한다.

「제 고객의 70퍼센트는 담배를 끊고 싶어 하는 사람들이에요.」

「그게 효과가 있나 보죠?」

「저한테 치료를 받으러 오기 전에 이미 담배를 끊기로 결심한 사람들에게만 효과가 있죠.」

나는 빙그레 웃는다.

「저는 치과 의사들을 돕기도 해요. 마취제를 견디지 못하는 사람들에게 최면으로 도움을 주죠.」

「마취과 의사의 일을 대신하는 건가요?」

「맞아요. 예전엔 이를 뺄 때 환자들이 피를 흘리지 않도록 최면을 걸었어요. 그랬더니 혈전(血栓)이 형성되지 않고 상처가 아물지 않았어요. 그래서 지금은 〈세 방울, 딱 세 방울만〉 흘리라고 그들에게 요구를 하지요. 우리의 뇌는 정말 모든 것을 통제할 수 있는 것 같아요. 그렇게 최면을 걸면 정말 피가 세 방울밖에 흐르지 않아요.」

「그런 것 말고 최면을 이용해서 하는 다른 일은 없나요?」

「최면 상태에서 사람들을 과거로 거슬러 올라가게 하는 일도 해요. 그 사람들의 〈버그〉, 즉 그들을 실패 상황으로 몰아넣은 프로그래밍의 결함을 찾아내는 거죠. 그것으로 충분하지 않을 때는 그들의 전생으로 〈버그〉를 찾으러 갈 때도 있어요. 아주 재미있는 일이죠.」

「농담처럼 들리는데요.」

「그게 조금 이상해 보일 수 있다는 걸 알아요. 저도 아직 결론을 못 내리고 있어요. 하지만 제 환자들을 엄밀하게 관찰해 보면, 그들이 자기들의 전생에 관한 이야기를 아주 상세하게 하고 나면, 건강이 한결 좋아진다는 것을 확인하게 돼요. 그들의 이야기가 사실인지 아닌지 확인할 필요는 느끼지 않아요. 그들이 이야기를 한다는 것 자체가 중요하죠. 그것만으로도 하나의 치료가 되니까요.」

그 말끝에 그녀가 빙그레 웃는다.

「저는 비합리적인 것에 빠져드는 사람들을 많이 봤어요. 신비주의자들, 약장수들, 영감을 받았다는 사람들, 어떤 계시를 받았다는 사람들 등등을요. 여러 클럽이며 단체, 조합, 교단들도 찾아가 봤어요. 저 나름대로는 구도의 순례를 했던 셈이죠. 제 생각에는 그런 일들에도 약간의 직업 윤리가 도입되어야 할 것 같아요.」

그녀는 자기의 전생에 관해서 이야기한다. 그녀는 발리섬의 무용수였고, 그 전에도 사람과 동물과 식물과 광물로서 숱한 삶을 살았다고 한다.

「저는 이런 생각도 해요. 빅뱅이 있기 전에 다른 차원, 우리 우주와 쌍둥이인 다른 우주에서 태어난 적이 있을 거라고 말이에요.」

그녀의 이야기가 꾸며 낸 것이든 아니든 그건 중요하지 않다. 어쨌거나 그녀와 함께 있으면 기나긴 겨울밤에 불가에 앉아 오순도순 재미있는 이야기를 나눌 수 있을 거라는 생각이 든다. 그녀에게선 배울 게 많을 것이다. 어쩌면 매일 대여섯 시간씩 이야기를 나눈다 해도, 그녀가 알고 있는 것을 다 이야기하기에는 이 한 번의 삶이 부족할지도 모른다.

나는 눈을 감고 내 입술을 그녀의 입술 쪽으로 접근시킨다. 이건 위험한 내기다. 따귀를 한 대 맞을 수도 있고, 아니면⋯⋯.

그녀의 입술이 내 입술을 스친다. 그녀의 검은 눈동자가 반짝인다.

나탈리. 나탈리 김.

22시 56분에 나는 그녀의 손을 잡는다. 그녀도 내 손을 꼭

쥔다.

22시 58분에 나는 더 깊은 입맞춤을 시도한다. 그녀도 내 시도에 화답한다. 나는 내 몸을 그녀의 몸에 밀착해서 그녀의 몸이 어떤 모습인지를 가늠한다. 그녀가 나를 더욱 세게 껴안는다.

「아주 오랫동안 당신을 기다렸어요.」

그녀가 내 귀에 대고 속삭인다.

내가 그동안 글을 써온 것이 오직 이 순간을 맞이하기 위한 것이었다는 생각이 든다. 나의 모든 실망, 나의 모든 실패가 일거에 스러지는 듯하다.

22시 59분에 나는 내 생애에서 처음으로 〈어쩌면 여기가 바로 내 행성일지도 몰라〉 하고 생각한다.

188. 백과사전

실화와 설화

학교에서 가르치는 역사는 왕들의 역사고 전쟁과 도시의 역사다. 하지만 그것은 유일한 역사가 아니다. 1900년까지 세계 인구의 3분의 2 이상은 도시 밖에서, 즉 농촌과 숲과 산과 바닷가에서 살았다. 전투들은 전체 인구의 아주 작은 부분하고만 관계가 있었다.

하지만 역사는 기록을 요구하고, 기록자는 대개 사관(史官)이나 지배자의 명령을 받는 사가(史家)였다. 그들은 왕이 이야기하라고 하는 것만 이야기했고, 왕의 관심사인 전투와 왕가의 혼인과 왕위 계승의 문제 등에 대해서만 기록했다.

농촌의 역사는 거의 무시되었다. 기록자를 둘 수도 없고 직접 쓸 줄도 모르는 농부들은 자기들이 겪은 일을 구비(口碑)의 형태로, 이를테면

민담이나 전설이나 노래나 격언이나 농담의 형태로 전승하였다.

공식적인 역사는 인류의 진화에 관한 다원주의적 관점, 즉 유능한 자는 선택되고 무능한 자는 사라진다는 관점을 우리에게 제안한다. 이런 관점에서 보면 오스트레일리아의 원주민과 아마조니아 숲의 주민들, 아메리카 원주민, 파푸아 사람들은 역사적으로 잘못을 범한 것이다. 군사적으로 약자였기 때문이다. 하지만 이른바 원시 부족이라 불리는 이들은 그들의 설화와 사회 조직과 의술 등을 통해 우리에게 많은 것들을 가져다줄 수 있다. 미래에 우리가 행복해지는 데 우리에게 부족한 것들을 말이다.

에드몽 웰스, 『상대적이며 절대적인 지식의 백과사전』 제4권

189. 천사들

우리는 구체에 눈을 박고 우리 의뢰인들이 사랑을 나누는 광경을 보고 있다. 에드몽 웰스가 어느새 우리 뒤에 나타나서 한마디 한다.

「가까스로 잘못을 바로잡았군. 하지만 하마터면 일을 그르칠 뻔했어.」

190. 비너스, 서른다섯 살

아무리 노력해도 임신이 되지 않았다.

우리 둘 다 아이를 원하고 있었으므로, 레이먼드는 시험관 수정을 선택했다. 내 몸에 일곱 개의 수정란이 이식되었다. 그중 적어도 하나가 분만에까지 이르도록 하기 위해서 일곱 개를 이식한 거였다.

그 뒤로 배가 불러 왔고 내 몸매는 완전히 일그러졌다.

레이먼드가 없었다면, 그 기간이 매우 힘겨웠을 것이다. 임신 기간은 나의 폭식증 시기를 연상케 했다. 임신은 이제 껏 내가 겪었던 어떤 일보다 강렬한 경험이었다. 초음파 검 진을 통해서 나는 다섯 남아와 두 여아를 완벽하게 구별할 수 있었다. 남아들은 차분했고 여아들은 활발했다. 여아 중 의 하나는 양수 속에서 발레 동작을 보여 주기까지 했다. 아 마도 살로메의 환생인가 보다.

내 온몸이 변해 가고 있었다. 배뿐만 아니라 가슴과 얼굴 도 동글동글해졌다. 내 정신도 마찬가지였다.

의사들의 예상과는 달리 일곱 태아가 다 건강했다. 그래 서 나는 걸어가는 것보다 굴러가는 게 더 편한 커다란 드럼 통으로 변했다. 일곱 쌍둥이, 이건 정말이지 운명이 우리에 게 마련해 줄 수 있는 가장 멋진 유머다. 내가 쌍둥이 오빠 때 문에 겪었던 문제를 어떻게 이보다 더 잘 해결할 수 있겠 는가?

드디어 분만의 날이 왔다. 레이먼드는 제왕 절개를 해서 일곱 핏덩이들을 차례차례 꺼냈다.

나는 이제 엄마 마음을 더 잘 이해한다. 부모가 하나의 직 업이라면, 이 직업에서는 성공하기가 불가능하다. 그저 잘 못을 가능한 한 적게 하는 것으로 만족해야 한다.

레이먼드는 밤마다 일어나서 일곱 쌍둥이에게 젖병을 물 린다.

우리는 아홉 식구다. 일곱 쌍둥이는 무럭무럭 자라고 있 고 나는 집에서 아이들을 보살핀다. 레이먼드는 저녁에 돌아 올 때마다 꽃이나 초콜릿이나 아이들 장난감이나 우리가 자기 전에 침대에서 볼 비디오카세트 따위를 반드시 가져 온다.

나는 이제 무엇을 갖게 해달라거나 무엇이 이루어지게 해 달라고 빌 게 없다. 내가 바라는 건 단 하나, 내일이 또 다른 오늘이 되는 것이다. 나는 발전이나 뜻밖의 일이나 변화 같은 것은 원치 않는다. 나는 삶이 무한히 돌아가는 음반 같은 것이 되기를 바라고, 아침마다 나를 위해 시리얼과 신선한 오렌지 주스와 찬 우유와 바나나를 준비하는 레이먼드 루이 스라는 착한 남자랑 오래오래 함께 살기를 바란다.

이런 충만감을 예전엔 거의 느껴 본 적이 없다. 나는 혹시 나 나에게 뜻밖의 일이 생길 것을 저어하여 배우라는 직업을 포기했다. 아주 잘 했다고 생각한다. 사람들은 내가 늙어 가 는 모습을 보지 못할 것이고 언제나 미스 유니버스의 이미지 로만 나를 기억할 것이다.

나는 레이먼드 루이스를 사랑하고 그는 나를 사랑한다. 우리는 눈짓만으로도 서로의 마음을 안다. 우리는 일요일마 다 똑같은 장소로 소풍을 가고, 금요일마다 남편 쪽 친척들 의 푸짐한 식사에 초대를 받는다.

나는 이제 엄마를 만나지 않는다. 엄마의 변덕이 너무 심 하기 때문이다.

이제 와서 생각해 보면, 나는 늘 농부의 아내가 되기를 꿈 꾸었던 것 같다. 에이바 가드너가 말년에 그랬듯이, 정원을 가꾸고 배추와 토마토를 기르고 개들을 키우면서 자연 속에 서 사는 삶을 꿈꾸었던 듯하다.

그런데 내 미모가 그 단순한 취향을 발전시키지 못하게 만 들었다. 내 미모는 오랫동안 하나의 저주였다. 만일 다시 태어난다면, 나는 조용히 살기 위해서 못생긴 여자로 환생하는 것을 선택할 것이다. 하지만 이 생에서는 아름다운 모습으로 죽음을 맞고 싶다. 나는 늙는 것과 추해지는 것에 대한 강박 관념이 있다. 여성 배우들은 대개 추하게 늙는다. 그리고 그렇게 늙는 모습을 카메라에 몰래 담아 그녀들의 빛나는 이력에 먹칠을 하려는 파파라치들은 어디에나 있다. 나는 나의 아름다움이 시들지 않기를 바란다.

레이먼드는 나에게 프랑스 여행을 제안한다.

우리는 니스 해안의 파양스라는 작은 마을 근처에서 드라이브를 한다. 아이들은 시어머니에게 맡겨 놓고 왔다. 우리는 삽상한 공기를 만끽하기 위해 덮개를 접었다 폈다 하는 자동차를 빌렸다. 매미들의 노랫소리가 들리고, 바람에 묻어 오는 라벤더 향내가 싱그럽다.

날씨가 화창하다. 이런 날씨가 계속 되었으면 좋겠다.

191. 자크, 서른다섯 살

나탈리는 참으로 아름답다!

우리가 함께 산 지 이제 9년이 된다. 우리는 처음 만나던 날과 똑같이 살고 있다.

그녀는 지금 우리의 오래된 자동차를 운전하고 있다. 나는 한쪽 손을 그녀의 손에 올려놓고 있다. 날씨가 화창하다. 처음 만나던 순간에 시작된 우리의 대화는 지금도 계속되고 있다. 우리의 대화는 한 번도 중단된 적이 없다.

「당신은 신앙을 가진 사람이 아니라고 하니까 하는 얘긴데, 당신 삶을 당신의 자유 의지만으로 이끌어 가고 있다고 생각해?」

그녀가 밑도 끝도 없이 그렇게 묻는다.

「내 자유 의지가 가장 확실하게 발휘된 것은 나 대신 나의 삶을 결정해 주는 여자를 선택한 거라고 생각해.」

그녀가 웃는다. 그러고는 내게 키스를 하기 위해 몸을 기울인다.

192. 이런!

자크, 나탈리, 조심해! 지금은 키스할 때가 아냐!

193. 비너스

맞은편에서 오는 저 차가 왜 저러지? 지그재그로 오고 있잖아! 차선을 완전히 무시하고 있네.

194. 자크

나는 눈을 감는다. 우리는 키스를 한다.

195. 이런! 이런!

아니, 저러다가……! 나는 자크가 위험을 알아차리도록 서둘러 그의 직감을 자극한다. 라울도 부랴부랴 나탈리의 직감을 자극한다. 그러나 그들은 더욱 열정적으로 계속 입맞춤을 하고 있다.

라울과 나는 그들에게 무시무시한 섬광과 끔찍한 충돌 사고의 광경을 보낸다. 하지만 그런 이미지들은 꿈을 꾸고 있지 않으면 볼 수가 없다.

그들은 안전벨트도 매지 않았다. 빨리, 고양이를 이용하자! 나는 고양이에게 신호를 보낸다. 모나리자 3세는 뒷좌석에서 펄쩍 뛰어올라 나탈리를 발톱으로 힘껏 할퀸다.

그 교란 작전이 효과가 있었다. 나탈리는 반대 방향에서 정면으로 다가오고 있는 자동차를 보았다. 그녀는 있는 힘을 다하여 브레이크를 밟으면서 정면충돌을 피하기 위해 핸들을 꺾는다. 왼쪽에서 달리던 나탈리의 차는 바위를 스치며 멈춰 선다. 우측통행을 하던 비너스와 레이먼드는 바다 쪽으로 미끄러진다. 그들의 자동차는 벼랑길을 벗어나 허공으로 떨어진다.

196. 백과사전

돌연변이

최근에 대단히 빠른 돌연변이를 보이는 대구의 한 종(種)이 발견되어 연구자들을 놀라게 했다. 차가운 물에 사는 이 종은 따뜻한 물에서 편안하게 사는 종들보다 훨씬 많이 진화한 것으로 나타났다. 이 대구들은 차가운 물에 살면서 온도 때문에 스트레스를 받다 보니 특별한 생존 능력이 발휘된 것이 아닌가 생각된다.

그와 마찬가지로 3백만 년 전에 인류는 고도의 생존 능력을 발전시켰다. 하지만 이 능력은 온전히 발휘되고 있지 않다. 이제는 쓸모가 없어졌기 때문이다. 그렇다고 이 능력이 사라진 것은 아니다. 현대의 인간에게는 유전자 속에 감춰진 엄청난 능력이 있다. 다만 그것들을 일깨울 필요를 느끼지 않아서 다시 개발하고 있지 않을 뿐이다.

에드몽 웰스, 『상대적이며 절대적인 지식의 백과사전』 제4권

197. 비너스, 서른다섯 살

나를 위해 더 이상 할 수 있는 일이 아무것도 없다고 의사가 말하는 소리를 들었다. 차체의 금속판 조각들이 나의 중요한 기관들에 박혀 버렸다고 한다. 나는 곧 죽을 것이다.

자동차 앞 유리창의 파편들이 내 얼굴에 박혔다. 나는 아름답게 태어나 흉하게 죽는다. 언젠가 내 경쟁자에게 이런 일이 생기기를 바랐던 적이 있다. 지독한 아이러니다. 아마도 남에게 어떤 나쁜 일이 일어나기를 바라면, 그것이 천상 어딘가에 있는 장부에 기록이 되어 나중에 부메랑처럼 나에게 돌아오는 모양이다.

나의 경쟁자였던 신시아 콘웰을 까맣게 잊고 있었는데, 마지막 숨을 거두려는 이 순간에 그녀에게 생기기를 빌었던 나쁜 일을 생각하고 있다는 게 참으로 묘하다.

이제 끝이다. 나는 우리가 위험에서 벗어나 살 수 있다고 생각했다. 하지만 우리는 이 세상 어디에서도 안전하지 않다. 민주주의 국가에서, 듬직한 남편과 함께, 안전성 높은 자동차를 타고, 안전벨트도 맨 채 조심스럽게 운전을 한다 해도, 또 의술과 과학 기술이 아무리 발달했다 해도, 우리는 결코 안전하지 않다.

우리는 바캉스도 떠나지 말았어야 한단 말인가? 그저 집에만 틀어박혀 조용히 살았어야 한단 말인가?

레이먼드.

그래도 나는 한 가지 성공한 것이 있다. 내 짝을 만났으니 말이다. 이 마지막 순간에 나는 내 안에 신앙심이 가득 차오르는 것을 느낀다. 우리는 죽음이 임박해서야 하느님을 믿게 되는 것일까? 아마 그런 것 같다. 나는 작은 걱정거리들이 생겼을 때는 천사의 존재를 믿었다. 이제 큰일이 닥치고 보니, 나는 하느님의 존재를 믿고 싶다.

198. 자크, 여든여덟 살

나는 여든여덟 살이고, 내가 곧 죽으리라는 것을 알고 있다. 나는 왜 이토록 오래 살았는가? 내 〈사명〉을 완수하기 위해 그렇게 긴 세월이 필요했기 때문이다.

나는 37권의 책을 출간했다. 1년에 한 권씩 내고 싶었는데, 거의 바라던 대로 되었다.

나는 내 마지막 책을 쓰고 있다. 다른 모든 책들을 설명하고 하나로 묶어 주는 책이다. 독자들은 왜 내 소설에 언제나 같은 성을 가진 인물들이 나오는지를 이해하게 될 것이다. 따지고 보면 나의 모든 책들은 서로가 서로에 대한 확대이자 연장이었다. 나는 마지막으로 쥐에 관한 책들과 천국에 관한 책들, 뇌에 관한 책들, 그 밖의 모든 책들을 하나로 묶어 주는 요소에 대해서 설명한다.

나는 병실에 가져다 놓은 휴대용 컴퓨터를 열어 책의 결미를 마무리한 다음 마지막으로 〈끝〉이라는 말을 타자한다.

이상적인 것은 무대 위에서 죽은 몰리에르처럼 〈끝〉이라는 말을 타자하면서 숨을 거두는 것이리라. 그렇게 되기를 바랐는데, 죽음이 늑장을 부리고 있다. 그 순간을 기다리면서 나는 벌써 몇 번째 내 인생을 결산해 보고 있다. 나는 늘 소심하고 겁이 많았지만 나탈리를 만남으로써 많은 것이 달라졌다. 나는 고독에서 벗어나는 데 성공하였고, 그녀와 더불어 〈1+1=3〉이라는 마술적인 방정식을 실현하였다.

우리는 둘 다 독립적이면서 상호 보완적이다. 우리는 상대를 자기에 맞추어 변화시키려 하기보다는 서로의 결점을 있는 그대로 받아들였다.

나탈리와 더불어 나는 진정한 커플이란 무엇인지를 알게 되었다. 진정한 한 쌍이란 〈말 없는 가운데 뜻이 서로 통하는 것〉, 즉 묵계라는 말로 요약된다. 〈사랑〉이라는 말로 표현할 수도 있겠지만, 그 말은 너무나 함부로 사용되어 이제 하나의 의미를 담을 수 없게 되었다.

묵계, 연대, 신뢰.

우리 부부에게는 그런 말들이 더 잘 어울릴 것이다. 나탈리는 언제나 나의 첫 번째 독자였고 가장 훌륭한 평론가였다. 최면술에 관심이 많은 그녀는 과거로 거슬러 올라가는 퇴행 최면을 통해, 우리가 전생에서 이미 인간과 동물로서, 심지어는 식물로서도 서로 알고 지냈다는 것을 확신하게 되었다. 내가 꽃가루일 때 그녀는 암술이었다. 그녀는 우리가 러시아에서도 고대 이집트에서도 서로 사랑하는 사이였다고 말한다. 정말 그랬는지는 알 수 없지만, 그런 생각을 하면 기분이 좋아진다.

우리는 딸 둘과 아들 하나를 낳았다. 나는 언제나 아이들의 의사를 최대한 존중하여 자기들이 하고 싶은 것을 하게 했다.

한편 나는 미래를 예견하는 자로서의 역할을 한 번도 포기한 적이 없다. 처음에는 과학을 도구로 사용하였다. 하지만 이제 나는 과학자들이 세상을 구원하지 못할 거라고 생각한다. 그들은 현재의 문제에 대한 좋은 해결책을 찾아내지 못할 것이고, 그저 나쁜 해결책으로 야기된 피해만을 지적할 것이다.

혁명가 노릇을 하기에는 너무 늦었다. 화를 내고 호통을 치는 것도 아무나 할 수 있는 일은 아닌 것 같다. 그런 능력을 타고나지 못했다면, 젊었을 때 진정으로 분노하는 방법을 배우기라도 했어야 하는데 나는 그러지 못했다. 그래서 그 일을 다른 사람들에게, 특히 나의 장녀에게 맡기려 한다. 그 아이는 반항적이고 불의를 보면 절대로 참지 못한다.

직업적으로 나는 내가 원하는 것을 모두 가졌다고 믿는다. 나는 이 사회의 역할 분담 체계에서 억압자나 피억압자가 아닌 독립적인 자가 되고 싶어 했고 실제로 그렇게 되었다. 부하도 상관도 갖지 않기 위해서 나는 그만한 대가를 치렀고, 그것을 또한 당연하게 생각한다. 나는 아이들에게 이렇게 말한 적이 있다. 〈내가 너희에게 줄 수 있는 가장 멋진 선물은 행복한 아버지의 본보기가 되는 거야〉라고.

나는 행복하다. 나탈리를 만났기 때문이다.

나는 행복하다. 뜻밖의 일들과 숱한 자아 성찰의 계기를 통해 내 삶이 끊임없이 새로워졌기 때문이다.

병원에 들어옴으로써 나는 오히려 나 자신을 망치고 있다. 새로운 의술 덕분에 더 오래 살 수 있을지는 모르지만, 하지만 나는 더 이상 아득바득 싸우고 싶은 생각이 없다. 싸움의 대상이 세균일지라도 말이다. 세균들은 드디어 내 림프구들을 상대로 한 전쟁에서 승리를 거두기에 이르렀다. 하지만 세균들은 내 창자 속에서 편안히 쉬지 못하게 될 것이다.

내 늙은 심장이 나를 서서히 놓아주고 있다. 모든 것을 반납할 때가 된 것이다. 그래서 나는 내가 받았던 것을 조금씩 돌려주었다. 내 재산은 가족과 자선 단체에 맡겼다. 내 몸은 우리 정원에 묻어 달라고 부탁했다. 그냥 묻는 것이 아니라, 발은 지구의 중심을 향하게 하고 머리는 별들을 향하도록 수직으로 묻어 달라고 말이다. 염습도 필요 없고 관에 넣을 필요도 없다. 벌레들이 나를 마음껏 파먹을 수 있도록 그냥 묻어 주기를 바란다. 그리고 내 머리 위에는 과수 한 그루를 심어 주었으면 좋겠다.

어서 자연의 순환 속에 다시 들어가고 싶다.

나는 차근차근 죽음을 준비하고 있다. 중환자가 된 지 이제 9개월이 된다. 태아가 어머니 배 속에 머무는 기간과 같다.

나는 내 옷들로부터 차례차례 벗어나고 있다. 병원에 와서 나는 외출복을 버리고 파자마를 입었다. 아기들처럼. 또 직립 자세를 포기하고 침대에 누웠다. 아기들처럼.

나는 내 이들을 돌려주었다. 아니, 내 이들은 오래전에 빠졌으니까 의치를 돌려주었다고 말하는 편이 낫겠다. 내 잇몸은 벌거숭이다. 아기들처럼.

막판에 나는 갈수록 지조 없는 동반자처럼 변해 가던 내 기억을 돌려주었다. 나는 이제 아주 먼 과거밖에는 기억하지 못한다. 이건 내가 미련 없이 떠나는 데 도움이 된다. 나는 알츠하이머병에 걸려서 식구들도 못 알아보고 내가 누구인지도 모르게 될까 봐 저어하였다. 그건 나의 강박 관념이었다. 하느님, 저에게 그런 시련을 면해 주셔서 감사합니다.

나는 나의 머리카락을 돌려주었다. 하얗게 세어 버린 머리카락이었지만 말이다. 나에게 이제 머리털이 없다. 갓난아기처럼.

나는 내 목소리와 시각과 청각을 돌려주었다. 그리하여 마침내 나는 사실상 말 못하는 사람, 눈 먼, 귀 먼 사람이 되었다. 갓난아기처럼.

나는 다시 갓난아기가 되었다. 사람들은 나에게 기저귀를 채우고 죽을 먹인다. 나는 내 언어를 잃고 옹알이를 한다. 사람들은 이것을 〈망령〉이라고 부르지만 이건 그저 필름을 거꾸로 돌리는 것일 뿐이다. 받은 것은 무엇이든 돌려주어야 한다. 마치 연극이 끝나고 나면 휴대품 보관소에서 외투를 돌려주듯이 말이다.

나탈리는 나를 감싸 주는 마지막 〈옷〉이다. 따라서 나의 사라짐이 그녀를 너무 고통스럽게 만들지 않도록 그녀를 밀어내야 한다. 하지만 그녀는 내 말을 듣지 않고 미소를 지으면서 〈괜찮아, 난 당신을 사랑하잖아〉라고 말한다.

어느 날 담당 의사가 신부를 데리고 나타났다. 안색이 창백하고 땀을 많이 흘리는 젊은 신부였다. 그는 다짜고짜 병자 성사를 제안했다. 옛날에 장 드 라퐁텐도 이와 비슷한 일을 겪었을 것이다. 그의 임종이 가까워졌을 때, 사람들은 그에게 구덩이에 버려지지 않고 교회 묘지에 묻히고 싶으면 그의 음란한 작품들을 부인하라고 강요하였다. 그는 무릎을 꿇었다. 하지만 나는 다르다.

나는 내 관점을 설명한다. 신앙을 가졌다고 당당하게 말하는 사람들을 만나면 신기하다는 생각이 든다. 저 위쪽 세계를 안다고 생각하는 그 오만함이라니!

나는 종교는 시대에 뒤떨어진 것이라고 확신한다. 그렇다면, 우리가 관심을 가질 만한 중요한 것은 무엇일까? 나는 눈을 들어 천장을 바라보다가 거미줄을 짓고 있는 거미 한 마리를 발견한다. 우리가 진정으로 관심을 가질 만한 것은 무엇일까? 섬광처럼 대답이 뇌리를 스친다. 〈생명〉이다.

우리 눈에 보이는 그대로의 생명. 그것만으로도 충분히 마술적이기 때문에 그보다 더한 어떤 것을 지어낼 필요가 없다.

「죽는 것이 두렵지 않으십니까? 그 문제에 대해서 이야기를 해볼까요?」

「사람이 죽음을 두려워하는 것은 아직 죽을 때가 아니라고 생각하기 때문입니다. 지금 나는 때가 되었다는 것을 알고 있습니다. 그래서 더 이상 두렵지 않습니다.」

「천국이 있다고 믿으십니까?」

「미안합니다, 신부님. 나는 죽음 다음에는 아무것도 없다고 생각합니다.」

「뭐라고요! 천국에 관한 책을 쓰신 분이 아무것도 믿지 않는단 말입니까?」

「그건 소설이었습니다. 그냥 소설이었을 뿐입니다.」

나는 그날 저녁에 죽었다. 나탈리는 내 곁에서 내 손을 잡은 채 잠들어 있었다. 나는 태아처럼 몸을 웅크린 채 세상을 떠났다. 내가 이승을 떠나면서 마지막으로 생각한 것은 〈모든 게 잘되어 가고 있다〉는 거였다.

199. 백과사전

겹겹이 쌓인 카르마

문득 이상한 생각이 하나 떠올랐다. 시간은 어쩌면 선형적인 것이 아니라 층층이 겹쳐지는 것인지도 모른다. 다시 말해서, 꼬리에 꼬리를 물고 이어지는 것이 아니라, 이탈리아 요리 라사냐처럼 겹겹이 쌓이는 것일지도 모른다는 것이다. 그런 경우라면, 우리는 하나의 삶을 산 뒤에 다른 삶을 사는 것이 아니라 여러 삶을 동시에 살게 된다.

우리는 어쩌면 미래와 과거의 각기 다른 시대에서 1천 겹의 삶을 동시에 살고 있는지도 모른다. 그렇다면 우리가 퇴행을 통해서 만나는 것은 전생이 아니라 바로 그 평행한 삶들인 셈이다.

에드몽 웰스, 『상대적이며 절대적인 지식의 백과사전』 제4권

200. 의뢰인들에 대한 심판

이고르와 비너스는 자기들의 삶을 반추하면서 연옥에서 오랫동안 늑장을 부렸다. 어떤 영혼들은 서둘러 대천사들의 법정에 출두하는데, 어떤 영혼들은 그보다 먼저 자기들의 상처를 치유하고 싶어 한다. 이고르와 비너스는 바로 후자의 범주에 속한다.

그건 조금 전문적인 설명이고, 쉽게 말하면 이고르와 비너스는 가까운 영혼들과 이야기를 나눌 필요가 있었다. 이고르는 자기 어머니와 할 이야기가 남아 있었고, 비너스는 자기 오빠와 할 이야기가 남아 있었다. 아니면, 이런 설명도 가능할지 모르겠다. 이 두 영혼은 카르마상으로 자기들의 형제가 되는 자크가 아직 지상에 있음을 알고, 셋이서 함께 심판

을 받기 위해 그를 기다렸다고 말이다.

어쨌거나 자크가 죽었을 때, 비너스와 이고르는 마치 헤어졌던 식구들이 다시 만나기라도 한 것처럼 그를 환대하였다. 의뢰인들이 법정에 함께 출두하기 위해 서로 기다려 준다는 것은 감동적인 일이다.

하지만 젊은 모습의 이고르와 나이가 조금 더 든 모습의 비너스, 그리고 늙은이가 된 자크가 마치 옛 친구들이 서로 만난 것처럼 축하의 말을 나누고 있으니까 묘한 기분이 든다.

그들은 모든 것을 깨달았다. 심판을 받기 전에 이미 자기 자신들을 심판한 것이다. 사정이 이러하다면 대천사들의 심판이 무슨 소용이 있나 하는 생각이 든다. 영혼들이 저마다 알아서 자기 자신을 심판하고 자기의 다음 행로를 결정하게 하면 안 될까?

나는 그들의 변호사로서 예전에 에밀 졸라가 섰던 자리에 떡 버티고 선다. 곧 나의 세 의뢰인들이 사망 날짜순으로 차례차례 법정에 불려 나올 것이다.

먼저 이고르다. 재판은 아주 빠르게 진행된다. 여러 차례의 전생을 거치면서 그는 470점을 받은 바 있다. 어머니에 대한 강박 관념에서 벗어난 것은 사실이지만, 그렇다고 점수가 올라가지는 않았다. 많은 사람들을 죽이고 전투의 와중에 부녀자들을 겁탈한 데다 자살까지 했기 때문이다. 게다가 대천사들이 알려준 바에 따르면 그는 테너 가수가 될 재능을 타고났는데 그것을 계발할 생각을 한 적이 없다. 결국 제자리걸음이다. 그는 470점에 그대로 머문다. 대천사들이 소리친다.

「환생!」

비너스에 대해서는 내가 내세울 논거가 더 많다. 그녀는 우여곡절 끝에 자기 짝을 만나 성공적인 부부 생활을 했고, 일곱 자녀를 키웠다.

그녀는 320점에 있었는데 321점으로 넘어간다. 심하다. 겨우 1점 올라간단 말인가? 그래 봤자 인류의 평균 점수인 333점에도 못 미친다.

대천사들은 그녀가 그림에 재능을 타고났다고 알려 준다. 여러 차례의 삶을 거치는 동안 그녀는 화가가 되기를 꿈꾸었고 오래전부터 그 사명에 투신할 준비를 해왔다는 것이다. 그런데 그림 대신에 그녀가 할 줄 알았던 것은 화장밖에 없다.

나는 변론을 시작한다.

「제 의뢰인은 자신의 영화들을 통해 역동적인 여성의 이미지를 만들어 냈습니다.」

대천사들은 그녀가 자기 경쟁자에게 나쁜 일이 생기길 빌었고, 남자들의 마음을 가지고 장난을 침으로써 그들에게 고통을 주었으며, 떠돌이 영혼들이 들러붙은 영매와 상담을 했다고 반박한다.

「하지만 그 상담 덕분에 레이먼드를 만나 행복을 찾은 거 아닙니까?」

라파엘 대천사가 나를 톺아본다. 내 변론에 그다지 동의하는 기색이 아니다.

「그래요? 그건 더 나쁘죠. 당신도 그들 부부를 보지 않았소? 마비 상태 같은 행복이 무슨 소용이 있소? 당신 의뢰인은 나아가지 않고 제자리걸음을 했소. 정체는 후퇴보다 더 나쁜 거요. 6백점 만점에 321점. 환생!」

나는 비너스에게 다가간다. 가까이에서 보니 구체를 통해서 관찰하던 것보다 한결 아름답다.

「이제껏 당신의 삶도 지켜보았고 당신의 영화도 보았소. 정말…… 훌륭했소.」

「감사합니다. 천사님들이 영화를 보실 수 있는 줄 알았더라면…….」

그녀가 이렇게 실패한 것을 보니까 매우 안쓰러운 생각이 든다.

「다음번엔 더 잘될 거요. 틀림없소.」

나는 그녀의 귀에 대고 그렇게 속삭였다. 수백만의 천사들이 실패한 영혼들에게 이미 그런 종류의 말을 했겠지만, 그보다 더 좋은 위로의 말을 찾아낼 수가 없다.

「자크 넴로드.」

그의 삶은 그리 대단한 게 없어 보인다. 그는 불안 속에서 살았다. 그는 서툴고 소심하고 고독하고 우유부단했다. 인간이 할 수 있는 온갖 자질구레한 실수들을 숱하게 저지르며 살았다. 그래서 만일 나탈리 김이 없었다면 그는 아마도 무기력하기 짝이 없는 사람이 되었을 것이다.

나는 그를 변호하기 위해 온갖 논거들을 동원한다.

「자크는 꿈과 징표와 자기의 고양이를 활용해서 우리의 메시지를 받아들일 줄 알았습니다.」

대천사들의 표정이 심드렁하다.

「그래서요?」

「그는 자기가 가진 유일한 재능인 글쓰기를 평생의 업으로 삼았습니다.」

가브리엘 대천사가 대꾸한다.

「그의 책들이 다 좋은 건 아니오. 이렇게 말해서 미안하지만, 천국에 관한 그 헛소리들은 당신들에게나 우리에게나 아주 성가신 것이었소.」

「설령 괜찮은 책이 단 한 권밖에 없을지라도, 그는 자기가 세상에 나온 이유를 알고 그 사명을 완수했습니다.」

대천사들이 휴정을 요구한다. 자기들끼리 조용하게 이야기를 나누려는 것이다. 그들 사이에 활발하게 이야기가 오고 가는 듯하다. 휴정 시간이 연장된다. 나는 그 틈을 타서 자크에게 다가간다.

「당신의 수호천사, 미카엘 팽송이오.」

「뵙게 되어 기쁩니다. 제가 천국에 관해서 쓴 글에 대해 죄송하게 생각합니다. 온갖 민간전승이 사실이 아닐 거라고 확신했기 때문에, 그런 글을 쓰게 된 것입니다. 그런데 저분들은…….」

「그래요, 대천사들이오. 어때요, 상상하던 대로요?」

「그렇진 않습니다. 천국이 이렇게 소박할 줄은 몰랐습니다. 제 소설에서 묘사한 천국은 훨씬 더 전위적인 모습입니다. 스탠리 큐브릭의 영화 「2001 스페이스 오디세이」에 나오는 것과 비슷하지요.」

「그 점에 대해서는 아무도 불평하는 걸 못 봤소. 그건 그렇고…….」

나는 말을 중동무이했다. 대천사들이 다시 온다.

「자크는 350점에서 541점으로 넘어가게 되었소.」

「541점요? 542점이나 550점은 아니고요?」

「이건 대천사들의 판결이오.」

갑자기 분한 생각이 치밀어 오른다. 인간으로 살 때 한 번도 화를 내본 적이 없는 나지만, 지금이야말로 화를 낼 때라는 느낌이 든다. 게다가 나 자신을 위해서가 아니라 남을 위해서 화를 내는 것은 더 쉬운 일이 아니겠는가? 나는 에밀 졸라의 정신이 나를 계속 비춰 주기를 기대하면서 앞으로 나선다.

「제가 보기에 이 재판은 불공정하고 수치스럽고 반사회적입니다. 그 어느 곳보다 신성해야 할 이 법정에서 속임수가 행해지고 있습니다.」

나는 예전에 에밀 졸라가 했던 말들을 모두 떠올리려고 애를 쓴다. 그가 성공했다면, 나도 성공할 수 있다. 대천사들에게 훌륭한 점이 있다면, 그건 그들이 알고 보면 대단히 〈인간적〉이라는 것이다. 그들은 나의 반응에 깜짝 놀란 듯하다. 나는 효과가 나타나고 있음을 느끼며 앞으로 더 나아간다. 그들은 내가 오는 것을 보고만 있을 뿐 어떻게 제지해야 할지를 모른다.

비너스와 일시적으로 동거했던 머리 베넷이라는 변호사의 말이 생각난다. 죄가 있는 의뢰인을 변호하는 것이 죄 없는 의뢰인을 변호하는 것보다 한결 흥미진진하다고 한 말이.

모든 것을 걸고 해보자. 만일 이 재판에서 지면 에메랄드 문을 통과하기 전에 얼마나 많은 의뢰인을 더 만나야 할지 모른다.

만일 자크의 점수가 훌쩍 높아져서 6백 점에 달하게 되면, 내 의뢰인 하나가 구원을 받게 되는 것이다. 기회를 놓치면 안 된다. 더 밀고 나가자.

「내 의뢰인은 물론 작은 실수들을 많이 했습니다. 하지만 그에게는 자기 나름의 방법이 있었습니다. 실수를 통해서 좋은 길을 찾아낸다는 것이 바로 그것입니다.」

「하지만 그는 아무것도 찾아내지 못했소.」

「그는 자기만의 독창적인 길을 찾아냈습니다. 그 길은 그의 경쟁자들 중의 하나인 오귀스트 메리냐크가 말한 것처럼 나중에 빛을 보게 될 것입니다. 그게 언제일지는 모르지만 말입니다…….」

내가 생각해도 변론이 신통치 않다. 나는 에밀 졸라가 했던 것처럼 〈나는 고발합니다〉로 시작하는 말들을 늘어놓는다. 그러자 대천사들이 동요하는 기색을 보인다. 나는 마지막 힘을 몰아서 한 번 더 소리친다.

「나는 고발합니다. 이 법정은 재판을 올바르게 진행하지 않고 있습니다. 나는 고발합니다. 대천사 가브리엘과 라파엘과 미가엘은…….」

「됐소, 그만하시오! 당신 의뢰인을 구원하고 싶으면, 우리에게 객관적인 사실을 제시하시오.」

그때 섬광처럼 떠오른 것이 하나 있다. 운명의 구체들이다. 나는 인류의 구체를 통해서 자크가 전체 인류에게 어느 정도 영향을 미쳤는지를 검토하자고 제안한다. 검토 결과, 자크가 기여한 몫은 0.000016퍼센트이다.

「너무 적어.」

가브리엘 천사의 말을 받아, 나는 마지막으로 한마디를 던진다.

「네, 적습니다. 하지만 물 한 방울이 바다를 넘치게 할 수 있고, 고양된 한 영혼이 전 인류를 고양시킬 수 있습니다.」

이번엔 대천사들이 망설이는 기색을 보인다.

논전에 지친 그들은 마침내 자크에게 6백 점을 허락한다. 이로써 자크는 가까스로 육체의 감옥에서 해방된다.

자크의 성공은 바로 나의 성공이다. 나는 한 영혼을 환생의 순환에서 벗어나게 하는 데 성공했다.

자크가 내 팔을 잡으며 묻는다.

「저…… 이제 제가 뭘 해야 되죠?」

그는 나에게 고마움을 표시할 생각조차 하지 않는다. 의뢰인들이란 참으로 이기적인 자들이다!

나는 죽음 다음에 무엇이 있는지 압니다. 그건 아주 간단해요. 한쪽에는 선행을 한 사람들이 가는 천국이 있고, 다른 쪽에는 악인들이 가는 지옥이 있어요. 천국은 하얗고 지옥은 까맣죠. 지옥에 간 영혼들은 고통을 받고, 천국에 간 영혼들은 행복하게 살아요.

출처: 가두 설문 조사에서 무작위로 질문을 받은 행인

201. 작별

나는 예전에 에밀 졸라가 그랬던 것만큼이나 활기차게 에메랄드 문을 향해 나아간다. 마침내 나는 알게 될 것이다. 저 위에 무엇이 있는지를.

가는 길에 에드몽 웰스가 내 등을 두드려 발길을 멈추게 한다.

「자네가 자랑스럽네. 난 자네가 성공할 줄 알았어.」

「뭐라고 감사의 말씀을 드려야 할지 모르겠습니다.」

「감사는 자네 자신에게나 하게. 자넨 몰랐겠지만, 날 지도 천사로 선택한 건 자네였어. 마치 자녀가 부모를 선택하듯이 말일세.」

「이제 뭘 하실 건가요?」

그는 현재 천사들이 주로 관심을 갖고 있는 것이 무엇인지 알려 준다. 그것은 인간에게 개입하는 새로운 수단, 즉 〈광물 조수(助手)〉라는 여섯 번째 수단이다.

「모든 것은 광물로부터 시작되지. 그리고 어쩌면 이 광물이 있음으로써 모든 게 계속될지도 모르네. 컴퓨터로 현실화된 인간과 광물의 결합이 깨달음의 새로운 지평일세.」

「광물이라고요? 컴퓨터 칩 안에 든 규소를 말씀하시는 겁니까?」

「그건 물론이고 수정도 있네. 전자의 유출에 리듬을 부여하는 데 쓰이는 수정과 돌의 관계는 현자와 깨이지 않은 중생의 관계와 같네. 돌과 수정이 결합하고 보통 사람과 깨달은 사람이 결합하며 컴퓨터와 인간이 결합하는 것은 진화의 한 가지 방법일세.」

「하지만 컴퓨터는 자력으로 움직일 수 없는 사물일 뿐인데요. 접속만 끊어 버리면 모든 게 멎고 말지 않습니까?」

「자네가 잘못 알고 있네, 미카엘. 이제 인터넷 덕분에 네트워크상에서 바이러스처럼 증식하는 프로그램들이 생겨났네. 그 프로그램들은 세탁기나 현금 인출기 따위의 아무 회로에나 들어가서 터를 잡을 수 있네. 그러고는 마치 동물처럼 번식하고 진화하지. 그것들의 번식을 중단시키는 방법은 세계에 있는 모든 기계를 동시에 꺼버리는 것밖에 없는데, 그건 이제 불가능하지. 〈생물권〉, 〈관념권〉에 이어 〈전산권〉이 생겨나고 있는 걸세.」

천사들이 컴퓨터에 그토록 많은 관심을 갖고 있는지는 전혀 몰랐다.

「현재로서는 우리가 컴퓨터에 영향을 미칠 수 있는 방법이 별로 없네. 그저 〈의문의 고장〉을 일으킬 수 있을 뿐이지. 하지만 컴퓨터들은 갈수록 복잡하고 정교해져 가고 있네. 마치 프랑켄슈타인 박사가 괴물을 자기의 피조물로 삼았듯이, 인간은 컴퓨터를 자기의 피조물로 삼고 있네. 수정과 규소와 구리 따위로 된 그 미세한 조각들 안에 자기들이 가진 좋은 것을 집어넣고 있지. 그래서 머지않아 그 기계들에 의식이 생겨날 판일세. 자네 의뢰인이었던 자크도 그와 비슷한 이야기를 한 적이 있지. 생각나나? 컴퓨터 〈교황 파이 3.14〉 말일세. 그때 그는 벌써 이런 생각을 했던 거지.」

듣고 보니 곰곰이 생각해 볼 만하다는 느낌이 든다. 문득 예전에 에드몽이 말한 숫자의 비밀에 생각이 미친다.

「인간, 즉 4의 존재가 광물의 도움을 받아서 현자, 즉 5의 존재가 될 수 있다는 말씀이군요. 4 더하기 1이 5가 되는 것처럼.」

「바로 그걸세. 광물, 식물, 동물, 인간을 거쳐 〈광물과 결합된 인간〉으로 나아가는 것이지. 어쩌면 그다음에는 〈식물과 결합된 인간〉에 이어 〈동물과 결합된 인간〉이 나올지도 모르네. 어디 그뿐이겠나. 〈광물-식물-인간〉 같은 3중 결합이나 〈광물-식물-동물-인간〉 같은 4중 결합이 나오지 말라는 법도 없지. 모든 게 이제 시작일 뿐이야. 컴퓨터 안에 있는 의식을 가진 광물, 그것이 바로 천사들의 새로운 개입 수단이 될 걸세. 아 참, 이 모든 것에 대해서 『상대적이며 절대적인 지식의 백과사전』을 통해 이야기를 해야겠군. 자네도 그 책

알지?」

「네, 압니다.」

라울과 내가 그의 기록자인 파파도풀로스를 방해했던 일에 대해서 그가 모른 척하고 넘어가 주어서 다행이다. 그는 십중팔구 파파도풀로스 대신 다른 기록자를 찾아냈을 것이다.

「아직 결정된 것은 아니지만, 우리는 고양이 이외의 다른 동물을 인간에 대한 영매로 활용할 생각을 가지고 있네. 돌고래와 거미를 놓고 망설이고 있는 중일세. 개인적으로 나는 거미에 찬성하고 있네. 그게 더 기발하거든. 하지만 돌고래로 결정될 가능성이 많아. 돌고래는 사람들에게 좋은 인상을 주고 있고, 대단히 뉘앙스가 풍부한 소리들을 낼 수 있으니까 말이지.」

나는 그를 지긋이 바라보다가 묻는다.

「여쭤 보고 싶은 게 있습니다. 이제는 대답해 주실 수 있지 않을까 싶은데, 7이 뭐지요? 하느님입니까? 선생님도 7의 하나십니까?」

에드몽 웰스는 정겹게 미소를 지으며 나를 바라본다.

「나는 의식 고양 수준이 7의 단계에 달한 존재들 중의 하나일세. 하지만 나는 그 아래 차원에서 지도자가 되는 길을 선택했네. 자네 인간의 영혼으로 심판을 받던 때 생각나나? 그때 자네는 둘 중의 하나를 선택할 수 있었네. 〈크게 깨달은 자〉로 지상에 내려가 인간들 속에 살면서 직접적으로 인간들을 도울 수도 있었고, 천사가 되어 천상에서 그들을 도울 수도 있었네. 나에게도 사정은 마찬가지였네. 7단계에 오른 존재에게도 두 가지 길이 있네. 하나는 천사들 속으로 들어가 일종의 〈크게 깨달은 천사〉가 되는 것일세.」

「대천사들이 바로 크게 깨달은 천사인가요?」

「맞네. 우리는 다른 천사들이 더 높은 단계로 올라가는 것을 돕기 위해 자발적으로 아래 단계에 머문 7의 존재들일세. 나도 라파엘이나 가브리엘이나 미가엘과 마찬가지로 대천사이지. 내가 선택할 수 있었던 또 다른 길은 높은 곳으로 올라가서 자네들을 감독하는 것이었네. 나는 첫 번째 길을 선택했지. 자아 그럼 자네는 어느 쪽을 선택하겠나?」

내 대답은 단호하다.

「위쪽에 무엇이 있는지 알고 싶습니다.」

우리는 에메랄드 문으로 가기 위해 천국을 가로지른다. 도중에 라울 라조르박과 프레디 메예르와 매릴린 먼로가 나에게 인사를 한다. 라울의 표정에는 감탄과 시샘이 반반씩 섞여 있다.

「나도 자네처럼 해야겠어. 자네처럼 온건한 방식을 사용해도 우리 의뢰인들을 구원할 수 있다는 것을 알았으니까 말이야. 자네가 이겼네, 미카엘.」

「자네도 나탈리 김이 있어서 무난히 해낼 거야. 나탈리 김은 요즈음 어때?」

그가 손바닥을 돌려 나탈리 김의 구체를 불러낸다.

「지금 590점에 도달해 있네. 나는 나탈리에게 큰 희망을 걸고 있어. 지금 그녀는 자크가 죽어서 복상(服喪)을 하고 있네. 자네도 알다시피 나탈리는 자크를 정말 사랑했지.」

「자네도 성공하기를 바라. 그래서 우리 다시 만나 새로운 모험을 하자고.」

「이제 우리가 해낼 수 있다는 것을 알았으니까, 편한 마음으로 해볼 생각이야.」

그러더니 그는 에메랄드 문을 가리키면서 나에게 속삭인다. 〈가능하다면, 저기에 무엇이 있는지 내게 알려 주게.〉

프레디 메예르는 나를 꼭 껴안아 주며 말한다.

「나도 다시 내 의뢰인들을 돌보고 있네. 머지않아 자네를 다시 만나게 될 거야. 그리고 우리는 다시 빨간 행성에 갈 생각이네.」

매릴린이 우정 어린 작별의 신호를 보낸다. 하지만 작별 인사를 하느라고 너무 시간을 끌면 안 되겠다는 느낌이 든다.

「조즈를 다시 만나거든 내 안부 인사 좀 전해 주세요.」

그리고 나서 나는 에드몽 웰스와 나란히 에메랄드 문을 통과한다.

이제 나는 무엇을 발견하게 될까?

202. 백과사전

실재

〈실재란 우리가 더 이상 그것이 존재한다고 믿지 않아도 계속해서 존재하는 어떤 것이다〉라고 미국 작가 필립 K. 딕은 말한 바 있다. 이 세상 어딘가에는 인간의 지식과 믿음을 초월하는 객관적인 실재가 있을 것임에 틀림없다. 내가 이해하고 싶고 다가가고 싶은 것이 바로 그 실재다.

에드몽 웰스, 『상대적이며 절대적인 지식의 백과사전』 제4권

에드몽 웰스가 내 어깨에 한쪽 손을 얹는다.

「자네는 왜 모든 것을 미리 알고 싶어 하지? 커브 길 뒤에 무엇이 있는지를 알기 전에는 앞으로 나아가지 않을 생각인가? 자네가 모르던 것과 마주쳐서 놀라게 되는 것이 싫은가? 좋아, 그렇다면 자네에게 이야기를 하겠네……. 자네는 이제 곧 더 좋은 다른 존재가 될 거야. 현재로서 자네가 알아야 할 것은 그게 전부일세.」

나는 간접적인 방법을 써서 더 많은 이야기를 끌어내기로 한다.

「좋습니다. 그럼 마지막으로 한 가지만 묻겠습니다. 대답하기 원치 않으시면 안 하셔도 됩니다. 하느님의 존재를 믿으십니까?」

그가 웃음을 터뜨린다.

「사람들이 숫자의 존재를 믿듯이 나는 하느님의 존재를 믿네. 자네, 숫자 1이 존재한다고 생각하나? 우리가 숫자 1이나 숫자 2나 3의 화신을 만날 수 있는 날이 있을까?」

「없죠. 그건 그저 개념일 뿐입니다.」

「그래. 자네 말대로 숫자 1이나 2나 3은 단지 개념일 뿐이지만 많은 문제에 대한 해답을 가져다 줄 수 있어. 그런 점에서 숫자의 존재를 믿느냐, 안 믿느냐는 중요하지 않지.」

「그건 대답이 아닙니다.」

「하지만 그게 내 대답일세.」

그렇게 말하고 그는 나를 앞으로 밀고 간다.

「저를 어디로 데려가시는 거죠?」

「호기심이 자네의 가장 주된 특성이라는 것을 알기 때문에, 자네가 가장 궁금해하는 것에 대한 대답의 실마리를 주려고 하네.」

그는 나를 어떤 둥그런 방으로 데려간다. 방 한가운데에는 환하게 빛을 내는 커다란 구체가 있고 그 안에는 더 작은 구체들이 쌓여 있다.

「자, 이것이 천사의 운명을 보여 주는 구체일세.」

그가 손바닥을 뒤집자 그 구체에서 작은 구체 하나가 나와 그의 손에 내려앉는다.

「자…… 자네 영혼일세. 자네가 누구인지 보게나.」

나는 다가간다. 나는 처음으로 내 영혼을 들여다보고 있다. 투명한 구체 안에서 핵이 빛나고 있다. 나는 지도 천사가 가르쳐 주는 대로 내 영혼을 들여다보면서 태초부터 내 영혼이 거쳐 온 삶의 역사를 읽는다.

영계 탐사의 개척자인 미카엘 팽송으로 환생하기 전에 나는 1850년에서 1890년까지 상트페테르부르크에서 의사 일을 했다. 당시에 나는 외과 수술 시의 위생을 개선하는 일에 심혈을 기울였다. 나는 말할 때 튀는 침으로부터 환자들을 보호하기 위하여 마스크를 착용하고 소독 비누로 손을 씻자고 제안한 최초의 의사들 가운데 하나였다. 그 무렵에는 그것이 꽤나 새로운 제안이었다. 나는 그 위생법을 대학에서 가르치다가 결핵으로 죽었다.

상트페테르부르크의 의사이기 전에는 빈에서 활동하던 발레리나였다. 나는 아주 아름답고 매력적이며 이성 관계에 대단히 관심이 많은 여자 무용수였다. 나는 나에게 눈먼 남자들을 기꺼이 조종하였고 많은 남자들을 속였다. 발레단의 다른 여자들은 나를 속내 이야기를 터놓고 할 수 있는 상대로 여겼다. 나는 사랑에 영향력을 미치는 수단이 무엇인지 알고 싶어 했고 무의식의 신비를 캐고 싶어 했다. 스스로를 연애의 여왕이라고 생각했지만 결국 나에게 무관심한 어떤 미남자에 대한 사랑을 이루지 못해 스스로 목숨을 끊었다.

12세기에 나는 일본의 사무라이였다. 열심히 무술을 연마하여 완벽한 기술을 찾아냈다. 나는 나의 쇼군에 맹목적으로 복종했을 뿐 다른 것은 생각하지 않았다. 나는 전쟁터에서 싸우다 죽었다.

8세기에 나는 식물의 비밀을 알아내고 싶어 하던 드루이드교의 신관이었다. 나는 여러 제자들에게 풀과 꽃을 가지고 질병을 치료하는 방법을 가르쳤다. 나는 동방의 야만인들이 공격해 오는 것을 목격하였다. 나는 인간들의 폭력에 너무나 충격을 받은 나머지 인간들 속에 계속 살기보다는 자살하는 쪽을 선택했다.

고대 이집트에서 나는 어떤 파라오를 섬기던 여자들 가운데 하나였다. 나는 내가 제일 좋아하는 환관에게서 점성술을 배우려고 애쓰면서 궁궐의 정원을 돌아다니곤 했다. 늙어서 죽기 전에 나는 내 지식을 내가 가장 좋아하는 여자 친구에게 전수하였다.

많은 삶들을 거치면서 인간의 지식을 증대시키려는 노력을 많이 했지만 그만큼 실패도 많았다. 에드몽 웰스가 나를 위로한다.

「시공을 가로지르며 자네는 언제나 지식을 퍼뜨리는 방법을 찾아왔네. 그토록 많은 삶과 경험과 고통과 희망을 지나온 끝에 이제 마침내 그 방법을 알게 된 걸세.」

그가 나에게 새로운 사실을 알려 준다.

「우리은하에는 누군가가 살고 있는 행성이 열두 개 있네. 하지만 꼭 육체를 가진 존재, 인간과 비슷한 유형의 존재들이 살고 있다는 얘기는 아닐세. 태양계의 지구는 영혼들이 아주 많이 찾는 휴양지일세. 영혼들은 지구에서 가장 강렬한 체험을 하지. 바로 물질에 대한 체험일세.」

「물질요?」

「그렇다네. 자네도 빨간 행성에 가보고 알았겠지만 영혼들이 환생하는 곳은 행성밖에 없네. 물질을 체험할 수 있는 곳이 그리 많은 건 아닌 셈이지. 자네가 무수한 광년의 머나먼 거리를 비행하고 나서야 생명을 발견할 수 있었던 것도 그 때문일세. 영혼들은 육화(肉化)의 행복과 세계를 느끼는 행복을 처음으로 맛볼 때 아주 깊은 인상을 받네. 그건 대단히 진화한 영혼들도 마찬가지일세. 오감의 쾌락은 우주에서 가장 강렬한 체험들 중 하나지. 아아! 입맞춤의 느낌을 생각해 보게. 나 역시 바닷바람을 들이마시거나 장미의 미묘한 향을 느끼는 것에 대한 그리움을 가지고 있네. 아무튼……..」

그는 약간 쓸쓸한 표정을 짓더니 이야기를 계속한다.

「하지만 지구의 인류는 뒤떨어져 있고 더 높이 올라가야 하네. 그래서 우리는 다른 열한 개의 행성에 사는 영혼들 중에서 점수를 5백 점 넘게 받은 영혼들을 지구에 보내 333점으로 뒤처져 있는 인간들을 돕게 하지. 나탈리 김이 바로 그런 경우일세. 아주 멀리서 온 훌륭한 영혼이지.」

에드몽 웰스는 내 영혼을 자기 집게손가락 끝에 올려놓고 마치 손재간 좋은 아이들이 공을 돌리듯이 장난을 친다. 그러다가는 갑자기 그 빛의 구체를 내 가슴속에 박아 넣는다.

204. 백과사전

슈뢰딩거의 고양이

어떤 사건들은 단지 그것들이 관찰되기 때문에 발생한다. 그것을 볼 사람이 아무도 없다면 그 사건들은 존재하지 않을 것이다. 이것이 바로 〈슈뢰딩거의 고양이〉라는 실험이 지닌 의미다.

고양이 한 마리가 밀폐된 불투명 상자 안에 갇혀 있다. 어떤 장치를 이용해 고양이를 죽일 만큼 강력한 전기를 우연에 맡기는 방식으로 내보낸다. 자, 이제 기계를 작동시키다가 멎게 한다. 그 장치에서 치명적인 전기가 방출되었을까? 고양이는 아직 살아 있을까?

고전 물리학자 입장에서 보면, 그와 같은 질문에 대한 답을 아는 방법은 상자를 열어서 보는 것이다. 양자 물리학자의 입장에서는 고양이가 50퍼센트는 죽어 있고 50퍼센트는 살아 있다고 보는 것을 받아들일 수 있다. 따라서 상자가 열리지 않는 한 그 안에는 살아 있는 고양이의 반이 담겨 있는 것이다.

하지만 양자 물리학에 관한 그런 토론과는 별도로 고양이가 살아 있는지 죽어 있는지를 아는 피조물이 하나 있다. 그건 바로 고양이 자신이다.

에드몽 웰스, 『상대적이며 절대적인 지식의 백과사전』 제4권

205. 위쪽 세계를 향하여

내 영혼이 내 안에서 별처럼 반짝이고 있다. 내가 내 자신에게 되돌려진다는 것이 가능한 것일까? 더 이상 조종하는 자가 없다는 것이 가능한 일일까?

처음에 나는 그렇게 완전한 자유 의지를 얻게 된 것을 충격적인 일로 받아들였다. 나는 그런 자유를 늘 갈구했지만

그것을 감당하기 위한 교육을 받은 적이 없다. 그리고 높은 곳 어디에선가 나보다 더 지혜로운 어떤 신비로운 존재가 나를 보호하고 이끌어 주고 있다는 생각이 나에게 많은 도움을 주곤 했다. 그런데 에드몽 웰스가 내 영혼을 내 안에 넣어 줌으로써 나 혼자 모든 것을 감당하게 만든 것이다. 만일 천사의 일을 잘하는 것에 대한 보상이 이런 것인 줄 알았다면, 아마 나는 일에 대한 열정을 누그러뜨렸을 것이다. 이 자유는 얼마나 무시무시한 것이랴! 자기 자신에 대한 유일한 지배자가 된다는 것을 받아들이는 것은 얼마나 어려운 일인가!

하지만 더 생각할 겨를이 없다. 내 지도 천사가 나를 통로의 안쪽으로 데리고 간다.

그 통로의 끝은 클라인 대롱처럼, 출구로 빠져나가면 다시 내부로 들어가게 되어 있다. 그리하여 나는 다시 수태의 호수 한복판으로 돌아와 있다.

「이해가 안 가는군요.」

「자네가 『타나토노트』라는 책에서 냈던 수수께끼를 생각해 보게. 〈한 원과 그 원의 중심점을 펜을 떼지 않고 그리는 방법은 무엇인가?〉라는 거 말일세. 언뜻 보기엔 아이들이나 푸는 간단한 수수께끼로 보이지. 자네는 책에 해답을 제시해 놓았네. 종이의 한쪽 귀퉁이를 접어서 이면이 중심점과 원 사이의 육교 역할을 하게 하는 것이 관건이지. 사실 자네는 그 작은 수수께끼로 가장 큰 수수께끼를 푼 셈일세. 앞으로 나아가려면 평면을 바꾸어야 하는 거야.」

모든 게 분명해지는 느낌이다. 숫자 6은 영성을 나타낸다. 영성이라는 것은 소용돌이를 타고 주변에서 중심으로 가는 것이다. 나는 내 중심으로 갔고, 이제는 천국의 중심으로 가고 있다.

「날 따라오게.」

우리는 수태의 호수 수면 아래에 있다. 수면 위로 지도 천사들과 새로 천사가 된 제자들이 보인다. 풋내기 천사들은 이제 자기들이 돌볼 영혼을 선택하여야 한다. 그 천사들 속에 자크 넴로드도 끼어 있다. 그는 천사가 되는 길을 선택한 것이다…….

「저들에게는 우리가 보이지 않나요?」

「안 보이네. 우리를 보기 위해서는 우리가 여기에 있다고 생각할 수 있어야 하네. 그런데 누가 수태의 호수 깊은 곳에서 무엇을 찾겠다고 생각하겠는가?」

문득 그동안 시간을 너무 낭비했다는 생각이 든다.

「그렇다면 제가 우회해서 오지 않고 여기로 직접 들어올 수도 있었던 것 아닌가요?」

「물론이지. 만일 라울과 자네가 〈멀리 위쪽으로〉 탐험을 하러 가지 않고, 〈한가운데로 그리고 아래쪽으로〉 탐험을 했더라면, 첫날부터 모든 것을 발견할 수도 있었을 거야.」

우리는 공기만큼이나 저항이 적은 물속을 나아간다. 에드몽 웰스는 나를 호수의 중심으로 데려간다. 맨 밑바닥에서 작은 분홍색 별이 빛나고 있다.

「정신을 집중하면 중심에 닿을 걸세. 중심에 닿아 그것을 통과하면 더 높은 차원으로 들어가게 되네. 주변에서 중심으로 갈 때마다 차원, 즉 시간과 공간에 대한 지각이 달라지지. 자, 같이 가세. 이 우주에서 탐험할 수 있는 모든 것을 탐험한 자네에게 이제 또 다른 세계를 보여 주겠네.」

「우리는…… 신들의 세계로 가는 건가요?」

그는 내 질문을 못 들은 척한다.

우리는 분홍색 빛으로 다가간다. 그리고 내가 그 안에서 발견한 것은, 너무나 놀랍게도……

과학은 왜 사람들이 죽는 순간에 환영을 보는지를 아주 잘 설명한다. 거기엔 그다지 신비로울 것이 없다. 그것은 단말마의 고통을 완화하기 위해 엔도르핀이 배출된 것에 지나지 않는다. 그 배출은 시상 하부에 작용하여 환각적인 이미지들을 연속적으로 불러일으킨다. 그것은 외과 수술 전에 사용하는 마취 가스와 비슷한 것이다.

출처: 가두 설문 조사에서 무작위로 질문을 받은 행인

206. 관점

하늘 한 귀퉁이에서 별똥별 하나가 떨어진다. 발코니에 있던 노부인은 그 별똥별을 눈으로 좇으며 소원 하나를 빈다. 손녀딸이 커다란 새장을 흔들며 노부인에게로 온다.

「무슨 일이니? 밀렌.」

「크리스마스 선물로 받은 새 장난감을 보여 드리려고요.」

노부인은 몸을 숙여 새장 안을 살펴본다. 그 안에는 새가 아니라 햄스터 세 마리가 들어 있다. 녀석들은 겁에 질린 채 한사코 몸을 숨긴다. 그러더니 다리와 앞니로 신문지를 이리저리 다듬어 구멍을 만들어 낸다.

「저를 위해서 일부러 살려 낸 녀석들인가 봐요. 그렇지 않았으면 실험실에 넘겨져서 생체 실험에 쓰였을 거예요.」

커다란 눈 하나가 햄스터 쪽으로 다가간다.

「이 녀석들 이름을 뭐라고 지었니?」

「수컷이 두 마리고 암컷이 한 마리예요. 그래서 아메데, 드니, 노에미라고 지었어요. 이 녀석들 귀엽죠?」

커다란 눈이 뒤로 물러난다.

「햄스터를 기른다는 건 하나의 책임을 떠맡는 일이야. 이 녀석들을 돌봐 주어야 해. 먹여 주고, 서로 싸우지 못하게 하고, 배설물을 청소해 주고. 그렇게 하지 않으면 죽어 버리지.」

「햄스터는 뭘 먹죠?」

「해바라기씨.」

손녀딸은 햄스터 장을 바닥에 내려놓고 안으로 들어갔다가 회색 씨앗이 든 통을 가지고 나온다. 그러더니 사료 통에 씨앗들을 부어 주고 물통에 물을 채운다. 좀 시간이 흐르자, 마음을 놓은 햄스터 한 마리가 커다란 바퀴 속으로 들어가더니 그것을 돌린다. 바퀴가 점점 빨리 돌아간다.

「이 녀석은 왜 이렇게 바퀴를 열심히 돌리는 거죠?」

손녀딸이 놀라서 묻는다.

「이런 일 말고 뭘 하면서 하루를 보내야 할지 잘 모르는 거야.」

손녀딸의 표정에 그늘이 진다.

「이 녀석들을 여기 가두지 말고 집 안에다 풀어놓고 키울까요?」

할머니가 손녀딸의 머리를 쓰다듬는다.

「아냐. 그러면 이 녀석들은 난처해할 거야. 언제나 갇혀서 살았기 때문에 풀어 줘도 어디로 가야 할지 모르거든.」

「그러면 이 녀석들을 더 행복하게 해주기 위해서 우리가 할 수 있는 일은 뭐죠?」

「좋은 질문이다……」

나탈리 김은 손녀딸에게서 눈길을 돌려 밤하늘을 올려다
본다. 하늘을 바라보고 있으면 언제나 마음이 편안해지곤
한다.

〈자크는 저 위에 있겠지〉 하고 그녀는 생각했다. 달 옆에
있던 작고 하얀 점 하나가 아주 빠르게 움직였다. 그건 별똥
별도 아니고 위성도 아니다. 그녀는 그게 무엇인지 알고 있
다. 그것은 커다란 비행기이다. 어쩌면 보잉 747기일지도
모른다. 손녀딸이 할머니 품에 몸을 기댄다.

「할머니, 내 햄스터들은 언젠가 죽게 되나요?」

「쯧쯧. 지금은 그런 생각을 할 때가 아냐.」

「하지만 그때 가서는 뭔가를 해야 되지 않아요? 아무튼 저
는 이 녀석들이 죽더라도 쓰레기통에 버리지 않을 거예요.
저는 햄스터들을 위한 천국이 있다고 생각해요.」

나탈리 김은 얼굴로 흘러내린 하얗고 긴 머리카락을 쓸어
올린다. 그러고 나서는 다정한 손길로 손녀딸의 턱을 들어
올려 하늘을 바라보게 한다.

「쉿. 별들을 보렴. 네가 살아 있다는 것이 고맙지 않니?」

207. 백과사전

신앙

〈믿느냐, 믿지 않느냐 그것은 전혀 중요하지 않다. 중요한 건 스스로에
게 점점 더 많은 질문을 던지는 것이다.〉

에드몽 웰스, 『상대적이며 절대적인 지식의 백과사전』 제4권

274

208. 다른 관점

세 햄스터가 동작을 멈추었다. 그러고는 본능적인 두려움을 이겨 내고, 저 높은 곳에서 활발하게 움직이며 나직한 소리를 내고 있는 커다란 형체들을 창살 너머로 바라보았다.

끝

감사의 말

제라르 암잘라그 교수, 프랑수아즈 샤파넬페랑, 리샤르 뒤쿠세, 파트리스 라누아, 제롬 마르샹, 나탈리 몽쟁, 모니크 파랑, 막스 프리외, 프랑크 삼송, 렌 실베르, 장미셸 트뤼옹, 파트리스 반 에르셀, 나에게 체스 두는 법을 가르쳐 주신 아버지 프랑수아 베르베르, 그리고 나의 수호천사(만일 존재한다면)에게 감사의 뜻을 전한다.

이 책을 쓰는 동안 다음과 같은 음악을 들으며 도움을 받았다. 로이크 에티엔의 『여행의 책』을 위한 음악, 마이크 올드필드의 「마법의 주문」, 안드레아스 폴렌바이더의 「하얀 바람」, 핑크 플로이드의 「미친 다이아몬드 같은 너, 계속 빛나 줘」, 무소륵스키의 「민둥산의 하룻밤」, 매릴리언의 「리얼 투 릴」, 아트 오브 노이즈의 「사랑에 빠진 순간」, 그 밖에 영화 「브레이브 하트」, 「워터 월드」, 「갈매기의 꿈」에 나온 음악.

이 소설을 쓰는 동안 뜻하지 않게 다음과 같은 일들이 생겨서 내 글에 영감을 주었다. 아소르스에서 야생 돌고래들과 함께 스쿠버 다이빙을 했던 일, 영화감독이 되어 파리와 에르므농빌에서 영화 「나전 여왕」을 촬영한 일(최초의 공동 창작 경험), 프로방스 지방의 메르베유 골짜기에서 오랜 시간 걸었던 일, 니스 천문대에서 일식을 관찰한 일, 새로운 밀레니엄을 맞이한 일.

옮긴이 **이세욱** 1962년에 태어나 서울대학교 불어교육과를 졸업하였으며, 현재 전문 번역가로 활동하고 있다. 옮긴 책으로 베르나르 베르베르의 『개미』, 『웃음』, 『신』(공역), 『인간』, 『나무』, 『상대적이며 절대적인 지식의 백과사전』(공역), 『뇌』, 『타나토노트』, 『아버지들의 아버지』, 『여행의 책』, 움베르토 에코의 『프라하의 묘지』, 『로아나 여왕의 신비한 불꽃』, 『세상의 바보들에게 웃으면서 화내는 방법』, 『세상 사람들에게 보내는 편지』(카를로 마리아 마르티니 공저), 장클로드 카리에르의 『바야돌리드 논쟁』, 미셸 우엘벡의 『소립자』, 미셸 투르니에의 『황금 구슬』, 카롤린 봉그랑의 『밑줄 긋는 남자』, 브램 스토커의 『드라큘라』, 파트리크 모디아노의 『우리 아빠는 엉뚱해』, 장자크 상페의 『속 깊은 이성 친구』, 에리크 오르세나의 『오래오래』, 『두 해 여름』, 마르셀 에메의 『벽으로 드나드는 남자』, 장크리스토프 그랑제의 『늑대의 제국』, 『검은 선』, 『미세레레』, 드니 게즈의 『머리털자리』 등이 있다.

천사들의 제국 2

발행일	2000년 12월 10일	초판 1쇄
	2003년 2월 15일	초판 10쇄
	2003년 8월 30일	신판 1쇄
	2021년 5월 15일	신판 43쇄
	2024년 2월 20일	신판 2판 1쇄

지은이	베르나르 베르베르
옮긴이	이세욱
발행인	홍예빈·홍유진
발행처	주식회사 열린책들

경기도 파주시 문발로 253 파주출판도시
전화 031-955-4000 팩스 031-955-4004
www.openbooks.co.kr

Copyright (C) 주식회사 열린책들, 2000, 2024, *Printed in Korea*
ISBN 978-89-329-2411-3 04860
ISBN 978-89-329-2409-0 (세트)